C'est avec un jeune homme de quatre-vingt-onze ans que Dominique Thiéry s'entretient dans ces pages. Le verbe est clair, les mots sont justes, précis, puissants. Au-delà de l'importance et de la gravité du sujet abordé, la lutte incessante contre les discriminations de tous ordres, c'est l'exemplarité d'un engagement politique profond et empathique que Robert Badinter expose ici, la démonstration de ce que l'alliance entre la détermination, l'intelligence et la lucidité peuvent produire dans le concret de nos vies.

Dominique Thiéry

Robert Badinter,
pour la liberté d'aimer

LA SIRÈNE

À mon mari, Gioacchino

Tête-à-tête avec Robert Badinter

13 janvier 2020, rue Guynemer, Paris VIe arrondissement. Robert Badinter se dirige vers une grande fenêtre de son bureau, situé au cinquième étage d'un immeuble haussmannien où vécut Léon Blum. Enfant, il l'avait vu avec son père à un meeting, en 1937, lors de l'Exposition universelle de Paris. Debout, il admire la vue imprenable sur le jardin du Luxembourg, qui s'étend à nos pieds. Lorsqu'il était sénateur socialiste, il n'avait qu'à le traverser, en quelques enjambées, pour rejoindre la Chambre haute du Parlement. Au loin s'élève le dôme du Panthéon. Il ne sait pas qu'il y fera, un jour, son entrée. Depuis 1972, il vit avec Élisabeth Badinter, sa femme, avec laquelle il a eu trois enfants, Judith, Simon et Benjamin, dans cet appartement autrefois occupé par l'académicienne helléniste Jacqueline de Romilly, qui l'a quitté parce qu'elle le trouvait trop grand. *« Regardez, on distingue les tours de Notre-Dame derrière les arbres. C'est d'ici que nous avons vu les flammes de l'enfer sortir de la cathédrale. C'était sidérant. Jamais nous n'aurions pensé assister à cela... »*

Lorsqu'il reçoit en entretien, Robert Badinter s'assoit souvent à la même place, à une table ronde en marbre caressée par la lumière affleurante. Affable et décontracté, l'ancien garde des Sceaux n'est pas rasé de près, il a le sourcil en bataille et il est emmitouflé dans un pull camionneur. Si Me Badinter a laissé son costume habituel d'homme d'État au vestiaire, il ne quitte jamais celui d'avocat des libertés. Tout autour de nous, des livres: sur les étagères de la grande bibliothèque, sur la table basse ou sur son bureau. Sa collection de documents judiciaires et des coupures de presse sont encadrées: la Déclaration des droits de l'homme et du citoyen de 1789, la page du journal *L'Aurore* du 13 janvier 1898 et son célèbre « J'accuse… ! », de Zola, ou la une de *Libération* du 17 septembre 1981: « Peine de mort pour la guillotine. » Un imposant tableau multicolore à l'effigie de l'écrivain et philosophe gay Michel Foucault riant aux éclats tranche avec l'ambiance un brin austère d'une pièce qui relève autant du musée intime que du cabinet de curiosités appartenant désormais à l'Histoire de France.

Ce n'est pas la première fois que je rencontre Robert Badinter, mais je suis de nouveau frappé par son élégante malice et son charisme simple. En mars 2018, il m'avait déjà accueilli chez lui pour évoquer la mémoire de ses amis Benoîte Groult et Paul Guimard dans un documentaire que je réalisais pour France 5 dans la collection « Une maison, un(e) artiste » consacré à l'autrice féministe d'*Ainsi soit-elle*. Privilège rare, il avait accepté de témoigner aux côtés d'Élisabeth Badinter même s'ils ne donnaient jamais d'interview commune. Cette fois-là, ils s'y prêtèrent volontiers, car il ne s'agissait pas de parler d'eux-mêmes, mais du couple d'écrivains dont ils admiraient l'œuvre et la personnalité. Les fantômes de Benoîte et Paul furent ainsi convoqués à travers le regard bleu laser d'Élisabeth et l'œil vif et plissé de Robert. Si, en ma présence, il nomme affectueusement sa femme « la Patronne », elle l'appelle respectueusement « Monsieur Badinter ». Face à moi se tient une figure de l'histoire contemporaine qui a accompagné ma jeunesse. Avocat de 1951 à 1981, Robert Badinter est garde des Sceaux et ministre de la Justice de 1981 à 1986, sous François Mitterrand, puis président du Conseil constitutionnel de 1986 à 1995 et sénateur de 1995 à 2011. Pour tous, s'il reste le père de l'abolition de la peine de mort en France, il est surtout pour moi celui de la dépénalisation de l'homosexualité.

C'est pour sa lutte en faveur des droits des homosexuel(le)s, souvent occultée par celle qu'il a menée pour l'abolition, que Robert Badinter a accepté de me recevoir une nouvelle fois. S'il a bientôt 92 ans, ses emportements et ses indignations n'ont pas pris une ride. Seul signe apparent du temps qui passe : un appareil auditif qu'il porte à l'oreille gauche. Parle-t-il rapidement pour s'affranchir des questions qu'il n'entendrait pas ? En l'absence de caméra, il est plus naturel : je découvre son rire juvénile effaçant son air parfois sévère et son visage qui soudain s'illumine à l'évocation de sa grand-mère maternelle, Idiss, réfugiée juive de l'Empire russe, dont il vient de retracer le destin dans un livre, *Idiss* (Fayard). Robert Badinter incarne un sage au-dessus de la mêlée, bien qu'il s'en défende. Plus qu'aucun autre il ne peut supporter l'injustice, l'indignité, la délation, cela est lié à son histoire familiale, à la déportation, à laquelle il a échappé adolescent, contrairement à son père, Simon, raflé par Klaus Barbie et assassiné au camp de Sobibor en 1943. *« Comment, après ce que j'ai vécu, imaginer que je puisse m'intéresser à autre chose que la justice ? »*, confiait-il sur France Culture en 2012. Il n'oublie pas non plus le lourd tribut payé par des milliers d'homosexuels, les « triangles roses », déportés, puis exterminés eux aussi dans les camps de concentration. L'ancien ministre de la Justice est donc sensible à ma demande d'entretien pour évoquer, presque quarante ans après, la loi sur la dépénalisation de l'homosexualité, dont il a été la cheville ouvrière. C'est un homme qui aime le débat, la rencontre. Pendant plus de deux heures, nous discutons à bâtons rompus de cette avancée importante pour les droits LGBT, prémices à d'autres (r)évolutions, comme le pacs (pacte civil de solidarité), dont il a été un des artisans en tant que sénateur, œuvrant pour introduire dans le texte la notion de « couple de même sexe ».

Dans les années 60, un sondage d'opinion révélait que l'homosexualité féminine ou masculine était perçue comme un vice ou une maladie. Un Français sur deux estimait qu'on ne peut pas mener une vie normale lorsqu'on est homosexuel(le)... Si dépénaliser l'homosexualité n'est pas un combat personnel, il représente pour Robert Badinter une revendication universelle et une promesse de campagne du candidat à la présidentielle François Mitterrand. L'homme de droit est très tôt sensibilisé à la question en côtoyant le milieu artistique avec sa première épouse, l'actrice Anne Vernon, mère de Catherine Deneuve dans *Les Parapluies de Cherbourg*, de Jacques Demy. Plus tard, il deviendra « l'avocat des stars » : Jules Dassin, Vittorio De Sica,

Roberto Rossellini, Charlie Chaplin ou Brigitte Bardot viennent le consulter. En 1974, le fondateur de la première association homosexuelle française, Arcadie, André Baudry, sollicite les candidats à l'Élysée pour évoquer la situation des homosexuels en France. François Mitterrand envoie son futur ministre de la Justice à sa rencontre. En 1976, bien avant que le Parti socialiste ne s'empare réellement du sujet, Robert Badinter publie un ouvrage, *Liberté, libertés*, dans lequel il déclare être viscéralement attaché à la liberté des corps: « *Chacun est libre d'entretenir les relations sexuelles avec qui il désire, sous la condition au moins tacite du consentement mutuel.* [...] *En conséquence, aucune répression, aucune diffamation, aucune inquisition, publique et privée, ne devra donc être exercée contre quiconque à propos de sa sexualité. L'homosexualité est un comportement sexuel comme les autres. Elle est une des expressions de la liberté fondamentale du corps. L'homosexualité ne doit entraîner sous aucune forme une inégalité ou une discrimination quelconque.* »

Me Badinter est aussi profondément marqué par des affaires d'hommes mariés dont il doit assurer la défense, tombés dans des pièges tendus par des voyous qui les font chanter en raison de leur homosexualité. Il prend conscience non seulement que ce délit est instrumentalisé par la délinquance, mais qu'il sert aussi de justification à la persécution policière et pénale des homosexuels en France. L'homme sensible aux mots citait volontiers ceux d'André Gide: « *La société sait bien s'y prendre quand elle veut supprimer un homme, et connaît des moyens plus subtils que la mort.* »

Rigoureux et perfectionniste, il travaillait encore chaque jour, à un âge où la plupart de ses contemporains n'ont plus aucune activité. Il a préparé notre entretien en relisant son discours contre le délit d'homosexualité, prononcé devant l'Assemblée nationale le 20 décembre 1981, seulement trois mois après celui, historique, contre la peine de mort. Une proposition de loi inscrite in extremis à l'ordre du jour la veille des vacances parlementaires... À 52 ans, alors qu'il est fraîchement nommé garde des Sceaux, Robert Badinter entend agir le plus vite possible et faire passer des lois qui changeront la société. Il sait qu'un poste de ministre repose sur un siège éjectable. *« J'étais convaincu que je ne disposais que de 100 jours. On a aboli la peine de mort, on a supprimé la Cour de sûreté de l'État, les tribunaux militaires, la loi anticasseurs, dépénalisé l'homosexualité »*, a-t-il souvent rappelé dans la presse.

Alors que, en 1791, la Révolution française, pionnière, abolit le crime de sodomie, passible du bûcher, dont les deux derniers condamnés, Bruno Lenoir et Jean Diot, furent brûlés en place de Grève le 6 juillet 1750, le régime de Vichy rétablit le délit d'homosexualité en 1942. Il sera confirmé à la Libération par l'ordonnance du 8 février 1945. Deux dispositions discriminatoires pénalisaient les relations sexuelles entre personnes de même sexe. D'une part, l'homosexualité était considérée comme une circonstance aggravante dans les cas d'outrage public à la pudeur. D'autre part, quiconque ayant *« commis un acte impudique ou contre-nature avec un mineur du même sexe »* pouvait encourir jusqu'à trois ans de prison et 20 000 francs d'amende. Alors que la majorité sexuelle a été établie à quinze ans en 1945 pour les relations hétérosexuelles, elle était portée à vingt et un ans (puis 18 ans en 1974) pour les relations homosexuelles, créant de facto un délit spécifique.

La proposition de loi socialiste visait donc à abolir un traitement différencié entre les hétérosexuel(le)s et les homosexuel(le)s. Aux côtés de Raymond Forni, député du Territoire de Belfort et président de la Commission des lois, et de l'avocate Gisèle Halimi, députée apparentée socialiste de l'Isère, Robert Badinter souhaite en finir avec ce vestige homophobe du gouvernement vichyste en faisant abolir l'article 331, alinéa 2 du Code pénal. À la tribune, le courageux garde des Sceaux fustige la *«chasse à l'homosexualité»* et lance, dans une diatribe dont il a le secret: *«Les mêmes actes, les mêmes rapports étant parfaitement licites entre mineurs ou adultes et mineurs de plus de quinze ans, de sexe différent, c'est donc bien l'homosexualité qui est interdite en France avant dix-huit ans sous peine d'emprisonnement.* [...] *Une incrimination d'exception, dont rien, même pas la tradition historique, ne justifie le maintien.»* Avant de porter l'estocade: *«Cette discrimination et cette répression sont incompatibles avec les principes d'un grand pays de liberté!»* La fin de son discours est saluée par les applaudissements sur les bancs socialistes et communistes.

Robert Badinter tient sa revanche sur la droite parlementaire, qui l'a attaqué violemment durant les débats, l'accusant de livrer des adolescents sans défense à des hordes d'homosexuels *«lubriques»*, s'insurgeant du *«laxisme»* et de la *«permissivité»* défendus par la gauche; bref, on lui reproche de vouloir instaurer une nouvelle morale! *«La fameuse liberté dont on nous rebat les oreilles ne serait-elle que le droit qu'ont les ogres de dévorer les petits poucets?»*, l'invective un de ses plus fervents opposants, Jean Foyer, artisan de la Constitution française de 1958, garde des Sceaux sous de Gaulle et député du Maine-et-Loire. Le ministre Badinter rend coup pour coup: *« Vous avez utilisé, monsieur Foyer, une image saisissante, destinée à mobiliser les sensibilités et en particulier celle des parents, en évoquant le cas d'un jeune garçon qui serait livré à la lubricité d'un vieillard. Vous avez posé cette question: qui pourrait supporter la vision d'un vieillard sodomisant un jeune garçon de quinze ans, même consentant? Mais, monsieur Foyer, quel père de famille pourrait supporter la même vision d'un vieillard lubrique sodomisant une jeune fille de quinze ans? Là est le problème et vous le savez parfaitement... »* Malgré une droite perfide accusant la gauche de soutenir «la pédophilie», la loi dite Forni, qui abroge définitivement le délit d'homosexualité, est adoptée à l'Assemblée nationale six mois plus tard, le 27 juillet 1982, par 327 voix contre 155. Elle est promulguée par le Sénat le 4 août 1982, mettant un terme à quatre décennies de politique répressive à l'encontre des personnes homosexuelles. Désormais, la majorité sexuelle est fixée à quinze ans pour tout le monde.

«Robert ne m'avait pas fait lire son discours avant de le prononcer. À cette époque, il écrivait un discours tous les deux jours, qui, évidemment, ne revêtait pas toujours cette importance. Nous travaillions chacun dans notre bureau, donc il ne me lisait pas ses textes, sauf exception rarissime. Donc, je l'ai lu après. Le seul

souvenir que je garde de la loi de 1982 est lorsque Robert m'en a parlé, je crois que c'était un dimanche. Il était très, très heureux, d'avoir fait voter cette loi. De cela je me souviens très bien. Il était très content, très satisfait... comme s'il avait fait quelque chose de vraiment important », me confie Élisabeth Badinter, au lendemain de l'annonce de la date de panthéonisation de son mari, prévue pour le 9 octobre 2025, jour anniversaire de l'abolition de la peine de mort en France.

Pourtant, cette évolution des mœurs passe relativement inaperçue, car la communauté gay doit déjà faire face à un autre combat qui la frappe de plein fouet : l'épidémie de sida. La dépénalisation reste néanmoins la première marche symbolique qui va ouvrir la voie à d'autres droits pour ces femmes et ces hommes que la majeure partie de la société réduit à leurs pratiques sexuelles. En l'espace de quarante ans, jamais les personnes LGBT n'en avaient conquis autant : en 1985, une protection contre les discriminations en raison de l'orientation sexuelle est introduite dans la loi, notamment sur le plan pénal, puis dans le droit du travail ; en 1999, les couples de même sexe sont reconnus par le concubinage avec l'adoption du pacs ; en 2004, les insultes homophobes sont désormais pénalisées. Puis, le 17 mai 2013, le mariage entre personnes de même sexe et l'adoption par ces couples sont validés par le Parlement. Enfin, la loi du 29 septembre 2021 élargit la PMA (procréation médicalement assistée) à toutes les femmes, dont les couples de lesbiennes.

Lorsque je suis né, en 1974, l'homosexualité était pénalisée et, en 2024, je me suis marié. Jamais je n'aurais pu imaginer vivre un tel bouleversement des mœurs. Du droit à l'indifférence prôné par les premiers militants, voilà que la société nous permet d'être indifféremment citoyens par le droit, quelle que soit notre sexualité ! Cela change tout quant à l'estime de soi, et les futures générations LGBT seront reconnues dès leur naissance sans avoir à le revendiquer. Même si l'obtention de nouveaux droits cristallise la haine de ceux qui contestent notre existence même, désormais, l'homophobie n'est plus une opinion, mais bel et bien un délit. Il y a quelques années, j'ai appris que mon neveu était gay au moment même où SOS Homophobie faisait le constat d'une recrudescence des agressions homophobes dans notre pays. En 2019, j'ai réalisé un documentaire pour France 5 sur des jeunes gays et lesbiennes victimes de violences dans la rue et même de tentatives de meurtre en raison de leur orientation sexuelle. Je découvrais avec stupeur une réalité brute à laquelle j'avais échappé et une autre facette de Paris, ville pourtant dite « inclusive »... En 2024, l'homophobie accuse encore une hausse inquiétante : chaque jour, la France enregistre une douzaine d'agressions. Je refuse qu'Antoine, Line, Mathilde, Loris et tous les autres vivent dans un monde où on peut se faire casser la gueule, voire se faire tuer, parce qu'on est homosexuel(le). Il reste donc tant à faire pour lutter contre les discriminations faites aux personnes LGBT, car *« si on peut améliorer les lois, il est plus difficile d'éradiquer les préjugés »*, rappelle Robert Badinter.

J'ai toujours considéré mon homosexualité comme une chance, un levier pour aller vers les autres, établir des ponts, faire d'une différence un partage et une force. Comme Cocteau, « Je n'accepte pas qu'on me tolère », je veux exister. C'est aussi aux homosexuel(e)s d'aller vers les hétérosexuel(e)s, de faire de la pédagogie. C'est une des ambitions de ce livre, dont a eu l'idée l'auteur et éditeur José-Louis Bocquet. *« Mais est-ce que les gens lisent encore ? »*, s'inquiète Robert Badinter, lui qui a écrit une vingtaine d'ouvrages, dont *L'Abolition*, *L'Exécution*, *Les Épines et les Roses* et une pièce de théâtre, *C.3.3.*, où il raconte la condamnation d'Oscar Wilde à deux ans de travaux forcés pour homosexualité. Comment ne pas encore croire au pouvoir des mots face à un homme qui, grâce à ses plaidoiries, a sauvé des vies et, grâce à ses discours, a changé la France ?

Jusqu'au bout, cet humaniste aura alerté les consciences, suscité la solidarité en exhortant les homosexuel(le)s occidentaux à aider ceux qui, dans le monde, sont persécutés et exécutés en raison de leur orientation sexuelle. Cette conversation inédite sonne comme le testament d'un homme qui sait que la route est encore longue avant de faire évoluer les mentalités. S'il juge son action avec humilité, il dénonce avec force les atteintes trop nombreuses à la liberté d'aimer. Avant de nous quitter, nous faisons une photo souvenir devant le portrait de son ami Michel Foucault. Soucieux de son image, il remet son col bien droit. *« Vous me l'enverrez ? »*, me dit-il en me raccompagnant à la porte. Je ne le reverrai plus.

Le 9 février 2024, Robert Badinter s'éteint à l'âge de 95 ans, laissant un vide et un héritage immense, qui nous oblige tant il a su nous montrer un chemin. Merci, Monsieur Badinter, de m'avoir accordé un peu de votre temps au soir de votre vie. Il faut croire que certaines personnalités vivent assez longtemps pour que nous ayons la chance de les connaître et reconnaître qu'on leur doit une partie de ce que nous sommes.

Vous qui ne croyiez pas au hasard, sans doute auriez-vous été amusé et heureux d'apprendre que, au moment de votre décès, les parlementaires se sont penchés sur une proposition de loi soutenue par le sénateur socialiste Hussein Bourgi visant à admettre la responsabilité de la France dans la persécution des personnes homosexuelles entre 1945 et 1982, en demandant une réparation à celles qui furent condamnées. Sur la base des archives de la police et de la justice, environ 10 000 personnes seraient « tombées » pour « délit d'homosexualité », dont 90 % ont écopé d'une peine de prison ferme. À ces milliers de condamnés, il faut ajouter, ceux, innombrables, qui ont subi les effets de la répression, les descentes de police dans les lieux de rencontres, le « panier à salade », où les gays étaient embarqués comme des criminels... D'après le sociologue Antoine Idier, auteur du livre *Réprimer et réparer. Une histoire effacée de l'homosexualité*, « *il serait erroné de se concentrer uniquement sur la période 1942-1982. Il y a eu de nombreuses condamnations pénales dès le début du XIX*e *siècle, notamment pour "outrage public à la pudeur".* » En novembre 2024, les sénateurs ont reconnu la responsabilité de l'État français dans la mise en place de politiques discriminatoires envers les homosexuel(le)s, sources de souffrances et de traumatismes. Toutefois, la proposition d'une réparation financière de 10 000 euros n'a pas été retenue par la majorité.

Davantage invisibilisées, les lesbiennes ont heureusement été peu pénalisées. Selon des statistiques judiciaires, 106 femmes ont été jugées par les tribunaux correctionnels pour homosexualité entre 1953 et 1978. *« Ce nombre très faible de condamnations au regard des hommes s'explique sans doute à la fois par des différences de mode de vie, mais aussi par l'invisibilisation de l'homosexualité féminine. Préférant les rencontres discrètes dans les cercles privés ou chez des amies, fréquentant peu les bars, les femmes évitent les lieux de drague en plein air, trop dangereux. Par ailleurs, des gestes intimes entre femmes, comme se tenir le bras ou s'embrasser, attirent moins l'attention.* [...] *La pression sociale est telle cependant que beaucoup finissent par se marier pour faire plaisir à leur famille, ne pas perdre leurs amies, protéger leur carrière professionnelle ou fonder un foyer, avoir des enfants, mener une vie "normale" »*, analyse Florence Tamagne, historienne spécialiste de l'histoire de l'homosexualité. La dépénalisation leur a permis aussi de bénéficier des mêmes progrès que les gays et plus encore puisqu'elles ont obtenu l'accès à la PMA.

Aux côtés de Gisèle Halimi, d'Élisabeth Guigou, de Roselyne Bachelot ou de Christiane Taubira, véritables Marianne de la République ayant brandi avec courage les droits des personnes lesbiennes, gays, bisexuelles et transgenres, Robert Badinter est l'un des très rares hommes à avoir contribué à inscrire politiquement et socialement sur le frontispice de notre République le mot « homosexualité » afin qu'il rime désormais avec « liberté, égalité, fraternité ».

Robert Badinter,
pour la liberté d'aimer

Monsieur Badinter, vous avez accepté que nous évoquions ensemble, près de quarante ans après, votre rôle historique dans la dépénalisation de l'homosexualité en France. Avant d'y revenir, j'aimerais savoir quel regard vous portiez sur les homosexuels, notamment lorsque vous étiez jeune homme ?

S'agissant de la question de l'homosexualité, je dirais qu'il faut toujours distinguer son expérience personnelle, qui n'a pas valeur nécessairement d'universalité. Je vous le dis tout de suite : en ce qui me concerne, je n'ai jamais eu de problème avec les homosexuels. J'ai toujours eu, vis-à-vis de l'homosexualité, une indifférence complète. Qu'un copain soit homo ou pas, ça le regarde, ça ne me regarde pas. Cette idée est très simple : chacun a le droit, disons-le brutalement, d'avoir le plaisir où il le trouve, dans la mesure où il est consenti. C'est vraiment l'exercice premier de la liberté humaine, thème préféré des philosophes, et pour cause. Lorsque j'étais étudiant en fac de droit à la Sorbonne, le sujet ne m'intéressait pas. Et puis le hasard des choses a fait que lors de la dernière année d'études à Paris, avant de partir pour les États-Unis *(université de Columbia, à New York)*, où j'avais obtenu une bourse, il fallait que je gagne ma vie. Nous étions juifs, et après la guerre, l'Occupation et la vente des biens, il ne restait plus rien de ce qu'avait été l'avoir familial. Rien. Je suis donc devenu apprenti fourreur chez Lucien Lelong*, où je travaillais comme arpète. Une situation idéale pour un jeune homme de 20 ans, coureur de jupons, je peux le dire — mais je n'étais pas le seul, c'était la mode de l'époque ! Les rapports entre les garçons et les filles n'étaient pas du tout les mêmes qu'aujourd'hui. Beaucoup de copains venaient me chercher au travail car il y avait à peu près quatre cents femmes pour six hommes, dont quatre étaient homos. Il n'y avait guère que le chef d'atelier, Prosper, et moi qui ne l'étions pas. C'était la haute couture parisienne, ils étaient tous homos, ce qui ne me dérangeait en rien. C'est donc un milieu que j'ai connu et fréquenté aisément, dans lequel je n'ai jamais eu le moindre problème. Jamais.

N'aviez-vous pas une curiosité intellectuelle pour ces hommes qui avaient une orientation sexuelle différente de la vôtre ?

Non. Ça ne me concernait pas. Qu'un homme préfère un garçon, moi, ça me paraissait bizarre, tout simplement parce que chacun est prisonnier de sa vision de la sexualité, mais cela reste une affaire privée. Il m'importait surtout de côtoyer un type joyeux,

**Ce couturier français (1889-1958) est une figure importante de l'industrie de la mode pendant la seconde Guerre mondiale. Il comptera parmi ses clientes Michèle Morgan, Marlène Dietrich, Greta Garbo ou Colette.*

aimable, gentil, sportif et divertissant, mais qu'il couche avec une fille ou un garçon, qu'est-ce que vous vouliez que cela me fasse ? Mes amis savaient que j'étais très orienté vers le « beau sexe », selon la formule de l'époque, et que les garçons ne m'intéressaient pas. Point. Ainsi, les choses étaient très claires pour eux et pour moi, et nos rapports étaient aisés. Quand je suis revenu des États-Unis, je me suis inscrit au barreau en attendant de pouvoir passer le concours de l'agrégation de droit qu'on ne pouvait pas tenter avant l'âge de 25 ans. Je suis donc devenu avocat pour gagner ma vie. Ce n'était vraiment pas mon idée au départ, bien que je le sois resté très longtemps. Quand j'étais un jeune avocat, le hasard des choses – et je crois beaucoup au hasard dans la vie – a fait que j'ai tout de suite fréquenté le monde de la presse, du spectacle et du cinéma. Les mœurs étaient libres, et l'homosexualité n'était pas rare. J'ai donc toujours eu avec les milieux homos les rapports les plus aimables, les plus amicaux et, je dirais, les moins difficiles qui soient. C'est pour cette raison que la persécution dont ils faisaient l'objet m'est apparue immédiatement absurde et odieuse. Ça me paraissait fou !

La persécution existait-elle à l'époque ?

Oui. Il faut bien dire les choses comme elles sont. L'histoire politique est ici tout à fait importante. J'ai écrit une préface pour ma pièce de théâtre sur Oscar Wilde, *C.3.3.* *(le titre fait référence au numéro d'écrou du poète irlandais condamné et emprisonné pour homosexualité en 1895)* – un des exemples les plus saisissants d'injustice où une société sûre d'elle-même et intolérante a brisé et tué un homme –, dans laquelle je raconte longuement l'histoire de la répression de l'homosexualité en comparant la France à l'Angleterre. Il ne faut jamais oublier que, en 1791, la France est le premier pays au monde à abolir les infractions réprimant l'homosexualité, contrairement au Royaume-Uni, où l'on a pendu les hommes pour homosexualité jusqu'en 1861... De la Révolution française jusqu'en 1942, il n'y avait pas de délit d'homosexualité dans notre pays. Le fait de consommer des relations sexuelles avec un mineur comme avec un majeur n'existait pas, ni dans le Code pénal de 1810, ni sous la République. Alors qu'en Angleterre on punissait sévèrement Oscar Wilde, à Paris Verlaine et Rimbaud pouvaient afficher leur liaison, qui était notoirement connue, mais n'intéressait personne. Il était plus commode pour l'homo britannique de venir séjourner à Dieppe qu'à Brighton ! La répression du délit d'homosexualité a donc été instaurée le 6 août 1942 sous le régime de Vichy, notamment influencée par l'Église et Mme Pétain, qui a « barbouzé » le Maréchal, lui étant très porté sur les dames... Cette période fut marquée par le sceau vichyssois de l'ordre moral. Une abomination de plus. Comme tout ce qui touche à cette époque passionnante historiquement, c'était quand même un signe, le fait que ce soit né sous Vichy...

Pourquoi cette répression a-t-elle duré quarante ans, jusqu'en 1982 ?

Personne n'osait y toucher et puis c'était une grande commodité policière.

Que voulez-vous dire ?

Les indics. Le nombre de jeunes gens d'environ 18 ans, des gitons ou des prostitués mâles, qui faisaient les pissotières, comme on disait, pour lever le bourgeois, l'emmener à l'hôtel, lui voler ses papiers d'identité et ensuite le rançonner. Non seulement ils lui piquaient son pognon, mais ils le signalaient à la police… La vérité était celle-là aussi. Les indicateurs homos pouvaient permettre de livrer un certain nombre d'hommes amateurs de jeunesse. En réalité, c'était cela, le délit d'homosexualité : il concernait uniquement un majeur homosexuel avec un mineur. Ce délit-là, introduit par Vichy, a subsisté parce que, comment dirais-je…, il était utile à la police et parce qu'on n'osait pas contrarier l'opinion publique — c'est toujours la même chose —, car l'homophobie était répandue dans la société. Face à l'homosexuel, l'attitude commune était celle du rejet, voire du mépris. Et, dans certains milieux, ça allait très loin, au point de perdre une réputation. Vous teniez un homme parce que vous saviez qu'il avait eu des relations sexuelles avec un jeune garçon de 17, 18 ans. Vous pouviez le faire chanter. J'ai connu des affaires d'hommes de qualité, des industriels ou des notables provinciaux allant à Paris voir le giton et dont la vie a été détruite parce qu'ils étaient la proie d'un chantage auquel ils ne pouvaient pas résister. L'idée que leur femme, leurs enfants, leur milieu allaient savoir qu'ils étaient consommateurs de jeunes gens, cet opprobre social leur était impossible à supporter. Ce délit d'homosexualité était utilisé non pas tant pour poursuivre les homosexuels directement — 150 poursuites par an — que pour favoriser les chantages : il était récupéré par la délinquance, le proxénétisme et ces jeunes gens qui faisaient le tapin. Voyez comme le crime se greffe sur la répression ! Il y avait donc exploitation de ce délit à des fins qui n'étaient pas celles prévues par le législateur. À l'époque, en tant que jeune avocat, j'ai défendu certaines de ces affaires qui m'ont beaucoup marqué. Ces hommes étaient désespérés. C'était humainement infâme.

Est-ce que vous avez compris d'où venait cette homophobie ?
L'homophobie, c'est autre chose. Là, c'était la répression pénale de l'homosexualité.

En quoi pensez-vous que l'homosexualité dérange intrinsèquement les gens ?
Écoutez, vous le savez aussi bien que moi. Je suis maintenant au couchant de ma vie, et je relis les textes essentiels, comme la Bible. Il y a une influence profonde des Églises, dont la doctrine trouve son origine dans l'Ancien Testament. Il ne faut pas oublier que dans le Lévitique 20,13 — et c'est de cela que tout jaillit parce que cette loi du Livre est reprise aussi bien par les juifs que par les chrétiens ou les musulmans — il est dit expressément cette phrase terrible : « *Si un homme couche avec un homme comme on couche avec une femme, ils ont fait tous deux une chose abominable, ils seront punis de mort.* » On ne peut pas être plus clair, et c'est repris dans le texte plusieurs fois : ils commettent une *abomination* et ils seront *mis à mort*. La malédiction divine pèse sur celui qui prend un homme comme une femme. C'est cela l'origine culturelle. Cette condamnation n'était pas présente dans l'Antiquité gréco-romaine. S'il aura fallu du temps pour que cela disparaisse des codes, cela a beaucoup survécu dans les consciences. On peut améliorer les lois, il est plus difficile d'éradiquer les préjugés. J'ai donc milité pour l'abrogation de cette disposition pénale, car c'était honteux. Je l'ai fait très

tôt, bien avant mon arrivée comme garde des Sceaux, en 1981. Je n'ai pas trouvé un jour ce projet de loi posé sur mon bureau tel une injonction à le soutenir… C'était une cause que je portais, avec d'autres, depuis longtemps.

Ce n'est pas François Mitterrand qui, politiquement, vous a demandé d'entreprendre la dépénalisation de l'homosexualité à son arrivée à l'Élysée ?

Mitterrand était complètement indifférent à l'homosexualité. Ça, je peux vous le dire. Chacun sait qu'il aimait beaucoup les dames… Il avait cette culture commune que j'évoquais tout à l'heure : la sexualité ne regardait personne. Politiquement, il y avait des militants de l'abolition de la pénalisation de l'homosexualité. Mitterrand était ni homophile ni homophobe. Il était sensible et compliqué, ouh là ! J'aimais beaucoup Mitterrand humainement. C'était un homme subtil, fin, cultivé, délicat, doté d'un grand sens de l'amitié. Même quand il était président de la République, si un ami de longue date était à l'hôpital, il trouvait toujours le temps d'aller le voir. Il avait des amis homos, mais leur homosexualité ne comptait pas. Il trouvait ça ridicule, lui aussi, et odieux dans les conséquences.

Vous étiez donc sur la même longueur d'onde sur cette question…

Oui, simplement, moi, j'étais plus militant. Pour lui, la persécution et la répression de l'homosexualité n'avaient pas de sens, mais ce n'était pas non plus un enjeu politique majeur. En tant que grand homme politique, il avait dû construire le

Parti socialiste pour le mener à la victoire, ce qui n'a pas été une entreprise facile. Il était absorbé par cela. Pour moi, la pénalisation de l'homosexualité était une infamie.

Vous dites que cette cause était aussi portée par d'autres. Existait-il des mouvements homosexuels influents à l'époque ?
Ils n'étaient pas nombreux. Je me souviens d'avoir rencontré, en 1974, André Baudry, le fondateur d'un groupe de militants homos qui s'appelait Arcadie*. Ils étaient très cultivés, agréables, mais cela ne représentait pas un mouvement de masse, cela relevait davantage du cercle d'intellectuels bourgeois. C'était très sympathique. Lors de leurs journées nationales dédiées aux droits de l'homme, j'avais donné une conférence sur le thème « Justice et homosexualité », sur l'histoire de la répression de l'homosexualité depuis l'Antiquité. Je ressentais cette persécution à travers le milieu intello que je fréquentais et les nombreux clients et amis que j'avais dans le domaine du cinéma, des médias, de la couture et, par conséquent, j'avais l'occasion d'écouter des affaires tristes... Il y avait une grande violence anti-homo... Une grande violence. Je me souviens d'une affaire dans l'ouest de la France, je crois. Des commandos de parachutistes et des fusiliers marins avaient fait une descente dans un bar homo. Ils étaient bourrés, ils ont frappé à mort un homo. Je devais être partie civile, puis le hasard de la vie m'a emporté très loin de la partie judiciaire, donc je n'ai pas plaidé cette affaire. Cette

---

* *Arcadie a été créé en 1954 par un ancien séminariste, André Baudry, ainsi que par Jacques de Ricaumont, André du Dognon et Roger Peyrefitte, avec le soutien de Jean Cocteau, qui offre un dessin inédit dans le premier numéro de la revue du même nom, Arcadie. C'est la première véritable association homosexuelle française.*

violence, et surtout ce rejet, profond, des homosexuels, existait dans la société. Avant 1968, on peut dire que l'homophobie était largement répandue et que l'homosexualité restait clandestine.

Certaines personnalités assumaient leur homosexualité, comme Jean Cocteau et Jean Marais. La célébrité pouvait-elle aider à la vivre au grand jour ?

Dans le monde germanopratin, que l'on affecte aujourd'hui de tant mépriser, il y avait beaucoup d'homos. Le nombre de grands écrivains et de grands artistes homos est considérable, sans parler de la mode, qui avait à cette époque un éclat mondial. Paris était une ville dans laquelle existaient des milieux homosexuels, pas seulement parmi les intellectuels, le monde du spectacle et de la danse, cela faisait partie de la vie parisienne. En revanche, il y avait une hostilité des milieux traditionnellement bourgeois, les mêmes qui avaient soutenu le plus le pétainisme à l'égard de l'homosexualité. C'était épouvantable... *« Ciel, mon fils est homo ! »* La mère pleurait, le père était fou... C'était rejeté. Tout comme dans l'Église catholique, à laquelle je n'appartiens pas, mais j'avais assez d'amis dans ce milieu-là aussi pour savoir que la condition du vivre homo était proscrite. Nous avons des témoignages littéraires, comme le célèbre livre *Les Amitiés particulières*, de Roger Peyrefitte — pas le ministre, l'écrivain —, qui le montre très bien en racontant la passion amoureuse entre deux adolescents au sein d'un internat catholique... Dans la profondeur d'une nation éminemment provinciale, bourgeoise et catho, il y avait une haine de l'homo. Dans l'armée, tout le monde savait qu'il y avait des officiers homos et, en même temps, il y avait une hostilité et un mépris. Mais, à condition que cela s'exerce dans certains milieux très artistiques, très avant-gardistes, c'était accepté. Ce qui n'était pas acceptable de la part de l'industriel du Nord était toléré du danseur étoile de l'Opéra de Paris... Vous savez, les choses ont beaucoup changé à cet égard, énormément.

Comment est arrivé le projet de la dépénalisation ?

La dépénalisation était acquise dans les milieux de gauche, grâce à l'influence soixante-huitarde. Tout le monde savait que c'était la loi de Vichy qu'on n'avait pas le courage de supprimer. La symbolique était forte et, moi, j'y tenais beaucoup pour cette raison. J'avais ressenti très profondément l'injustice de la persécution des homos parce que j'avais eu ces affaires où des hommes avaient vraiment vu leur vie détruite. *(Il tapote nerveusement sur la table.)* Je déteste les injustices, pour des raisons multiples. Là, elle était à mes yeux flagrante, et j'avais vu sur certains ses effets destructeurs... Parce qu'être la proie... Tout le monde ne vit pas dans le milieu de la mode à Paris, vous comprenez. Ce n'est pas ça, la France profonde. Donc le rejet a été effectif, le mépris constant, le terme pédé, une injure facile. C'était difficile.

Dépénaliser l'homosexualité rejoignait-il votre combat pour les droits de l'homme, que vous avez chevillé au corps ?

Le droit de disposer librement de sa sexualité est un droit fondamental de l'être humain à mes yeux. Il fait partie des droits de l'homme. Évidemment pas quand on a douze ans ! La question posée est aussi celle de l'âge de la majorité sexuelle, qui évolue selon le temps. Quel âge fixer... quinze ans ? Seize ans ? Le principe de la sexualité est simple : cela doit se passer entre deux personnes consentantes en état de discernement. À partir de ce moment-là, une fois les rideaux tirés, les personnes qui s'envoient en l'air le font à leur gré. Leur quête, c'est le plaisir, point. Pas besoin d'être Socrate pour l'expliciter. Or, s'agissant des mœurs, nous sommes forgés par la culture biblique, non par la philosophie grecque. C'est une des raisons pour lesquelles cela chemine si profondément et structure les mentalités.

Vous veniez de mener l'âpre combat pour l'abolition de la peine de mort, et celui pour la dépénalisation s'annonçait difficile. Vous n'aviez pas peur de prendre des coups !

Le combat pour l'abolition a été incroyablement impopulaire. Ce que j'ai reçu comme lettres d'injures, y compris une bombe que l'on a mise devant ma porte et qui a explosé, ici, rue Guynemer... J'avais été dîner dans un restaurant à côté de mon domicile avec ma femme, Élisabeth, et Jacques Attali et, lorsque nous sommes revenus, j'ai trouvé les pompiers devant chez moi avec une grande échelle. Mes garçons étaient couchés, et c'est le voisin du dessous qui avait reniflé l'odeur de la bombe posée sur le paillasson. Mes fils avaient une douzaine d'années et ils déliraient de bonheur parce qu'ils voulaient absolument descendre par la grande échelle. Le capitaine des pompiers hurlait : *« Non, je ne veux pas ! »* Toute une histoire... Je faisais des bonds, moi ! Avec mon équipe de l'époque, nous nous réunissons encore une fois par an, et on rigole en se souvenant de cette haute impopularité dont nous bénéficiions. Je voulais absolument que, pendant les six premiers mois du mandat, nous passions au Parlement tout ce qui était ultra-impopulaire pour construire ensuite le nouveau Code pénal. Politiquement, c'était une erreur. Peu importe, j'avais choisi de faire ainsi.

Pourquoi était-ce une erreur ?
Parce que cela donnait l'impression... Quand j'allais au bistrot avec Élisabeth, très vite, j'entendais à une table proche, d'une voix soudainement plus haute *(il surjoue une voix aigüe)* : *« Oui, ma voisine a encore, elle aussi, été pillée dans son appartement »* et l'œil tourné vers moi : *« Avec tous les assassins et les malfrats qu'on a libérés... »* C'était comme ça partout.

Incroyable...
Ah, oui, oui, c'était incroyable.

Vous faisiez le dos rond ?
Non. C'était de l'indifférence. Je n'allais pas me colleter avec eux. L'essentiel pour moi était le vote de l'abolition. Le reste... J'avais commencé par supprimer la Cour de sûreté de l'État, on m'a dit que je servais les terroristes. Il y avait la loi d'amnistie pour les petits délinquants ; ma mère, femme d'ordre bourgeoise, m'a dit : *« Est-ce vraiment indispensable que tu libères ces assassins ? »* Je lui ai répondu : *« Quels assassins ? Ils étaient condamnés à six mois de taule ! »*, etc. C'est vraiment formidable, ce à quoi j'ai assisté... À la grande époque où je plaidais ces affaires spectaculaires avec la peine de mort dans la balance, effective, redoutable, nous avions un grand concours familial où on élisait la lettre la plus insultante du mois. Je les gardais dans des sacs poubelles. Qu'est-ce que ma fille et ma femme n'ont pas subi comme outrages sexuels de maniaques délirants, mais anonymes... Toujours anonymes. J'ai apprécié le courage des auteurs de ces lettres. C'est pour cette raison que je n'aime pas les dénonciations. J'ai une horreur, liée indiscutablement à la guerre et à

l'Occupation, de la délation. *(Il inspire fortement.)* Une horreur ! Aujourd'hui, la délation devient à nouveau une espèce de devoir moral – je laisse de côté la cause –, c'est une chose qui m'atteint.

Cela vient de la persécution des juifs,
dont vous avez souffert ?

Non, non. L'appel à la délation, vous savez, c'est le régime totalitaire partout. Cela n'est pas lié seulement à la persécution des juifs. Je me souviens de ce que m'avait raconté le directeur de la PJ, Max Fernet, avec son œil de grand flic qui ne se berçait pas beaucoup d'illusions sur la société et qui faisait partie du réseau de Résistance « Honneur de la police » ayant préparé l'insurrection. En mai 44, juste avant le Débarquement et la Libération, il était directeur vichyssois de la PJ. Il avait fait venir un ami pour lui montrer le service du courrier. Il y avait une pièce entière remplie de lettres de dénonciation non ouvertes parce qu'ils n'avaient plus le temps de le faire. Cela arrivait à plein chariot tous les jours. Puis il est parti dans le maquis, avant de revenir, à la libération de Paris, pour prendre les armes à la préfecture. Après la guerre, il est nommé directeur adjoint de la PJ, et son directeur lui dit : *« Qu'est-ce que vous en pensez de toutes ces lettres ? » « Il n'y a qu'une seule chose à faire,* répond-il, *on va les brûler. »* Et il ajoutait toujours avec un demi-sourire : *« Trois mois après, on en avait autant. Ce sont peut-être les mêmes... »* Il y a eu un nombre très élevé de dénonciations et aussi beaucoup de silences complices. Il ne faut pas jouer avec ça. Ce n'est que trop tendance chez les êtres humains de dénoncer autrui pour de multiples raisons qui ne relèvent pas toutes de la croisade pour la justice et les bonnes mœurs. Quand on a été victime d'une agression, la dénoncer et porter plainte est normal. Mais prôner la délation en soi, hymne horrible, je trouve ça effrayant. Vous ne trouvez pas ?

Les réseaux sociaux peuvent aussi être des catalyseurs de vindicte populaire...

J'aimerais beaucoup que l'on procède à une étude des réseaux sociaux concernant l'homophobie, car je suis sûr que c'est un vecteur favorisant sa renaissance. Je souhaiterais qu'il existe une association de défense qui prenne en compte ce qui se passe sur ces échanges virtuels, car je pense que c'est un véhicule de haine.

Cela permet aussi aux victimes de dénoncer l'homophobie en publiant sur leur compte, par exemple, la vidéo ou la photo de leur visage tuméfié...

Oui, mais quand même.

Pour en revenir à la question de la dépénalisation...

Je me disais qu'il fallait aussi passer cette loi. Ce serait réécrire l'Histoire que de croire qu'il y existait un militantisme de masse pour la suppression du délit d'homosexualité. C'était plutôt de l'indifférence... À l'automne 1981, l'agenda parlementaire regorgeait de sujets économiques et sociaux avec les nationalisations d'entreprises, la réduction du temps de travail, la retraite à soixante ans... Le premier ministre Mauroy m'a dit : « *On ne peut pas avoir un ordre du jour prioritaire, il faut qu'on en finisse avec ses multiples lois sociales.* » La droite ne nous menait pas la vie facile, donc on perdait du temps, car nous en passions beaucoup à soutenir les projets lors de débats considérables. À la fin de la première session, j'ai alors demandé à Raymond Forni, président de la commission des lois, de trouver une quinzaine de députés du groupe socialiste pour déposer une proposition de loi sur la dépénalisation, que je soutiendrais, bien sûr, et de la faire passer à l'ordre du jour par le canal parlementaire pour aller plus vite. Je ne souhaitais pas passer par le canal officiel des ministres et « faire la queue » pendant encore je ne sais combien de temps ! Forni partageait tout à fait le même sentiment. Le texte fut préparé à la Chancellerie et Gisèle Halimi, elle aussi très motivée, l'a défendu comme rapporteure de la commission des lois. Nous avons débattu en première lecture à l'Assemblée nationale de l'abrogation de l'article 331 alinéa 2 hérité du régime de Vichy en décembre 1981. C'était le dimanche 20 décembre, j'ai vérifié. Je peux vous assurer que, ce dimanche-là, il n'y avait personne dans l'Hémicycle, seulement vingt ou vingt-cinq députés en séance. La plupart étaient repartis en province, car ils trouvaient qu'on travaillait trop, ils n'avaient pas tort… Pour soutenir le point de vue de l'opposition, il y avait Jean Foyer, un très grand juriste, très curé, très, très hostile à toutes les formes du « pêché de l'homosexualité », accusant le gouvernement et la majorité de vouloir la réhabiliter, et dans la précipitation, de surcroît ! J'ai croisé le fer avec lui une fois de plus avec bonheur, car c'était un très bon professeur de droit, incroyablement adroit.

Le débat à l'Assemblée nationale a-t-il été difficile à mener ?

Non. Ce qui a marqué pour moi le débat à l'Assemblée est que, si l'Hémicycle était vide, en revanche les tribunes étaient pleines, mais pleines… d'homos. Un monde comme je n'en avais pas vu depuis l'abolition de la peine de mort ! D'ailleurs, j'ai relu le discours à l'occasion de votre venue. Je me suis dis : « Tiens, c'est pas mal... » Il est vrai que c'est un sujet que je connaissais, et puis je me suis senti porté. Il y a des jours avec et des jours sans, comme lorsqu'on va à la piscine ou quand on se jette dans la mer : il y a des jours où on a envie de nager et d'autres où on trouve qu'elle est glacée. C'est la même chose avec l'éloquence. Lorsque vous parlez sur notes au lieu de lire un papier préparé à l'avance, ça va mieux... Donc, ça allait, j'étais porté. Puis il y a eu un incident. Je m'en rappellerai toute ma vie... *(Rires.)* Emporté par la flamme de l'éloquence, je me suis exclamé, avec l'expression d'une conviction profonde : *« Il n'est que temps de prendre conscience de tout ce que la France doit aux homosexuels ! »* Alors là, les tribunes ont éclaté en applaudissements... Ce qui est interdit ! Depuis la Révolution française, on ne permet pas au public de manifester son opinion, sinon, c'est les tricoteuses, vous comprenez, cela deviendrait tout de suite : *« À mort ! », « Salaud ! »*, etc. Quel que soit le sujet, les tribunes doivent rester silencieuses. Cela crie déjà assez en bas ! *(Rires.)* Et, alors que le président de l'Assemblée se livrait à ce rappel à l'ordre, on voit un mouchoir, très joli, en batiste, jeté ou perdu dans l'émotion, descendre tout doucement des tribunes vers les banquettes rouges de l'Hémicycle et qui est venu se poser sur une travée des députés ! Tout le monde regardait, médusé, ce mouchoir qui flottait dans l'air de l'Assemblée... Moi, ça m'a coupé l'éloquence, j'ai fini mon discours en trois phrases pour conclure en hâte. *(Il rit de bon cœur.)* Je reverrai toujours ce mouchoir en batiste flotter comme ça dans l'air... Et puis la loi est passée.

Vous aviez appris le discours par cœur?
Non. Quand vous avez écrit un texte et que vous l'avez corrigé, ça revient tout seul. Il n'est pas nécessaire d'apprendre «par cœur», comme on dit. Vous ajoutez une phrase, généralement pas la meilleure *(rires)*, vous en coupez une autre, mais ce n'est pas vraiment de l'improvisation quand c'est un discours important.

Vous avez aussi une certaine faculté d'éloquence...
Oui, naturelle, mais, hélas, j'ai découvert que, dans le monde de la communication actuelle, l'improvisation est fatale. Si vous voulez que votre pensée soit conforme à ce qui est publié par la presse, il faut écrire le projet et le distribuer au moment où vous commencez. Donc, mon attachée de presse montait dans les tribunes de l'Assemblée ou au service de presse pour distribuer le discours à l'instant où je commençais. Pas avant. De cette façon, les journalistes avaient le texte exact, donc ma pensée n'était pas trahie le lendemain, comme je l'avais vu avant si souvent. Contrairement aux plaidoiries. Il ne faut jamais, jamais, jamais plaider une affaire dans laquelle se joue la vie de l'accusé en lisant un discours. Jamais. Je me fichais de l'éloquence, de bafouiller ou pas, le plus important est le rapport en direct établi avec ceux qui vous écoutent. Il faut que vous ayez toujours *la facciata*, comme disent les Italiens, que vous y alliez à nu. Ils doivent sentir que c'est un homme qui parle, pas un avocat qui plaide. Encore moins le lecteur d'un discours préparé. J'ai gardé le manuscrit de l'abolition et un certain nombre de discours. Pas beaucoup, d'ailleurs, parce que je ne sais pas où sont passées mes archives... J'ai écrit le discours pour l'abolition en Bretagne,

chez mes amis Benoîte Groult et Paul Guimard, dans leur jolie maison de pêcheur de Doëlan, face à la mer. J'ai déposé l'exemplaire à la BnF *(Bibliothèque nationale de France)*, car je ne voulais pas qu'on dise que c'était le discours d'un autre que j'avais lu.

Comment la loi sur la dépénalisation a-t-elle été accueillie au Sénat?

Cela s'est durement passé. Je n'ai jamais oublié l'opposition du Sénat. Je tenais absolument à faire toutes les lectures et j'avais refusé la procédure accélérée par principe. Je me suis toujours dit que les grands sujets doivent bénéficier du concours des parlementaires, car les débats améliorent les textes, qu'ils soient économiques ou sociaux. La critique fait naître l'amendement. Si vous n'avez pas un aveuglement partisan, vous pouvez vous dire: «Tiens, ce n'est pas sot ce qu'il dit, il n'a pas tort Séguin » — je prends son exemple, car c'est un homme que j'aimais beaucoup —, et donc nous corrigions. Là, pour la dépénalisation de l'homosexualité, les sénateurs étaient hors d'eux... Je me rappellerai toujours la première séance, première lecture, je regardais le sénateur Dailly, vice-président du Sénat, qui était notoirement réactionnaire, représentant au Sénat du CNPF *(Conseil national du patronat français)*, très bourgeois, qui s'est lancé dans une diatribe avec des accents dignes du XIXe siècle! Je regardais mon directeur de cabinet en disant: «*Mais il va claquer du cœur! Qu'est-ce qu'il a à se mettre dans cet état pour une histoire qui concerne, je crois, quatre cents affaires certes dramatiques, mais qui ne constituent pas un problème clé de la société ni de la criminalité française? C'est un problème symbolique!*» Il était dans un état de possession, on sentait qu'il aurait brûlé les homos.

Il y avait une haine.

Ah, oui. Le Sénat a rejeté trois fois de suite l'abrogation du délit d'homosexualité. Trois fois de suite ! J'ai eu l'occasion de le rappeler aux sages lorsque je suis devenu sénateur au moment de la discussion sur le pacs : ne venez pas me parler à moi du Sénat qui se veut « défenseur des libertés » parce que je vois que, pour le pacs, vous êtes toujours les mêmes. Avoir refusé la suppression du délit d'homosexualité, qui, aujourd'hui, apparaît dérisoire est un rappel que le Sénat n'aime pas entendre. En revanche, ils aiment bien que je leur rappelle qu'ils ont aboli la peine de mort, six mois auparavant, en première lecture, ce qui est un grand résultat parlementaire et sénatorial. Mais, vous savez, la dépénalisation était surtout importante symboliquement et pour la communauté homo. L'époque était davantage à la bataille qui entourait les réformes économiques et sociales, l'immigration ou le problème de l'abolition de la peine de mort, qui portait en elle une histoire et une volonté républicaines. Je n'ai jamais fait le pendant, mais j'ai toujours considéré qu'il fallait en finir avec la pénalisation de l'homosexualité. Je le répète : la répression pénale des mœurs quand on dispose de la majorité sexuelle était épouvantable et honteux pour une société.

La suppression de la pénalisation de l'homosexualité fait-elle partie de vos fiertés au même titre que l'abolition de la peine de mort ?

Non, ce n'est pas une fierté. La question de la peine de mort est sans rapport avec la suppression du délit d'homosexualité. Tous les Français avaient un avis sur l'abolition, et encore aujourd'hui, car vous savez comme moi que c'est autre chose, il s'agit de la vie et de la mort. Savoir quel est l'âge auquel on peut se livrer à l'homosexualité n'est quand même pas comparable. Les gens ne savaient même pas que la pénalisation existait ! Il ne s'agissait pas d'une répression de masse, elle s'exerçait contre certains individus. Moi, j'en avais vu les ravages, les conséquences individuelles et personnelles, la symbolique affreuse liée à Vichy, tout justifiait l'abolition : la pratique et le principe. Cela s'inscrivait dans un parcours. Ce n'est pas pour autant que je situerai le virage du changement de l'opinion publique sur l'homosexualité au moment de la dépénalisation de 1982...

À quel moment pensez-vous que les mentalités ont commencé à évoluer ?

Avec l'arrivée du sida. Jusque-là, seuls les milieux concernés ou les initiés connaissaient l'existence de l'article 331 alinéa 2 du Code pénal. Mais le sida a changé l'attitude de l'opinion publique vis-à-vis de l'homosexualité. Nous avons d'abord flotté complètement en pensant pendant un moment que cette maladie sexuellement transmissible ne frappait que les homos, qu'elle était propre à leur sexualité. Non. Le sida a frappé un grand nombre d'homos pour d'autres raisons que leur homosexualité : beaucoup de jeunes hommes notamment fréquentaient un peu trop les backrooms sans prendre les précautions convenables à une époque où on ignorait presque tout du virus. Évidemment, il se répandait. La façon avec laquelle le monde homo a fait face à cette épreuve, avec courage, solidarité et dignité, a beaucoup touché les hétéros. Ensuite, s'ajoute l'effet heureux des œuvres d'art, des films et des pièces consacrés à l'épidémie de sida, qui est aujourd'hui un sujet abandonné, mais qui a été exploré considérablement parce que ça frappait justement les auteurs et les artistes…

Certains ont vu une punition divine à l'encontre des gays.
C'était extravagant et on ne va pas s'arrêter au délire de quelques homophobes ! Non, ce que je veux dire, c'est que l'attitude générale a changé. Je considère qu'à cet égard, s'il y a encore de l'homophobie, elle n'est plus ce qu'elle était.

Il y a quand même aujourd'hui une recrudescence des agressions homophobes dénoncée par l'association SOS Homophobie.
Il y a une recrudescence de la violence de toutes parts.

Ne sentez-vous pas le retour d'un climat homophobe ?
Encore une fois, et c'est pour moi un impératif catégorique : chacun est libre de faire ce qu'il veut avec son corps. Du moment qu'il n'y a pas de violence, du moment que ce n'est pas un viol, du moment que c'est à un âge légal, cela ne regarde pas les autres. C'est une liberté première. Voilà, c'est tout. Ils sont homos, moi je ne le suis pas, *so what* ? Je le ressens toujours très personnellement. Cependant, je vais vous dire, moi qui ai toujours milité dans ce sens et qui suis un vieux monsieur qui vit en écrivant et en travaillant, je ne dissimulerai pas une sorte de déception que j'ai souvent exprimée à mes amis homos : je trouve que les homos occidentaux ne sont pas assez solidaires de ceux qui sont eux soumis à de véritables agressions à travers des législations homophobes. Le nombre de pays…

72 pays.

Oui... Ceux dans lesquels le crime d'homosexualité est inscrit dans la loi et où l'on n'a pas le courage de le supprimer. Ceux qui ont une pratique homophobe policière et judiciaire abominable, notamment les pays islamistes fanatiques qui ont des lois particulièrement répressives. Quand on fouette au Pakistan, et je connais les fouets de l'armée pakistanaise qui sortent tout droit de la colonisation et qui démolissent la colonne vertébrale, ou quand on pend en Iran des homos, c'est insupportable. Comment admettre ces traitements barbares? Eh bien, je veux exprimer une conviction et une indignation profondes: je trouve qu'il n'y a pas assez de mobilisation à l'égard des homos de ces pays. Il devrait y avoir en Occident des mouvements et des manifestations de solidarité plus qu'il n'en existe. Je ne suis jamais parvenu à sensibiliser des associations malgré mes interventions à Genève ou au Conseil de l'Europe. Il n'y a pas de vraie solidarité et, ça, ça me blesse. Parce qu'on est soi-même à l'abri, on laisse les autres, qui sont, qu'on le veuille ou non, nos frères d'humanité, et cela vaut pour toute l'humanité, pas seulement pour les mœurs. On ne s'intéresse pas à leur sort? Je trouve cela intolérable. J'ai essayé et je n'y suis jamais arrivé. Et j'ai été très frappé de constater qu'au moment où il y a eu les travaux préliminaires sur le pacs — j'étais à la commission des lois du Sénat à ce moment-là et je suis intervenu bien sûr en sa faveur — il y avait les représentants de qualité des associations que je connaissais et qui parlaient fiscalité, succession, appartement... mais rien sur l'essentiel. Il n'y avait pas, comment dirais-je, de mouvements qu'on aurait voulu voir venir du cœur pour dénoncer ce qui se passe là-bas, parce que c'est tyranniser la liberté d'autrui dans ce qu'elle a de plus intime. Les considérations étaient plus matérielles et financières : la peur d'être mis à la porte de chez soi, l'absence de pension de réversion, la possibilité pour les fonctionnaires de pouvoir être transférés... Il y avait un côté « notaire », sans vouloir faire de mal *(rires)*, on faisait les comptes, mais le cœur des choses, les drames que j'avais vus... Il n'y avait pas de vraie et profonde solidarité de la plupart des homos, pas tous, comme j'aimerais la voir pour ceux qui sont persécutés dans certains pays. Quand je dis « persécutés », c'est autre chose qu'une pension de réversion ! Je le répète : c'est leur vie, c'est leur honneur, c'est leur intégrité physique, c'est le fouet, c'est la corde, c'est la condamnation à mort pour homosexualité en Afrique noire. Eh bien, cette réalité, même au Conseil des droits de l'homme... Alors, il y a des militants, heureusement, j'en connais. Ils sont le sel de la terre, mais il n'y a pas assez de solidarité, vous comprenez, au sens le plus mondial et général du terme. Oui, on doit être solidaires des homos persécutés aujourd'hui.

J'ai relu aussi le discours que vous avez prononcé lors du premier Congrès contre l'homophobie au Quai d'Orsay, en 2009, qui était un discours extrêmement engagé...

Très engagé. Je continue de militer en faveur de l'abolition universelle de la persécution, mais je ne peux pas dire que j'ai eu des échos. Je ne peux pas dire, mon cher, que j'ai assisté à ce que j'espérais : la mobilisation des homos dans le monde... Je ne la vois toujours pas. Et je ne peux pas comprendre pourquoi. C'est quand même important !

Je suis tout à fait d'accord.

Pourquoi n'y a-t-il pas des associations qui dénoncent ces agissements ? Je trouve que ce n'est pas bien.

Il y a une association qui existe : Urgence Tchétchénie.*

Oui, mais ça devrait être un mouvement international, pas européen. Vous devriez le faire ! Comme le racisme, il faut frapper universellement et obtenir une convention internationale. L'action internationale fait défaut et je sais pourquoi : la répression s'exerce d'abord dans les pays musulmans. Et, si vous le dites, vous êtes anti-musulman.

Notre rapport à la religion, à l'islam en particulier, complique la question de l'homosexualité.

Oui, parce qu'on crie tout de suite au racisme. Non, ce n'est pas du racisme, c'est la défense d'un droit lié à un problème de mœurs ! On a le droit de vivre ce que l'on est. Vous devriez faire quelque chose pour la lutte internationale !

Le manque de solidarité est-il un travers de notre époque ?

Je ne sais pas. En tout cas, c'est un travers de l'Occident. Parce que ce manque de solidarité n'est pas seulement un constat chez nous. Je n'ai pas vu défiler les masses à Londres, en Californie...

** Urgence Tchétchénie : rebaptisée Urgence Homophobie, l'association œuvre depuis 2017 contre les persécutions subies par les personnes LGBT en Tchétchénie. Aujourd'hui, son action se déploie auprès des personnes en demande d'asile en France en provenance du monde entier pour leur permettre de se reconstruire.*

Pourtant, ce qui se passe en Tchétchénie est à nos portes.

Oui... Et il y en a d'autres. Par exemple, lors des Gay Prides, à aucun moment nous n'avons vu des chars avec les représentations cruelles infligées aux homos par ces pays pour les dénoncer publiquement.

Aujourd'hui, la Marche des fiertés se veut surtout un grand carnaval festif...

Oui, enfin, écoutez, ça se voit. Je crois qu'on ne veut pas ridiculiser dans un carnaval les bourreaux égyptiens ou iraniens parce qu'il ne faut pas faire de peine... À qui fait-on de la peine ? À qui ? Certainement pas aux banlieues parisiennes, car elles s'en moquent. C'est une réalité !

Vous semblez pointer la responsabilité des homosexuels avant celle des politiques ?

Non, pas avant. Pour moi, les droits de l'homme sont indivisibles et indissociables : on est pour ou on est contre. On ne peut pas les négliger. Parmi les droits de l'homme, celui de l'égalité entre tous au regard des mœurs et de la façon de disposer de son corps, encore une fois, est un principe absolu et une liberté fondamentale. Donc, c'est une cause juste. La persécution des homos est une injustice et une infamie. Je le dirais pour toutes les formes de persécutions, aussi bien racistes qu'antisémites ou autres... Ce n'est pas sans raison que les régimes totalitaires ont instauré le triangle rose, même si ce n'est pas comparable, heureusement, au niveau du nombre, avec l'étoile jaune.

Est-ce votre histoire familiale, et la mort de votre père en camp de concentration, qui vous a sensibilisé aux injustices du monde ?

Je ne sais pas. Sûrement aussi.

Parce que c'est viscéral chez vous...

Oh, oui, chez moi, c'est viscéral, et je mourrai avec ça. D'ailleurs, ce n'est pas satisfaisant, car être toujours en proie à tout ça... Mais vraiment, bien avant 1981, je trouvais que cette rupture de l'égalité entre les êtres humains était insupportable. Je n'ai jamais regardé si la persécution des lesbiennes atteignait le niveau de persécution des homos. Je ne crois pas. La seule référence historique que j'ai eue à cet égard, c'est quand le premier ministre britannique, Gladstone, je crois, est venu faire signer à la reine Victoria le bill réprimant l'homosexualité. Il a toussoté : « *Votre Majesté a sûrement remarqué que cela ne concerne que les hommes.* » Elle l'a regardé, étonnée : « *Je ne comprends pas ce que vous voulez dire, Monsieur le premier ministre... Cela ne concerne en effet que les hommes. L'homosexualité est un problème d'hommes.* » Il a eu le souffle coupé, mais il s'est dit que ce n'était pas la peine de détruire les certitudes de la reine Victoria, qui était alors au couchant de sa vie... *(Rires.)*

En Afrique, des lesbiennes ont été violées pour les punir et les remettre dans le droit chemin...

C'est de l'infamie, et des comportements abjects de brutalité sexuelle.

Le fait que deux femmes ensemble constitue souvent un fantasme masculin a-t-il pu les « préserver » d'une certaine façon ?

Sûrement. Les femmes et les hommes de culture qui avaient lu *La Religieuse* de Diderot savaient pourtant que le lesbianisme se pratiquait. Mais la répression n'a pas existé durant tout le XIXe français.

Je voulais revenir sur le pacs et le mariage pour tous. Pensez-vous que c'est aussi en raison du VIH/sida qu'on a fini par accorder davantage de droits aux personnes LGBT ?

Il y a eu indiscutablement la prise de conscience que les homos méritaient le respect. Face à l'épreuve, ils étaient respectables et on devait les respecter. C'est pour ça que je dis que cette évolution est liée aux ravages du sida. À partir de ce moment-là, cela a beaucoup joué en leur faveur dans l'opinion publique. Cela n'a pas suffi, à l'évidence. Le pacs est une histoire extraordinaire pour le juriste amateur de séquences. Le discours de la garde des Sceaux, Mme Guigou, qui était bien d'ailleurs, disait : « *On fait le pacs pour éviter le mariage des homos.* » C'était dit explicitement ! C'est quand même formidable... Je me suis marré l'autre jour en le rappelant à Élisabeth ! *(Il rit.)*

Pour vous, le pacs était la première marche vers le mariage ?

Pour moi, le pacs allait de soi. C'était une bonne innovation. Conçu pour éviter le mariage homo, le résultat a été que, dans la nouvelle génération, il a été plébiscité en masse par les hétéros...

À 80 %!

...et que le mariage a diminué en fonction du nombre de pacs. Et maintenant nous avons le mariage homo! Pour un juriste, il est très intéressant de voir comment un texte échappe à l'intention du législateur. Le pacs est devenu une pratique de mariage à l'essai surtout utilisé par les couples hétéros. Mais il n'y a pas de raison que le mariage homo prospère davantage que le mariage hétéro, que les uns se précipitent vers le mariage et que les autres s'enfuient. C'est un mouvement de génération. Il est vrai qu'il y a eu une régularisation chez les couples homos vivant ensemble depuis longtemps, notamment les hommes d'un certain âge, mais le nombre de mariages s'est ensuite stabilisé. Pour les homos et les lesbiennes, il représente 6000 unions par an. C'est un chiffre stable.

Cela n'a pas révolutionné la société, comme le dénonçaient les détracteurs du mariage...

Oh, non, non.

Comme Christine Boutin, qui a dit que l'homosexualité est une abomination.

Elle a tellement milité pour les droits des détenus que je lui pardonne même ces dérapages imbéciles en matière d'homosexualité!

La dépénalisation était quand même la première marche pour arriver au mariage, même s'il y a eu le sida entre-temps...

Oui. Symboliquement, et cela compte dans le domaine du droit, vous ne pouviez pas espérer construire sans raser l'édifice répressif, qui était fondamentalement injuste. In-juste. Qu'un homo puisse être poursuivi parce qu'il fréquentait un jeune homme, mais ne pouvait pas l'être si c'était une jeune fille, c'était fou ! Pour en revenir au débat sur le mariage pour tous, je n'étais pas d'accord avec le mouvement de La Manif pour tous, qui était lamentable et excessif. Si on se réfère à la Bible, le mariage est un sacrement ; de la même façon la répression de l'homosexualité trouve aussi son origine dans le texte fondamental. C'est Adam et Ève, ce n'est pas Adam et Adam ou Ève et Ève. C'est le mariage tel qu'il nous a été enseigné et tel qu'il est inscrit dans la représentation collective. Il n'y a rien à faire.

Vous n'avez jamais craint de dépasser les tabous sociétaux liés à notre culture.

Je me souviens d'avoir plaidé pour un travesti très célèbre à Paris, du nom de… Coccinelle, qui voulait changer de sexe. À la première chambre, j'avais obtenu quelques considérations et certains appuis, mais le président m'a dit que le tribunal devait réfléchir… L'idée que la justice puisse ratifier dans l'état civil un changement de sexe pratiqué par opération au Maroc était une demande difficile. C'est une plaidoirie sur laquelle j'avais beaucoup travaillé et j'ai obtenu la reconnaissance légale du passage d'un sexe à un autre. Là, j'étais vraiment un pionnier ! Malheureusement, mes archives judiciaires ont disparu… Quand on revoit le sketch comique joué par Coluche, en mariée, avec Thierry Le Luron, à l'époque, c'était audacieux.

Vous êtes un homme sans tabous.

(Il rit.) Je suis désespérément, comme disent les imbéciles, normal !

Pensez-vous que le fait d'avoir acquis des droits supplémentaires, comme le mariage, a pu cristalliser chez les homophobes davantage de haine et de passages à l'acte ?

Non. Je pense que ça montre une dé-religiosité dans la mesure où le mariage est considéré comme un sacrement. J'ose le dire... C'est manger l'hostie par rapport aux croyants. *(Silence.)* Pour ma part, vis-à-vis du mariage pour tous... pourquoi pas ? J'aurais surtout souhaité que le pacs soit amélioré, car je trouvais qu'il réglait toutes les questions. Dans la mesure où le mariage était pour beaucoup un sacrement, je me suis dit qu'on atteignait quelque chose chez les autres...

Vous étiez donc moins favorable au mariage pour tous ?

Je trouvais que le pas décisif était le pacs, mais qu'il aurait fallu l'améliorer pour avoir une plus grande égalité avec le mariage.

C'était symbolique pour beaucoup de femmes et d'hommes d'avoir le même mot, « mariage », que les couples hétéros !

Oui, c'était le symbole.

Le mariage est avant tout un acte civil contracté à la mairie...

Oui... Je me suis toujours dit : « Pourquoi pas ? » Lorsque j'ai vu toutes les manifestations de masse des anti-mariages, tout ça pour combattre 3 % de personnes... Laissons ces gens se marier ! Savez-vous que les pires textes sur le mariage ont été écrits par de grand écrivains homos, comme Wilde ou Gide* ? Oh là là ! Ce que les homos ont écrit sur le mariage... Je me dis quelquefois que cela montre aussi que les nouvelles générations ne sont pas aussi littéraires que les précédentes !

Que pensez-vous de la PMA et de la GPA ?*

Moi, je suis pour. Parce que c'est la liberté des êtres humains. Les personnes ont recours à la procréation artificielle parce qu'elles ne peuvent pas faire autrement, il est normal d'en tirer les conséquences juridiques. Dès l'instant où vous pouvez créer une famille, pourquoi ne pas l'obtenir aussi pour tous ? C'est une discrimination à l'encontre des couples homos que leur interdire. Mais il faut entourer ces dispositifs de beaucoup de précautions. Cependant, je ne suis pas sûr que cela fleurira autant que le pacs. Il faudrait que cela prospère. Le mariage s'est stabilisé, c'est bien. Que les couples de lesbiennes souhaitent avoir des enfants, c'est un vœu légitime. Doivent-elles les porter ? Pourquoi pas ? Est-ce une cause aussi mobilisatrice que d'autres ? Je voterais pour la PMA sans hésiter.

Vous êtes aussi favorable à la GPA ? Certains évoquent la marchandisation du corps de la femme...

Oui, la GPA aussi. C'est déjà accepté puisque cela se pratique hors de nos frontières, c'est reconnu déjà par la Cour de cassation,

---

« C'est une chose dont aucun mari ne se rendra jamais compte. Le mari est toujours le dernier à soupçonner l'infidélité de sa femme. Le mariage est le triomphe de l'espoir sur la raison. On devrait toujours être amoureux : voilà pourquoi on ne devrait jamais se marier. » Oscar Wilde

« Famille !, je vous hais ! Foyers clos ; portes refermées ; possessions jalouses du bonheur. » André Gide, Les Nourritures terrestres.

** PMA : Procréation médicalement assistée ; GPA : Gestation pour autrui.*

alors pourquoi s'arrêter ? Il faut, je pense, continuer à ouvrir l'éventail, mais la seule question qui se pose et à laquelle je ne peux pas apporter de réponse — je crains, hélas, de n'être pas le seul — est : qu'est-ce qu'il adviendra de ces enfants ? Je ne sais pas. On me dit que cela n'a aucune importance d'avoir deux pères ou deux mères... Il semblerait que cela soit le cas.

Des jeunes adultes élevés par des couples de même sexe disent aller très bien... C'est l'amour qui compte, non ?

Oui. Dès l'instant où vous reconnaissez le mariage homo, pourquoi pas ? Nous verrons, là aussi, si la GPA va prospérer... Je ne fais pas de pari. Je demeure incertain. Vous savez, il est très difficile de l'appréhender lorsqu'on a appartenu comme moi à une génération où la psychanalyse a triomphé. Maintenant elle s'est évaporée. Le silence des psys est aujourd'hui étonnant. Que les couples de même sexe puissent adopter va de soi pour moi. Fabriquer... Quelles vont être les conséquences ?

Si le désir d'enfant contraint certains à une « stratégie », beaucoup de gays ne souhaitent pas en avoir.

Ma femme est une grande militante de la GPA, depuis toujours. C'est une position très courageuse. Élisabeth y voit un facteur positif, à la condition que l'on évite, évidemment, la question tragique du corps de la femme, qui n'est pas vendu, je le rappelle, comme on le dit souvent, mais loué. Ces femmes auront toujours la capacité de procréer. Mais, en cas de rémunération, cela sera difficile à accepter. Si ce n'est pas rémunéré ou que c'est une femme qui le fait pour sa sœur, alors le regard change. L'interrogation est légitime parce qu'il y a en cause un tiers, c'est-à-dire l'enfant que vous faites naître...

Vous êtes très souvent en accord avec Élisabeth Badinter...
Oui, c'est rare que nous ne soyons pas d'accord ! *(Sourire.)*

Vous avez d'ailleurs signé ensemble en novembre 2018 un appel dans L'Express *(n° 3516) pour dénoncer les agressions homophobes.*
Oui. Et je le re-signerai à chaque fois qu'on me le demandera. Sur l'abominable homophobie, la persécution des autres, Élisabeth est au moins aussi ardente que moi.

J'aimerais parler de l'homme dont vous avez un grand portrait dans votre bureau, hilare. Écrivain, philosophe, homosexuel flamboyant et mort du sida en 1984... Michel Foucault.
Il rirait beaucoup. Il rirait sarcastiquement beaucoup de la revendication de pureté des mœurs, de bourgeoisie, de mariage... Le mariage ! *(Il rit.)* Oh, j'entends son rire sarcastique, qui était si commun : « *Ha ha ha...* » Je ne suis pas sûr qu'il apprécierait. Je considère que Michel Foucault est un des grands écrivains de notre temps, philosophe aussi, mais un écrivain admirable.

Comment l'avez-vous rencontré ?
Cela allait de soi compte tenu de son champ d'action. Je vous rappelle que, Foucault, c'est aussi la lutte contre l'incarcération et, à ce titre, nous devions nous rencontrer. J'ai ici l'exemplaire original dédicacé de *Surveiller et punir*. Lorsqu'il parlait

au Collège de France, il était formidable. C'était un grand bosseur: comme le font certains universitaires, tels qu'Élisabeth, il arrivait le matin à 9 heures à la Bibliothèque nationale et il repartait le soir à 6 heures! Ce n'était pas au gré des humeurs, Foucault réalisait un travail préliminaire formidable pour ses cours au Collège de France. Avec lui, c'était toujours enrichissant. Je me rappellerai toujours une lettre qu'il m'a envoyée et que j'ai gardée où il m'écrivait après l'abolition de la peine de mort: *«Il est temps de passer à autre chose! Entre nous, quand allez-vous supprimer les prisons?»* Là, la moutarde m'est montée au nez. Malgré toute l'admiration que j'avais pour lui, je l'ai appelé pour lui dire: *«Michel, c'est une bonne idée, je suis tout à fait pour. La seule chose est que moi je fais les dispositifs et, vous, vous me renvoyez les motifs de la loi afin que je puisse convaincre le président de la République que nous devons supprimer aussi les prisons et les remplacer... D'ailleurs, par quoi?»* Il a éclaté de rire, parce qu'il éclatait de rire, et a dit: *«Oui, on verra.»* Je n'ai jamais rien vu! Tout simplement parce que j'aurais bien aimé trouver le dispositif qui permettrait d'améliorer ou de remplacer les prisons... Mais les supprimer... Voilà. Nous étions liés. Et je me rappellerai toujours... On ne savait pas ce qu'il avait. Je déjeunais avec lui de temps en temps à la Chancellerie et mon chef de cabinet me dit un jour: *«Dites donc, Michel a mauvaise mine...» «Oui, il n'est pas bien. Il doit avoir une grippe.»* Personne ne savait ce qu'il avait. Personne n'avait identifié qu'il souffrait du sida. Puis j'ai appris que Foucault était hospitalisé. Je voulais aller le voir. Vous vous dites ça et puis... Je ne suis pas allé le voir à l'hôpital parce que je ne savais pas que c'était le sida et je ne savais pas que c'était mortel... *(Il regarde le mur.)* Le tableau est formidable.

Le tableau est très singulier, avec ses couleurs de l'arc-en-ciel qui ressemblent d'ailleurs au drapeau LGBT. D'où vient-il ?

Je l'ai commandé. Il a été réalisé par Gérard Fromanger, au début des années 90. J'avais vu chez Edmond Maire, avec qui je déjeunais à la CFDT, un portrait plus petit et moins beau de Foucault peint par cet artiste. Je raconte l'histoire à ma femme en lui disant de demander à Fromanger de peindre la même chose, mais en plus grand ! Elle l'a fait. Ah oui, ce tableau est vraiment beau. *(Robert Badinter le contemple, ému.)*

C'était important de l'avoir chez vous ?

Je l'ai promené partout ! À la Chancellerie, au Conseil constitutionnel... Dans le salon d'attente à côté de mon bureau, il y avait le portrait de Foucault ! *(Il rit.)* Ce qui ne manquait pas de me faire sourire intérieurement à chaque fois que je passais devant... Hélas, Foucault est mort. Maire est mort... Tout le monde s'en va. *(Voix lointaine.)* Foucault est mort trop tôt. Tout le monde meurt trop tôt, mais lui, il est mort très tôt.

Vous avez quatre-vingt-onze ans. Vivre longtemps permet-il d'avoir une analyse plus fine et plus globale sur le monde ?

Malheureusement, la plupart de mes amis sont morts et, parmi ceux qui restent, peu conservent une acuité intellectuelle et mémorielle. J'ai gardé une très bonne mémoire. Je l'ai cultivée. Cela vous donne une longue perspective ou une rétrospective qui vous permet de mieux analyser l'époque actuelle et ce qui s'annonce, précisément puisque je la re-projette sur ce qui a été. Je laisse de côté la période de la guerre et de l'Occupation, qui constitue un autre monde, plus complexe. J'essaye d'analyser et d'observer la société française, disons, à partir de 1945, depuis que je suis arrivé à la faculté de droit. Jusque-là, c'était la guerre. Je dirais que la troisième partie de ma vie a commencé immédiatement après la guerre.

Vous continuez de travailler tous les jours.
Tous les jours. Il faut continuer.

Vous travaillez sur un nouveau livre ?
J'écris une pièce pour l'instant.

Sur un sujet...
Je ne dis jamais le sujet avant d'avoir mis le plus beau mot de la langue française en bas du manuscrit : fin*.

Vous écrivez tous les jours ?
Non, je n'écris pas, je travaille. Cela veut dire que je me documente, etc. Non, non, je n'écris pas, je ne suis pas une machine à écrire. J'écris, quand le moment vient, et puis je corrige interminablement. Cette obsession chez moi... Peut-être vous aussi ?

Oui !
On n'est jamais content.

On refait tout le temps...
Ah, oui ! Ça rendait fous mes collaborateurs de la Chancellerie parce que je rectifiais mes discours, que j'écrivais moi-même.

---

* *Ses derniers ouvrages publiés ont été* Théâtre I. Cellule 107, Les Briques rouges. C.3.3. *(2021) et* Théâtre II. Affaire classée *(2023).*

Je les ai tous écrits de ma main, et j'étais encore là, à gratter jusqu'au dernier moment sur le manuscrit avant de l'emmener à la tribune, c'était obsessionnel.

La politique reste-t-elle la période de votre vie la plus exaltante ?

Non, non. Lorsque je suis parti de la Chancellerie, j'ai écrit un livre qui s'appelle *Les Épines et les Roses*. J'ai été beaucoup plus heureux au Conseil constitutionnel qu'à la Chancellerie et infiniment heureux dans la profession d'avocat. Cela m'a passionné et je me suis beaucoup amusé. J'ai eu une vie bien peuplée. Non. Je n'aime pas le monde politique. Je n'aime pas la politique. Il y a des femmes et des hommes de grande qualité, mais il y a aussi beaucoup de médiocrité... Vous savez, je pense souvent aux mots sublimes de Nicolas de Chamfort : « *En vivant et en voyant les hommes, il faut que le cœur se brise ou se bronze* », mais il y a un moment où vous en avez marre. Marre d'être haï. J'ai quand même été le seul ministre de la Justice contre qui les flics se sont rassemblés, Place Vendôme, pour demander sa démission... Une manifestation policière de masse parce que l'un d'entre eux avait été tué par des militants d'Action directe qui avaient bénéficié de la loi d'amnistie. À un moment, j'ai dit à Edmond Maire : « *Tu sais, j'en ai marre de la vie ministérielle. Les gens ne veulent pas entendre, ne veulent pas comprendre, c'est bien au-delà de la raison...* »

Et pourtant votre action politique restera importante.

J'espère. Pas assez. M'enfin... J'ai fait ce que je pouvais. De toute façon, je ne voulais pas faire une carrière politique. On ne fait pas carrière au Sénat. C'est une bibliothèque, un conservatoire et on y fait du droit. Mais il ne s'agit pas de moi, il s'agit de revenir à l'essentiel... Pour résumer : quand je regarde l'évolution de la société depuis la guerre, après l'écrasement du Reich et cette apocalypse qui s'est passée en Europe, la condition homo s'est immensément transformée. Mais ce n'est pas pour autant qu'il n'y a pas encore des braises et que le foyer ne peut pas repartir. Sont-elles des séquelles rougeoyantes qui s'éteindront ou est-ce une indication que l'avenir implique la prudence et la rigueur ? Ça, je ne sais pas. Vous verrez. Mais ce sont des passions, comme la pulsion répressive, qui est très profonde chez les êtres humains.

C'est vrai qu'en quarante ans, entre 1982 et aujourd'hui, nous avons fait beaucoup de progrès sur l'homosexualité.

Immenses ! Je considère que, du point de vue des mentalités, c'est le plus étonnant que j'aurais vu dans ma vie. Ah, oui... Que ce qui était clandestin, inavouable, caché, avec ce que cela recelait aussi de mystère, de honte, mais en même temps de fierté — tout était si complexe —, disparaisse... Que les homos, qui étaient dans l'ombre, puissent aussi se promener *« on the sunny side of the street »*, « du côté ensoleillé de la rue », c'est très, très, très bien. Et puis, que de névroses et de désespoirs pour les ados qui découvraient leur homosexualité... Des misères immenses compensées par un orgueil provocateur... Que de crimes commis contre les homos... Pourquoi ?

Que diriez-vous à une personne de vingt ans qui découvre son homosexualité ?

Assumer et vivre. Mépriser les homophobes et combattre, bien sûr. Il faut être comme on est, ce qu'on est et puis c'est tout. Ce n'est pas une raison pour en faire une gloire ni une provocation, mais il faut simplement être ce que l'on est. *Être ce que l'on est.*

Il faut parfois toute une vie pour y parvenir.
Pourquoi est-on homo est une autre question, mais que l'on soit hétéro ou homo, il n'y a pas lieu d'en tirer ni gloire ni honte.

La dépénalisation a-t-elle créé un lien particulier entre la communauté homosexuelle et vous ?
Je ne crois pas. Je ne sais pas combien d'entre eux savent que c'est moi qui ai fait supprimer les dernières pénalités existantes en droit français. Je ne sais pas...

Vous êtes une icône quand même !
(Rires.) Bof, j'espère que non, ça me ferait mal ! Le mot icône ne convient pas. Mais vous savez, c'est vrai, j'ai lutté pour ce droit et c'est pour cela que je suis content de me rappeler cette période lors de cet entretien avec vous. C'est le résultat d'une longue prise de conscience qui n'est pas arrivée, comme ça, un beau jour de décembre 1981.

Vous avez grandement contribué à faire évoluer les mentalités sur l'homosexualité.
Si j'ai pu... Avant votre arrivée, j'ai dit à ma collaboratrice que je voulais relire ce que j'avais dit et c'est en relisant que je suis tombé à la fin sur la phrase : *« Il n'est que temps de prendre conscience de tout ce que la France doit aux homosexuels ! »* C'était pas mal ! Et puis le mouchoir qui tombait... *(Rires.)*

Je vous remercie infiniment de m'avoir consacré ce temps, Monsieur Badinter.

Si vous pouviez faire quelque chose pour la lutte internationale… Sur ces éléments basiques : ce n'est pas le préjugé social, c'est la pénalité, la souffrance physique, le châtiment corporel et la privation de liberté qui sont effrayants. Tous les êtres humains doivent avoir les mêmes droits et bénéficier du même respect. Sans universalisme, pas de progrès dans le monde entier. Allez !

Robert Badinter, chez lui, le 13 janvier 2020.
En arrière-plan, le portrait de Michel Foucault.

Discours pour la dépénalisation de l'homosexualité en France

Robert Badinter,
garde des Sceaux,
ministre de la Justice
Assemblée nationale,
20 décembre 1981

« Madame la présidente, mesdames, messieurs les députés, la proposition de loi qui vous est soumise est de celles auxquelles le Gouvernement s'associe pleinement, comme il a eu d'ailleurs, récemment l'occasion de le faire à propos de deux initiatives émanant de la commission des lois de l'Assemblée nationale, l'une entraînant l'abrogation de la loi anti-casseurs, aujourd'hui acquise dans notre droit, l'autre concernant la preuve de la filiation naturelle déjà votée par votre assemblée. Si le Gouvernement souscrit ainsi pleinement à l'initiative de votre commission demandant la suppression du deuxième alinéa de l'article 331 du Code pénal relatif à ce que l'on appelle le délit d'homosexualité, c'est qu'il s'agit là d'une incrimination d'exception dont rien, même pas la tradition historique, ne justifie le maintien dans notre droit pénal.

L'exposé très complet qui a été fait par Mme le rapporteur de la commission des lois *[Gisèle Halimi, ndlr]* me permettra d'aller à l'essentiel. Deux questions se posent. Premièrement, la disparition du deuxième alinéa de l'article 331 est-elle de nature à affaiblir notre arsenal répressif s'agissant d'atteintes à l'intégrité et à la dignité de la personne des mineurs de quinze à dix-huit ans ? Deuxièmement, l'abrogation de cet article contribue-t-elle au contraire à libérer notre droit des pesanteurs oppressives qui l'affectent encore ?

À la première question – affaiblirions-nous notre droit pénal par la suppression de l'alinéa 2 de l'article 331 ? – la réponse du Gouvernement est négative, et ce pour deux raisons. La première est d'ordre juridique. Nous disposons dans nos lois d'un ensemble très complet et très rigoureux de textes permettant d'assurer la protection des mineurs de quinze à dix-huit ans contre toutes les formes d'attentats aux mœurs. Sans reprendre le détail des textes, je rappellerai simplement à l'Assemblée que des peines sévères punissent, dans notre droit, le proxénétisme sous toutes ses formes, et notamment à l'égard de mineurs ; l'incitation de mineurs à la débauche ; le détournement de mineur ; l'attentat à la pudeur commis avec violence contre des mineurs ; l'attentat à la pudeur commis sans violence à l'égard d'un mineur de plus de quinze ans par un ascendant ou par une personne ayant autorité sur lui ; enfin, depuis la loi du 23 décembre 1980, le viol lui-même, dans sa nouvelle définition – qui s'applique aussi bien lorsque auteur et victime sont du même sexe.

Affirmer donc que l'abrogation du deuxième alinéa de l'article 331 livrerait nos adolescents sans défense aux atteintes à leur intégrité ou à leur dignité est encore une contrevérité juridique, ou une hypocrisie, selon que le propos relève de l'ignorance ou du mensonge. Il suffit d'ailleurs d'évoquer à cet égard la pratique judiciaire elle-même, dans sa réalité. La répression du délit d'homosexualité, tel que prévu par l'article 331, deuxième alinéa, est, en fait, considérablement réduite ; elle a même atteint un niveau symbolique. Les condamnations évoquées par Mme le rapporteur, de l'ordre de 150 par an, telles qu'elles figurent dans le compte général de la justice, relevaient pour l'essentiel — tous les praticiens le savent — de l'outrage public à la pudeur, aggravé par l'ancien article 330, alinéa 2, qui fut abrogé par la loi de 1980. Je précise que, dans les huit premiers mois de 1981, les parquets, sur le seul fondement de l'article 331, n'ont entamé que très rarement des poursuites. En rappelant, à cet égard, au parquet que les poursuites ne devaient être envisagées que dans des cas tout à fait exceptionnels et seulement avec l'accord de la Chancellerie, je ne faisais que rappeler un état de fait et annoncer l'abrogation imminente d'un texte inutile.

Qu'on me permette d'ailleurs, sur l'intitulé de ce texte, de rappeler deux faits, ou plutôt une évidence et une pratique historique. Une évidence s'impose : pendant cent cinquante ans, comme l'a rappelé Mme le rapporteur, de 1791 à 1942, la loi pénale française a refusé la répression de l'homosexualité en tant que telle, c'est-à-dire entre personnes consentantes, y compris si l'une d'elles ou les deux étaient des mineurs de plus de quinze ans. Les années 1791 à 1942 ne sont pourtant pas, historiquement, ce qu'on peut appeler une période de libertinage ou de laxisme dans les mœurs ; c'est l'époque du triomphe de la morale bourgeoise, avec ce qu'elle comportait de valeurs et de rigueur au moins proclamées dans le domaine des mœurs.

Croit-on vraiment que si, au XIXe siècle, les champions de l'ordre moral si exigeants du XIXe siècle – qu'ils s'appellent Odilon Barrot, Molé ou le duc de Broglie – avaient considéré que la sauvegarde des mineurs contre ce qu'ils appelaient le *« désordre des mœurs »*, passait par la répression pénale de l'homosexualité, ils n'auraient pas saisi les assemblées parlementaires, alors composées en majeure partie de notables, de projets de textes répressifs identiques à l'article 331, deuxième alinéa ? Rendons-leur, à cet égard, témoignage ; si Oscar Wilde a été condamné par la justice anglaise pour avoir séduit lord Douglas, nous savons que Verlaine ne pouvait être poursuivi par la justice française pour avoir séduit Rimbaud, âgé de dix-sept ans, à moins, d'ailleurs, que la séduction ne fût en sens contraire. Tous les rapports de police de l'époque témoignent que la liaison était notoire. Alors, interrogeons-nous ! La justice anglaise s'est-elle trouvée grandie d'avoir détruit moralement et physiquement Oscar Wilde ? Et l'homosexualité chez les jeunes gens de l'aristocratie anglaise s'est-elle trouvée réduite par ces pratiques répressives ? À lire les mémoires de l'époque, il est permis d'en douter.

En réalité, ces législateurs du XIXe siècle savaient fort bien – je n'ose pas dire par expérience séculaire – que jamais la répression pénale n'a eu, à l'égard de l'homosexualité, la moindre efficacité. Nul d'ailleurs ne le savait mieux que notre éminent prédécesseur, l'archichancelier de l'Empire, M. Cambacérès, l'un des auteurs du Code pénal, bien connu au Palais-Royal sous le sobriquet de « Tante Urlurette ». Juriste de la fin du XVIIIe siècle, il avait vécu, comme ses pairs, dans une société où on lisait, notamment dans le *Traité de la justice criminelle de France*, de Jousse, édition de 1771, tome IV, au chapitre intitulé : « De la sodomie et autres crimes contre nature » : *« La peine de ce crime est de condamner à être brûlés vifs tous ceux qui sont coupables de ce crime* — Tum agentem quam patientem —, *quelquefois de condamner simplement les coupables à mort et ensuite à être brûlés, ce qui dépend des circonstances. »* Texte terrible ! Mais les juristes de l'Empire, tous formés sous l'Ancien Régime, savaient que derrière ces fulminations, héritage de l'Inquisition, se cachait, en réalité, une pratique judiciaire tout à fait différente et très révélatrice. Cette pratique est, jusqu'au XVIIIe siècle, presque impossible à apprécier, parce que, en principe, compte tenu du scandale, les pièces du procès du sodomite, sinon l'auteur de l'infraction lui-même, devaient être brûlées. La documentation est donc rare. Mais elle devient plus complète et très précise à partir du XVIIIe siècle. La jurisprudence du parlement de Paris, juridiction d'appel obligatoire, nous est connue. Sur douze condamnés à de fortes peines en première instance, six furent acquittés par le Parlement et, parmi les condamnés, seuls ceux qui avaient commis des crime graves, hors toute infraction de sodomie, connurent les rigueurs de la loi. En particulier, si, le 1er octobre 1783, le capucin Pascal fut rompu et brûlé vif, c'est que, outre la séduction et la sodomie, il avait commis sur la victime, un jeune homme de dix-sept ans, une tentative d'assassinat en lui portant quatorze coups de couteau.

En réalité, au-delà de la justice solennelle du XVIIIe siècle des parlements, que les auteurs du Code pénal connaissaient parfaitement, s'exerçait une répression policière totalement arbitraire de l'homosexualité, dont le pouvoir royal et surtout le lieutenant général de police étaient les maîtres. Si les coupables étaient de grands seigneurs, cela s'arrangeait, même si le scandale était patent à la cour, par des lettres de cachet de brève durée. Mais, si le chevalier de la manchette était de moindre origine, alors les « mouches » de la police le guettaient et le provoquaient dans les cabarets et les promenades — aux Porcherons, aux Tuileries, à la Demi-Lune. Ensuite, c'était l'arrestation au nom du roi et la conduite au Petit Châtelet. Après quoi, la femme ou les amis négociaient avec le lieutenant de police la libération du détenu, laquelle intervenait au bout de quelques semaines. Les rapports de police du XVIIIe fourmillent de renseignements sur cette « police de mœurs ». Le fichage était pratiqué avec minutie et la surveillance, étroite.

Selon un mémorialiste de l'époque, qui se qualifiait volontiers de moraliste, *« un certain commissaire Foucault tenait un livre où étaient inscrits les noms de tous les pédérastes : 40 000 environ, c'est-à-dire presque autant que de filles à Paris »*. Laissons de côté le chiffre. Ne retenons que le contraste saisissant entre, d'un côté, des textes qui proclamaient le principe d'une répression exemplaire et, de l'autre, la réalité policière quotidienne, qui réprimait moins l'homosexualité qu'elle ne la persécutait, sans que jamais, pour autant, l'homosexualité, fût-ce avec les mineurs consentants, ait, où que ce soit, diminué.

C'est en connaissance de cause de cette répression policière et judiciaire que les législateurs du XIXe siècle ont refusé de faire de l'homosexualité un délit. Il aura fallu cent cinquante ans, il aura fallu le désastre de 1940 et la proclamation d'une idéologie officielle contraire à nos principes républicains de liberté pour qu'apparaisse dans notre droit moderne le délit d'homosexualité avec un mineur consentant de plus de quinze ans. Et il est singulier que l'on n'ait pas osé l'abroger jusqu'à ce jour, même quand on en mesurait l'inutilité, ainsi que le reconnaissait dans cette même enceinte Mme Pelletier en 1930. La leçon de l'histoire et celle de la réalité judiciaire se rejoignent ainsi. L'incrimination pénale de l'homosexualité, même s'agissant des mineurs de quinze à dix-huit ans, ne relève pas des exigences de la sûreté publique. Elle relève bien d'un choix idéologique.

Des deux fonctions qui sont celles du droit pénal — la fonction répressive et la fonction expressive —, seule demeure la seconde s'agissant du délit d'homosexualité. En effet, on a voulu donner au problème du comportement homosexuel, qui ne peut se poser qu'en termes de choix individuel, c'est-à-dire en termes de liberté, une réponse normative assortie de sanctions pénales.

Certains qualifient encore l'homosexualité de perversion. L'Assemblée permettra au juriste que je suis de lui faire observer qu'une telle application constitue une véritable perversion du droit, car le législateur ne peut apporter de réponse pénale à un problème d'ordre moral, qui relève d'un choix individuel. À quoi tend, en effet, l'article 331, alinéa 2 ? À interdire, sous la menace d'une peine pouvant aller jusqu'à trois années d'emprisonnement, ce que la loi, retrouvant la terminologie de l'Ancien Régime, celle du *Traité de justice criminelle* de Jousse, appelle des actes impudiques ou contre nature, c'est-à-dire, pour parler clair, des relations sexuelles entre personnes du même sexe, si l'une d'elles a plus de quinze ans et moins de dix-huit ans, alors qu'elle y consent.

Ce dernier point est essentiel. Il s'agit de rapports pratiqués de plein gré par le mineur, car, si le consentement était arraché par la violence physique ou la contrainte morale, alors des poursuites pénales plus graves, notamment pour viol, s'imposeraient. L'article 331, alinéa 2, ne tend donc qu'à interdire à quiconque d'avoir des relations homosexuelles avec un mineur de quinze à dix-huit ans qui y consent. Je dis bien : « à quiconque », car la loi ne distingue pas, à cet égard, le mineur du majeur, et ce sont aussi bien les amitiés particulières entre adolescents que les relations particulières entre un adulte et un mineur de plus de quinze ans qui y consent que la loi punit en France de prison. Les mêmes actes, les mêmes rapports étant parfaitement licites entre mineurs ou adultes et mineurs de plus de quinze ans, de sexe différent, c'est donc bien l'homosexualité qui est interdite en France avant dix-huit ans sous peine d'emprisonnement. L'inspiration du texte est donc claire : il s'agit tout simplement de transformer la justice en agent de répression contre l'homosexualité, c'est-à-dire d'en faire un instrument de police des mœurs — et plus particulièrement pour les adolescents de quinze à dix-huit ans — ou, si l'on préfère, de « normalisation », au sens le plus répressif du mot, de leur comportement sexuel.

Au-dessous de quinze ans, le législateur considère, par une sorte de présomption irréfragable, qu'un mineur ne peut donner un consentement valable à des actes ou à des rapports sexuels quels qu'ils soient, hétéros ou homosexuels, mais, à partir de quinze ans et jusqu'à dix-huit ans, chacun devient libre de disposer de son corps, dans le secret de sa vie privée, à la condition que ce ne soit pas avec une personne du même sexe. Par exemple, Chéri à dix-sept ans peut aujourd'hui aimer Léa en toute sûreté — mais sûrement pas Charlus, sous peine d'emprisonnement. C'est donc bien la sexualité adolescente que la loi entend protéger, disent les uns, réprimer disent les autres, mais en tout cas définir, normaliser. Quel dommage que nul psychanalyste n'ait encore entrepris la psychanalyse de nos codes !

II demeure en tout cas qu'une telle disposition répressive — dans son inspiration, sinon dans sa lettre, je le reconnais volontiers — est contraire à deux principes fondamentaux du droit dont le respect est essentiel pour la liberté de chacun : le principe de non-discrimination et celui du respect de l'intimité de la vie privée. La règle générale de la prohibition de toute discrimination fondée sur le sexe est consacrée par plusieurs textes internationaux, notamment par l'article 2 de la Déclaration universelle des droits de l'homme des Nations unies, par l'article 26 du Pacte international relatif aux droits civils et politiques, et par l'article 14 de la Convention européenne de sauvegarde des droits de l'homme et des libertés fondamentales. On me dira qu'il ne s'agit pas de discrimination fondée sur le sexe, mais de protection au regard d'actes qui sont de natures différentes. En vous interrogeant, vous constaterez cependant que, même si la disposition de l'article 331, alinéa 2, ne contrarie en rien la Constitution, elle comporte quand même une inspiration de discrimination qui est fondée sur le sexe.

Je rappelle que tout mineur de quinze à dix-huit ans peut avoir librement avec toute personne d'un autre sexe qui y consent des relations sexuelles, mais, si cette personne consentante est du même sexe, ces relations sont interdites sous peine d'emprisonnement. De même, tout majeur se voit interdire des relations librement consenties avec un mineur du même sexe de quinze à dix-huit ans, alors qu'elles lui sont permises avec un mineur du même âge, mais d'un autre sexe. C'est donc bien le sexe qui demeure le fondement de la discrimination légale. Et, à ce titre, l'inspiration de notre législateur est bien évidemment contraire au principe de non-discrimination.

Par ailleurs, la disposition de l'article 331-2 comporte une atteinte au principe fondamental du respect de la vie privée de chacun. Celle-ci, surtout dans ce domaine, relève du libre choix de tout être humain, à partir du moment où il n'attente pas à la liberté d'autrui. Or, l'interdiction formulée par l'article 331, alinéa 2, vise bien des actes sexuels qui sont librement consentis, sinon, je le rappelle, ils tomberaient sous le coup de la loi pénale. Il n'appartient pas au législateur qui reconnaît à chacun, à partir de quinze ans, une conscience suffisante pour avoir des relations sexuelles avec la personne de son choix, de définir ce que doivent être les normes de sa vie sexuelle. C'est bien attenter à la vie privée que de vouloir régenter aussi le comportement sexuel de ceux qui sont réputés pouvoir librement et en connaissance de cause en décider.

En réalité, la disposition de l'article 331, alinéa 2, héritée de Vichy, n'est que l'ultime survivance, dans notre droit, de la très ancienne mise hors la loi de l'homosexualité, qui a disparu après la Révolution. Elle constitue une discrimination légale, qui n'est certes pas anticonstitutionnelle, mais qui s'inscrit dans le domaine des mœurs. Une telle discrimination dans un pays qui, en matière de liberté et de droits de la personne humaine, doit être exemplaire n'est plus admissible. Le choix pour chacun de son comportement sexuel, à partir de l'âge où il est présumé pouvoir y consentir et l'accomplir en connaissance de cause, ne doit relever que de sa libre appréciation et non pas de normes législatives. L'appréciation de ce comportement, dès lors qu'il n'attente pas à la liberté et à la dignité d'autrui, ne peut relever que d'un choix moral et non pas de sanctions pénales.

L'Assemblée sait quel type de société, toujours marquée par l'arbitraire, l'intolérance, le fanatisme ou le racisme, a constamment pratiqué la chasse à l'homosexualité. Cette discrimination et cette répression sont incompatibles avec les principes d'un grand pays de liberté comme le nôtre. Il n'est que temps de prendre conscience de tout ce que la France doit aux homosexuels, comme à tous ses autres citoyens dans tant de domaines. La discrimination, la flétrissure, qu'implique à leur égard l'existence d'une infraction particulière d'homosexualité les atteint — nous atteint tous — à travers une loi qui exprime l'idéologie, la pesanteur d'une époque odieuse de notre histoire. Le moment est venu, pour l'Assemblée, d'en finir avec ces discriminations, comme avec toutes les autres qui subsistent encore dans notre société, car elles sont indignes de la France. »

Dates clés
de l'histoire LGBT en France,
du Moyen Âge à nos jours

1476 Léonard de Vinci est emprisonné pour sodomie pendant deux mois avant d'être relaxé.

1532 Charles Quint sera l'un des artisans de la répression des homosexuels en leur promettant systématiquement le bûcher...

1700-1720 Sous l'Ancien Régime, l'homosexualité masculine est marquée par une forte condamnation juridique et religieuse, pouvant aller jusqu'à la mort, qui affecte davantage les personnes issues du tiers état que de l'aristocratie.
Les homosexuels, véritables ou passant pour tels, sont fichés lorsqu'ils sont repérés. Certains d'entre eux, qualifiés d'« *infâmes d'habitude* », sont enfermés quelques heures ou plusieurs jours à la prison de Bicêtre. Bientôt l'homosexualité n'est plus considérée comme un comportement sexuel, mais comme une identité à part entière. Cela permet l'émergence d'une communauté homosexuelle, notamment à Paris. Malgré la condamnation sociale, la répression pénale commence à diminuer peu à peu.

1725-1750 L'homophobie connaît un regain dans l'opinion publique à la suite d'une sombre affaire de jeunes garçons enlevés pour être vendus à des aristocrates et membres hauts placés du clergé. L'amalgame entre homosexualité et pédophilie a déjà libre cours. Le 4 janvier 1750, deux jeunes hommes issus du peuple, Jean Diot et Bruno Lenoir, surpris dans la rue *« en posture indécente et d'une manière répréhensible »*, selon le procès-verbal, sont arrêtés dans le quartier de Montorgueil. Condamnés pour sodomie, ils sont brûlés vifs en place de Grève (future place de l'Hôtel-de-Ville), *« pour l'exemple »*, le 6 juillet 1750. Ce fut la dernière exécution pour homosexualité en France. Le 18 octobre 2014, une plaque a été apposée rue Montorgueil pour honorer leur mémoire.

26 août 1789 La Déclaration des droits de l'homme et du citoyen stipule que « les hommes naissent et demeurent libres et égaux en droit ».

25 septembre 1791 Après la Révolution française, le crime de « sodomie » est définitivement aboli. Le terme désignait les actes sexuels condamnés par la morale religieuse parce qu'ils ne relevaient pas de la procréation. Bien que la sexualité anale ne soit pas le seul apanage des homosexuels, l'abolition de crime de sodomie est souvent perçue comme marquant la fin de la criminalisation de l'homosexualité en France.

1840-1850 Sur les registres des archives de la Préfecture de police, plus de 1200 noms sont étiquetés « pédés 1 » et « pédés 2 » pour désigner les personnes arrêtées pour outrage public à la pudeur par la police des mœurs. *« L'État a permis, souvent en* *dehors de tout fondement légal explicite, une politique policière systématique de surveillance, de fichage, d'interpellation, d'humiliation et de harcèlement de personnes homosexuelles »*, déclare Anne Souyris, sénatrice de Paris, le 6 mai 2025 au Sénat.

1868 Le terme « homosexualité » entre dans la langue française après que l'écrivain hongrois Karl-Maria Kertbeny a utilisé les mots allemands *homosexuell* et *homosexualität* en associant la racine grecque *homo* (« semblable ») et la racine latine *sexualis* (« sexuel »). Le terme « lesbienne » est inspiré du nom de l'île grecque de Lesbos, terre natale de la poétesse Sappho, qui proclamait son amour des jeunes filles.

6 août 1942 Pendant un siècle et demi, il existe encore une répression homosexuelle policière, doublée d'une condamnation médicale sous Napoléon III. Mais, le 6 août 1942, l'État français, à travers le régime collaborationniste de Vichy, instaure une nouvelle distinction discriminatoire concernant l'âge de consentement selon son orientation sexuelle : s'il est fixé à 13 ans pour les relations hétérosexuelles (puis à 15 ans à partir de 1945), il est repoussé à 21 ans pour les relations homosexuelles.

1954 Création d'Arcadie par un ancien séminariste, André Baudry. Ce premier groupe militant homosexuel français prône une attitude réservée, voire chaste, pour gagner la tolérance de la société.

1956 Jacqueline-Charlotte Dufresnoy, plus connue sous son nom de scène, Coccinelle, est la première femme trans française à se faire opérer pour une réassignation sexuelle. Défendue par Robert Badinter, elle obtient en 1959 son changement d'état civil et se marie le 16 mars 1962 avec le journaliste sportif Francis Paul Bonnet en l'église Saint-Jean-de-Montmartre, place des Abbesses.

25 novembre 1960 Le député gaulliste Paul Mirguet fait voter un amendement pour ajouter l'homosexualité dans la liste des fléaux sociaux aux côtés de l'alcoolisme et la tuberculose ! L'ordonnance créant l'alinéa 2 de l'article 330 du Code pénal vient doubler la peine minimum pour outrage public à la pudeur lorsqu'il s'agit de rapports homosexuels, créant *« un caractère aggravant d'homosexualité »*.

1971 En mars, création du Front homosexuel d'action révolutionnaire (FHAR), issu de la contestation étudiante de Mai 68 revendiquant un militantisme radical face au droit à l'indifférence jusqu'à présent prôné. En avril, création des Gouines rouges, né d'une scission avec le FHAR et première association de lesbiennes en France.

5 juillet 1974 La majorité sexuelle pour les relations homosexuelles s'aligne sur la nouvelle majorité civile, fixée à 18 ans. Mais c'est toujours trois ans de plus que pour les hétérosexuels.

25 juin 1977 Première organisation de la Gay Pride à Paris contre la répression de l'homosexualité.

25 juin 1978 Lors de la Gay and Lesbian Freedom Day Parade de San Fransisco, le premier drapeau arc-en-ciel est brandi, créé par le militant américain Gilbert Baker. Il se serait inspiré de la chanson du *Magicien d'Oz*, *Over the Rainbow*, chantée par Judy Garland, ou du « drapeau des races » utilisé sur les campus américains dans les années 60, qui comportait cinq bandes horizontales de couleurs différentes. Symbolisant la diversité des orientations sexuelles, le drapeau flotte dans le monde entier comme un symbole de ralliement et de soutien aux personnes LGBT.

Décembre 1980 La ministre en charge de la Famille et de la Condition féminine, Monique Pelletier, fait abroger l'amendement Mirguet.

1981 Fin du fichage des homosexuel(le)s par la police française.

1982 Premiers cas de sida – surnommé « le cancer gay » – en France.

4 août 1982 Après le discours de Robert Badinter, le 20 décembre 1981, contre la pénalisation de l'homosexualité, le Parlement adopte la loi Forni : abrogation du délit d'homosexualité instauré dans une disposition du Code pénal de 1942 (alinéa 2, article 331) par le gouvernement de Vichy. La majorité sexuelle est désormais fixée à 15 ans pour toutes et pour tous !

1983 Le 20 juin, les hommes ayant des relations sexuelles avec d'autres hommes sont exclus du don de sang, car ils sont considérés comme une population à risque vis-à-vis du VIH. Le 13 juillet, la loi Le Pors supprime l'enquête de moralité qui empêchait les homosexuel(le)s d'accéder à la fonction publique.

25 septembre 1984 Création d'AIDES, association de soutien aux personnes séropositives, par Daniel Defert, compagnon du philosophe Michel Foucault, mort du sida le 25 juin. Elle reste aujourd'hui la plus importante association de lutte contre le VIH en Europe.

1989 Création de l'association Act Up-Paris, deux ans après celle de New York, dont l'objectif est de mener des opérations chocs pour sensibiliser la population et les pouvoirs publics face à l'hécatombe due à l'épidémie de sida.

1992 L'OMS retire l'homosexualité de la liste des pathologies psychiatriques.

29 juillet 1994 La France interdit la gestation pour autrui (GPA) au nom du respect du corps humain, introduisant dans le Code civil l'article 16-7, selon lequel *« toute convention portant sur la procréation ou la gestation pour le compte d'autrui est nulle »*. En 2021, la loi sur la bioéthique n'a pas levé cette interdiction.

15 novembre 1999 Le pacte civil de solidarité (pacs), destiné aux couples hétérosexuels et homosexuels, est adopté. C'est la première fois que deux personnes de même sexe peuvent s'unir devant la loi en France.

2004 Création de la Haute Autorité de lutte contre les discriminations et pour l'égalité (HALDE), qui mentionne l'homophobie parmi les motifs de discrimination. Les insultes homophobes sont désormais pénalisées.

8 février 2010 La France est le premier pays à retirer « le transsexualisme », selon la formule de l'époque, de la liste des affections psychiatriques.

17 mai 2013 Après des débats houleux et des manifestations hostiles, sous l'impulsion de la garde des Sceaux, Christiane Taubira, la France est le 14e pays du monde (après les Pays-Bas, la Belgique, le Canada, les États-Unis, l'Espagne, l'Afrique du

Sud, la Norvège, la Suède, le Portugal, l'Islande, l'Argentine, le Danemark et le Brésil) à adopter le mariage pour tous, ouvrant l'union civile aux personnes de même sexe. Vincent Autin et Bruno Boileau deviennent le premier couple d'hommes à se marier en France, le 29 mai 2013, à Montpellier. Abby Trouillet et Hélène Bureau est le premier couple de femmes à se marier en France, le 1er juin 2013, à Saint-Jean-de-la-Ruelle (Loiret). Cette loi autorise aussi de nouveaux droits pour l'adoption et la succession au nom des principes d'égalité et de liberté.

18 novembre 2016 La discrimination en raison de l'identité de genre est reconnue par la législation française. Les personnes trans peuvent changer de prénom gratuitement sur simple demande en mairie (mais doivent toujours se rendre au tribunal pour changer la mention de genre sur la carte d'identité).

29 septembre 2021 Après les Pays-Bas, la Belgique, le Danemark, la Suède, l'Irlande ou l'Espagne, La France est le 11e pays européen à autoriser la procréation médicalement assistée (PMA) à toutes les femmes, dont les couples de lesbiennes.

31 janvier 2022 Le Code pénal interdit les thérapies de conversion visant à réprimer ou à modifier l'orientation sexuelle ou l'identité de genre réelle ou supposée.

16 mars 2022 Les hommes ayant des relations sexuelles avec des hommes peuvent désormais donner leur sang, comme n'importe quel donneur ou donneuse.

21 mars 2022 Article 225-1 de la loi : « *Constitue une discrimination toute distinction opérée entre les personnes physiques sur le fondement de leur origine, de leur sexe, de leur situation de famille, de leur grossesse, de leur apparence physique, de la particulière vulnérabilité résultant de leur situation économique, apparente ou connue de son auteur, de leur patronyme, de leur lieu de résidence, de leur état de santé, de leur perte d'autonomie, de leur handicap, de leurs caractéristiques génétiques, de leurs mœurs, de leur orientation sexuelle, de leur identité de genre, de leur âge, de leurs opinions politiques, de leurs activités syndicales, de leur qualité de lanceur d'alerte, de facilitateur ou de personne en lien avec un lanceur d'alerte au sens, respectivement, du I de l'article 6 et des 1° et 2° de l'article 6-1 de la loi n° 2016-1691 du 9 décembre 2016 relative à la transparence, à la lutte contre la corruption et à la modernisation de la vie économique, de leur capacité à s'exprimer dans une langue autre que le français, de leur appartenance ou de leur non-appartenance, vraie ou supposée, à une ethnie, une Nation, une prétendue race ou une religion déterminée.* »

« Constitue également une discrimination toute distinction opérée entre les personnes morales sur le fondement de l'origine, du sexe, de la situation de famille, de la grossesse, de l'apparence physique, de la particulière vulnérabilité résultant de la situation économique, apparente ou connue de son auteur, du patronyme, du lieu de résidence, de l'état de santé, de la perte d'autonomie, du handicap, des caractéristiques génétiques, des mœurs, de l'orientation sexuelle, de l'identité de genre, de l'âge, des opinions politiques, des activités syndicales, de la qualité de lanceur

d'alerte, de facilitateur ou de personne en lien avec un lanceur d'alerte, au sens, respectivement, du I de l'article 6 et des 1° et 2° de l'article 6-1 de la loi n° 2016-1691 du 9 décembre 2016 précitée, de la capacité à s'exprimer dans une langue autre que le français, de l'appartenance ou de la non-appartenance, vraie ou supposée, à une ethnie, une Nation, une prétendue race ou une religion déterminée des membres ou de certains membres de ces personnes morales. »

4 août 2022 À l'occasion du 40e anniversaire de la dépénalisation de l'homosexualité en France, l'infatigable Robert Badinter réaffirme à 93 ans dans le journal *Le Monde*: *« Infliger des peines aux homosexuels, c'était ré-vol-tant ! »*

6 mai 2025 Le Sénat a adopté à l'unanimité en seconde lecture la proposition de loi portée par le sénateur socialiste Hussein Bourgi, qui ouvre la voie à la réhabilitation des personnes condamnées pour homosexualité en France entre 1942 et 1982.

« L'homophobie n'a pas simplement été tolérée, elle a été légitimée, institutionnalisée, orchestrée. L'État n'a pas seulement laissé faire, il a condamné et il a persécuté [...]. *Assumer cette responsabilité, c'est refuser l'oubli »*, a salué la ministre déléguée à la Lutte contre les discriminations, Aurore Bergé, favorable au texte. Malgré cette reconnaissance — tardive — de la nation, la gauche a jugé le texte *« insatisfaisant »*, car la proposition de réparation financière d'un montant de 10 000 euros assortis de 150 euros par jour de privation de liberté, approuvée par l'Assemblée nationale, a été rejetée par les groupes de droite et du centre, majoritaires au Sénat.

Ce livre est né sous de bonnes étoiles grâce au regard bienveillant
et pertinent de toutes ces personnes que je remercie chaleureusement :
Robert Badinter pour sa générosité et sa confiance,
Élisabeth Badinter pour son aimable autorisation de publier le
discours de Robert Badinter sur la dépénalisation de l'homosexualité,
José-Louis Bocquet, mon ami et éditeur audacieux,
Catel Muller, ma témoin de mariage et dessinatrice enthousiaste,
Hussein Bourgi, Florence Tamagne, Antoine Idier,
Régis Schlagdenhauffen, Manuel Baudez, Sandrine Royer.
Merci à mes parents, Anne et Daniel Thiéry,
qui m'ont toujours soutenu, à mon neveu Antoine Guerbette
et à mon mari, Gioacchino Campanella.

Bibliographie et filmographie de Dominique Thiéry

LIVRES

Un monde hors champ, derrière la caméra de Xavier Beauvois, illustré par Catel, éditions La Table ronde, 2021

Frères et sœurs, incestes sous silence, Éditions Le Bord de l'eau, 2018

DOCUMENTAIRES

Collection « Une maison, un(e) artiste », France 5

René Goscinny, sa bulle sur les toits de Paris, 2025

Jeanne Moreau, dans la lumière de Préverger, 2025

Anita Conti, escale chez la dame de la mer, 2024

Mylène Demongeot, son nid secret de Chandoiseau, 2024

Maria Pacôme, Ballain lui va si bien, 2023

Bourvil, son petit val perdu, 2022

Danielle Darrieux, Madame de... Bois-le-Roi, 2020

Guy de Maupassant, une vie à la Guillette, 2020

Fernand Léger, la ferme d'un peintre paysan, 2019

Maurice Leblanc, dans le repaire d'Arsène Lupin, 2019

Benoîte Groult, son évasion à Beg Roudou, 2018

Série « In Vivo », France 5

Agressions homophobes, et après ?, 2019

Face à l'autisme, l'urgence d'un répit, 2017

Les Oubliés du sida, 2015

Se reconstruire après l'inceste, 2014

Sexe, une addiction taboue, 2013

Centenaires, pionniers d'une nouvelle ère, 2012

Dépression, les jeunes aussi, 2011

La Vie après le coma, 2011

Les Anomalies sexuelles, 2010

La Maison de vies, Monaco Channel, 2015

VIHSAGES, LCP/ Public Sénat, 2009

In Memoriam

Zelimkhan Bakaev, chanteur homosexuel, torturé et tué en Tchétchénie,
et aux personnes victimes de persécutions et d'assassinats
en raison de leur orientation ou de leur identité sexuelles.

ÉDITION, PRODUCTION ET COMMUNICATION
Manuel Baudez, José-Louis Bocquet, Jean-Luc Fromental, Serge Honorez, Catel Muller, Valérie Schermann, Lili Sztajn et Véronique Villanueva.
Avec la participation de Mathieu Poulhalec, Amélie Rétorré et Sandrine Royer.

LOGO Catel Muller
PHOTO Dominique Thiéry
MAQUETTE Philippe Ghielmetti & Liv Göttler

Achevé d'imprimer en septembre 2025
par L.E.G.O. SpA, Lavis, Italie.
Dépot légal octobre 2025
ISBN 978237494033622

La Sirène
16 rue de Meudon
92100 Boulogne-Billancourt

L'amour retombe toujours sur ses pattes

J.M.
BRONSTON

L'amour retombe toujours sur ses pattes

Traduit de l'anglais (États-Unis)
par Romane Brun

J'AI LU

POUR elle

Si vous souhaitez être informée en avant-première
de nos parutions et tout savoir sur vos auteures préférées,
retrouvez-nous ici :

www.jailupourelle.com

Abonnez-vous à notre newsletter
et rejoignez-nous sur Facebook !

Titre original
A PURRFECT ROMANCE

Éditeur original
Kensington Publishing Corp.

Remerciements

Je tiens à remercier en premier lieu un homme qui compte énormément pour moi, j'ai nommé Damien Miano. C'est grâce à lui et à ses nombreux contacts que ce livre a pu voir le jour. Sans lui, je n'aurais jamais rencontré ni Liza Fleissig et Ginger Harris-Dontzin ni découvert la fabuleuse agence littéraire LizaRoyce. Avec ses trésors d'énergie, Liza représente ses auteurs comme personne. Je ne peux imaginer ma vie d'écrivain sans elle. J'adresse aussi un grand merci à mon éditeur John Scognamiglio, ainsi qu'à Rebecca Cremonese et à toute l'équipe de Kensington Books : je vous suis infiniment reconnaissante pour l'attention et les égards que vous m'avez témoignés. Vous êtes le rêve de tout écrivain. Avec toute mon affection, je salue également mes deux amies d'enfance : Harriet Harvey, qui a vu naître ce roman, et Sheila Kieran, qui m'a inspirée de plus d'une façon. Je tire mon chapeau aux Six Fantastiques : Janet Asimov, Barbara Friedlich, Leslie Bennetts, Sandra Kitt et Carrie Carmichael, autant de femmes de cœur, d'intelligence et de talent qui m'ont prodigué leurs conseils avisés, leur soutien et leurs encouragements. (Au cas où la lectrice se demanderait pourquoi je n'ai listé que cinq noms, c'est parce que la sixième du clan, c'est moi !) Je tiens également à exprimer ma reconnaissance envers une amie de longue date, Mary Santamarina, qui travaille à la cour des successions du comté de New York et m'a été une source inestimable de renseignements juridiques. Je ne dispose pas de la place nécessaire pour dresser la liste de tous les amis et associés qui m'ont guidée le long du chemin. Les mots me manquent pour faire part de ma gratitude envers eux pour leur soutien inestimable. Enfin, je remercie mes trois filles, Annie, Mary et Margaret. Vous savez déjà tout ce que vous m'apportez. Merci !

Premier tête-à-tête

Mack observait Bridget. Ou, plus exactement, il la détaillait attentivement et la comparait dans sa tête à toutes les femmes qu'il avait connues. Bridget Berrigan se comportait avec naturel et spontanéité. Nulle trace chez elle des coquetteries ou de l'arrogance présentes chez les autres. Bridget ne passait pas son temps à palper ses fourrures, à tripoter ses bijoux, à examiner sa manucure. Et pour cause. Baissant malgré lui les yeux sur les mains de Bridget, Mack remarqua qu'elles étaient constellées de petites cicatrices, sans doute laissées par les ustensiles de cuisine que maniait la jeune femme. Ce détail, pour une raison mystérieuse, plut à Mack et l'attendrit.

Soudain, comme un coup de poing dans le sternum, il eut une révélation.

Bridget était une *vraie* femme.

Mack Brewster en avait le souffle coupé. Il n'avait pas l'habitude qu'on le prenne de court.

Prologue

Le testament d'Henrietta Lloyd Caswell Willey reposait sur le grand bureau de merisier de Me Douglas Braye, qui le considérait d'un œil mauvais. Sous ses sourcils broussailleux, une lueur de rage enflammait ses petits yeux gris. Même ses cheveux blancs et rêches se dressaient sur sa tête, comme chargés d'électricité statique. Il pianotait furieusement sur le bureau du bout de son crayon. Derrière lui, trônant au milieu du mur en boiserie, le portrait de son père mort depuis vingt ans, l'imposant Mason Braye Senior, baissait sur la scène un regard austère. Comme son fils, il semblait chercher les mots pour exprimer son mécontentement.

Enfin, à bout d'exaspération, Douglas lâcha son crayon sur l'épais dossier ouvert devant lui, rejeta le buste contre son dossier et tonna :

— Bon sang, mais elle déraillait complètement !

Gerald Kinski gardait le silence. Qu'aurait-il pu répondre ? Entre le pouce et l'index, il préleva nerveusement une peluche qui s'accrochait au revers de son costume à rayures tennis. Puis, d'un geste incertain, il rectifia son nœud papillon. Ensuite, il se passa la main dans ce qu'il lui restait de cheveux grisonnants. Depuis l'annonce de la mort de Mme Willey, il redoutait cette entrevue. À présent, il se faisait tout petit dans le grand fauteuil de cuir où il était assis. Avec un peu de chance, à force de s'y tasser, il finirait peut-être par disparaître tout à fait.

— Gerry, vous nous devez des explications, maugréa un troisième larron du nom d'Art Kohler. Comment avez-vous pu la laisser faire une chose pareille ?

Même dans ses bons jours, Art évoluait dans une espèce de brouillard neurasthénique. Autant dire qu'en cet instant funeste il était encore plus morose qu'à l'accoutumée. La tête enfoncée entre les épaules, les mains plaquées contre son veston (son ulcère s'était réveillé), il faisait les cent pas devant la fenêtre, comme toujours en temps de crise.

— J'ai cru à un caprice, se défendit minablement Gerald. Je pensais qu'avec le temps j'arriverais à la faire changer d'avis...

Il laissa sa phrase en suspens. Il savait comme tout un chacun que nul n'avait jamais fait changer d'avis Mme Willey. De son vivant, malgré ses quatre-vingt-quatre printemps, elle avait une volonté de fer. C'était une sorte de colosse, une force de la nature, une puissance cosmique. Surtout depuis la mort de son mari, Neville, douze ans auparavant. Gerald se remémora ses piètres tentatives pour la raisonner, ses efforts de diplomatie. Pour toute réaction, elle s'était levée, impérieuse.

— Faites ce que je vous dis sans discuter ! avait-elle cinglé avant de quitter la pièce comme un ouragan.

Qui aurait pu se douter qu'à peine trois semaines plus tard, par une belle après-midi d'avril, alors qu'elle sortait pour sa promenade rituelle le long de la luxueuse Park Avenue, elle passerait soudain de vie à trépas ? Tom, le liftier, lui avait ouvert la porte. Aussitôt, elle avait poussé un petit cri, ses yeux s'étaient révulsés et, murmurant un « Ah ! Mon cher Neville », elle s'était écroulée, morte, dans les bras du pauvre garçon. Tom ne s'en était toujours pas remis.

— Quarante ans que notre cabinet gère la fortune des Willey, tempêtait Douglas à présent, et nous les avons toujours représentés avec le sérieux qui a fait notre renom. Qu'aurait dit mon pauvre père ?

Il gesticula en direction du portrait.

— Je vais vous le dire, moi. Ce cabinet est tombé entre les mains d'incapables, voilà ce qu'il aurait dit.

Braye, Kohler & Kinski était l'un des cabinets d'avocats les plus conservateurs de la ville de New York. Les trois hommes qui le dirigeaient étaient les fils de ses fondateurs. Ils avaient consacré des décennies entières de leur existence à perpétuer la tradition initiée par leurs pères. Or Gerald Kinski, bien qu'ayant depuis belle lurette atteint l'âge de raison, venait de commettre la pire erreur qu'on pouvait imputer à quelqu'un de la profession, il avait laissé un client excentrique obscurcir son jugement.

Art cessa d'arpenter la pièce le temps suffisant pour lever les bras en un geste de désespoir et se lamenter :

— Cette mésaventure fera de nous la risée du barreau de New York.

Entre ses paupières tombantes et ses sempiternels cernes violacés, ses yeux paraissaient plus mornes encore qu'à l'ordinaire. Il fixa le ciel, comme s'il s'attendait que ce dernier leur tombât sur la tête.

— Je sais, bredouilla Gerald Kinski. Je sais.

Le pauvre Gerald sentait s'évaporer toute la dignité qui seyait à sa soixantaine. Comme un élève de CP convoqué par le directeur, il était dévoré d'angoisse et de honte.

— Quand la presse aura vent de l'affaire… geignit Art.

— Je sais. Je sais, répétait Kinski.

— Tais-toi, Gerry, on dirait un disque rayé ! tonna à nouveau Douglas.

Il s'accouda à son bureau, les bras de part et d'autre de l'odieux testament, et entreprit de se masser les tempes du bout des doigts.

— Seigneur… Soixante-dix millions de dollars, et il a fallu qu'elle les lègue à deux maudits matous.

Il se força à lire le paragraphe qu'il avait sous le nez :

— « En l'absence d'héritiers réservataires, j'ordonne par la présente que l'ensemble de mes biens mobiliers et immobiliers… »

Là, Douglas s'interrompit pour adresser un rictus sardonique au pauvre Gerald qui se tortillait toujours sur son fauteuil.

— Traduction : soixante-dix millions de dollars, Gerry. Rends-toi compte, soixante-dix millions !

Il se domina et reprit sa lecture :

— « … que l'ensemble de mes biens mobiliers et immobiliers, dont mon appartement du 612, Park Avenue ainsi que tout son contenu, soit placé en fiducie et que les revenus générés par cette dernière soient consacrés exclusivement au soin et à l'entretien de mes chers compagnons, Satin et Organdi, que je désigne comme légataires universels. J'ordonne que ledit appartement ainsi que son contenu demeurent à la disposition de mes légataires en qualité de lieu de résidence principale. Le fonds de fiducie ne sera clôturé qu'à l'occasion du décès des deux légataires. En cas de décès de l'un des légataires, le survivant bénéficiera alors, à perpétuité, de la part du légataire décédé… »

De nouveau, Douglas s'arracha à sa lecture, comme s'il n'en croyait pas ses yeux.

— C'est une aberration, siffla-t-il.

— Je sais. Je sais, dit Gerry.

— Et d'abord, que signifie cet « à perpétuité » ? Tu as perdu la raison, ou quoi ? Un gamin en première année de fac de droit n'aurait pas commis cette erreur grossière !

Gerry haussa les épaules, impuissant :

— Je sais, murmura-t-il. Mais elle insistait.

De son côté, Art Kohler pila au milieu de ses déambulations pour jeter un regard vers le trottoir, quarante-trois étages plus bas. L'espace d'un instant, il parut hésiter, mais tout compte fait, ne sauta pas. À la place, il se laissa tomber lourdement dans un fauteuil.

— Ce bel appartement de Park Avenue, si cossu… gémit-il. Et tout son contenu. De quoi alimenter la salle des ventes de Sotheby's pendant un an. Dix-huit chambres, autant de cheminées. Sept salles de bains. Et la cuisine ! Elle pourrait servir de mess à tout un régiment. Et qui en profitera ? Deux chats ! Gerry, comment as-tu pu ?

— Je sais.

— Mais tu vas cesser de répéter ça, à la fin ? éclata soudain Douglas.

Il se redressa, s'empara d'un crayon et reprit :

— Bien. Concentrons-nous. L'heure est grave, il nous faut agir.

Il se remit à pianoter sur son bureau. Puis il déclara :

— Pour commencer, il nous faut nommer quelqu'un pour s'occuper de ces bestioles. Quelqu'un qui vivra à temps plein auprès d'elles et en prendra soin.

Il se mit à griffonner furieusement sur son bloc-notes.

— Gerry, fais paraître une annonce dans les journaux. Quelque chose de discret, surtout. Dégote-nous quelqu'un de fiable, de sérieux, qui ne fasse pas de vagues. Et qui sache apprécier sa chance : loger à l'œil dans un appartement de rêve contre quelques soins vétérinaires. Je te charge des entretiens, mais tâche de ne pas te tromper, compris ? Si on se débrouille bien, on réussira peut-être à éviter que l'affaire ne transpire dans la presse.

Il laissa retomber sa tête entre ses mains et enfouit ses doigts dans ses cheveux épars.

— Seigneur, maugréa-t-il. Mon père doit se retourner dans son urne funéraire.

1

Le feu passa au vert et des douzaines de taxis impatients s'ébranlèrent. Bridget Berrigan, pour sa part, se réfugia sur la bande blanche au centre de la chaussée juste à temps pour ne pas se faire écraser. Elle aurait dû se montrer plus attentive, mais elle était bien trop excitée pour s'attacher à des détails triviaux tels que la circulation. Elle ne pensait qu'à une chose, sa nouvelle maison, sur le trottoir d'en face. À l'angle de la Soixante-sixième rue et de la prestigieuse Park Avenue.

L'immeuble se dressait devant elle, lumineux sous les rayons du soleil levant, une véritable oasis de paix au cœur de la ville grouillante d'activité. Une marquise verte surplombait une porte de verre et de fer forgé et s'avançait jusqu'à la chaussée. Dessus s'étalaient d'élégants caractères.

— 612, Park Avenue, lut Bridget tout haut.

Le grondement de la ville engloutit sa voix. Mais c'était bien là.

Pour la énième fois, elle consulta le billet sur lequel Me Kinski lui avait écrit l'adresse : appartement 12A.

Levant la tête, elle compta les étages. Le douzième était le dernier. Bridget y vit une vaste terrasse. Des arbustes tendaient par-dessus la rambarde leurs branches tremblant sous la brise. Bridget, un peu nerveuse en ce grand jour, puisa dans leur spectacle un peu de réconfort. Cette verdure à ciel ouvert lui semblait un heureux présage, de même que le soleil que réfléchissaient les vitres du douzième étage.

Une bourrasque décoiffa la jeune femme. Elle lissa de la main les boucles rebelles qui lui retombaient en cascade sur les épaules. Quand elle dégageait ainsi son visage aux traits délicats, ses cheveux formaient autour d'elle un véritable halo d'or et de feu. Ils frémissaient gaiement sous le vent, renvoyant une myriade d'éclats. Dans ses yeux verts pailletés dansait la flamme de l'euphorie. Les mots de Me Kinski résonnaient encore à ses oreilles :

— Vous n'aurez presque rien à faire, lui avait-il assuré au cours de ce curieux entretien d'embauche. En attendant l'homologation du testament, tout doit rester exactement dans l'état où Mme Henrietta Willey l'a laissé avant son décès. L'appartement compte dix-huit chambres. Vous aurez à votre disposition une équipe de nettoyage et du personnel de sécurité qualifié. Quant à la cuisine, ma foi, je pense qu'elle conviendra à vos desseins. Comme vous le verrez vous-même, elle a été conçue pour pourvoir à de vastes réceptions mondaines. En somme, je pense que vous serez satisfaite de notre accord.

Satisfaite ? Et comment. « Comblée » aurait été un adjectif plus approprié.

— Mais n'oublions pas l'essentiel, avait ajouté l'avocat. Les chats.

Ah, oui. Les chats. Satin et Organdi. Deux bleus russes du plus haut pedigree, frère et sœur, nés d'une même portée.

L'annonce avait sauté aux yeux de la jeune Bridget.

« Rech. gardien(ne) pour durée indéterminée. Logement fourni. Doit impérativement aimer les chats. »

Bridget avait besoin d'un logement. Elle adorait les chats. Elle remplissait les critères. C'était aussi simple que ça.

En attendant que le feu repasse au rouge, elle se dit :

Soit je suis folle, soit j'ai un ange gardien de compétition. C'est peut-être ma chance. Un coup de pouce du destin. Le cours de ma vie pourrait en être changé.

Alors, folie ou féerie ? Depuis toujours, Bridget vivait à la frontière entre les deux. De nature impulsive, voire risque-tout, ses aventures tournaient parfois au désastre, mais ses mésaventures lui réservaient souvent une foule de bonnes surprises. Comme disait sa grand-mère, qui l'avait élevée : « Cette petite, c'est mon grain de folie et mon rayon de soleil. »

Les bonnes sœurs à l'école formulaient la chose un peu différemment : « Jésus Marie Joseph, disaient-elles en gloussant, faussement désespérées. Notre Bridget Berrigan est vraiment folle à lier. »

Le feu changea de couleur et Bridget se hâta de traverser. En face, au 612, Max le portier montait discrètement la garde, comme chaque matin depuis plus de vingt ans. Il avait la mise impeccable, les boutons de cuivre de son uniforme bleu marine reluisaient. Alors qu'il s'approchait pour ouvrir la porte à Bridget, son reflet se démultiplia dans les panneaux de verre. La jeune femme se présenta, et il lui retourna un sourire poli :

— Enchanté, mademoiselle Berrigan. M. Kinski est déjà arrivé. Il vous attend au 12A.

D'un geste, il invita la jeune femme à s'engager dans le hall en direction des ascenseurs. Il se retourna pour la couver d'un regard appréciatif. Avec sa taille fine, ses jambes élancées, ses sandales et sa robe d'été jaune poussin, cette demoiselle avait tout bon.

Bridget, quant à elle, n'avait d'yeux que pour les boiseries sombres du hall d'entrée, ses finitions de cuivre poli et le marbre étincelant du sol où cliquetaient ses talons. Que d'élégance ! Ce cadre lui était farouchement étranger. Elle essaya de se détendre.

Pendant ce temps, de retour à son poste, Max salua Serguei, le responsable de l'accueil, qui arrivait pour prendre son service.

— Voilà qui devrait nous changer agréablement de la vieille Mme Willey, dit Max.

Tous deux scrutèrent à travers la porte vitrée la jeune femme qui attendait l'ascenseur.

— Mince alors, conclut le portier. Ils en ont de la chance, ces matous.

Serguei, dont l'anglais restait un peu hésitant, se contenta d'un enthousiaste :

— Tu l'as dit !

Quelques instants plus tard, c'était au tour de Tom, le liftier, de nourrir de telles pensées. Le pauvre. La santé mentale de ce père de sept enfants hyperactifs dépendait du bon déroulement de ses journées de travail. Il avait besoin du havre de paix et de la routine qu'elles lui garantissaient. Il ne s'était toujours pas remis de la mort subite de Mme Willey. En conséquence, dans l'ascenseur qui les emmenait au douzième étage, Tom épia du coin de l'œil la nouvelle résidente et fut rassuré : elle paraissait jeune et en bonne santé. En effet, elle était radieuse.

— Nous y voilà, mademoiselle. Appartement 12A, annonça-t-il une fois parvenu à destination en désignant une porte sur la gauche.

L'étage ne comptait que deux appartements. Le 12B se trouvait à l'autre bout du palier. Entre les deux trônait, sur une console, un vase empli de fleurs. Un miroir reflétait les portes de l'ascenseur qui se refermèrent sur un Tom soulagé.

Bridget resta seule. À droite de la console, elle remarqua un porte-parapluie en laiton. Il ne contenait qu'un seul parapluie, noir, austère, étroitement enroulé et muni d'un manche à l'ancienne en bambou brun foncé.

Le regard de la jeune femme dériva vers la porte de l'appartement 12B. Qui donc habitait là ? Pas une femme, à en juger par ce parapluie. Il était si sévère, si dépourvu de fantaisie que Bridget se représenta son propriétaire sous les traits d'un octogénaire conservateur et bien sous tous rapports. Un gentleman de la vieille école, un peu distant, voire tout à fait inabordable. Poussant plus loin la rêverie, Bridget affubla son voisin imaginaire d'un costume d'une autre époque : manteau à la coupe parfaite, gants tourterelle, pantalon à fines rayures, cravate noire à l'irréprochable sobriété. Bien sûr, le personnage se distinguerait par son infinie courtoisie et par sa discrétion à toute épreuve. Qui d'autre pouvait habiter une telle adresse ?

D'ailleurs, Bridget doutait de beaucoup croiser ses voisins. Ainsi qu'elle l'avait découvert peu après son arrivée dans cette métropole bondée, les New-Yorkais protégeaient jalousement leur intimité.

Bah, songea-t-elle. *Après tout, je suis ici pour travailler. Pas pour perdre mon temps en bavardages*.

Elle tapota une dernière fois nerveusement sa crinière cuivrée, sourit à son reflet dans la glace pour se donner du courage et sonna.

— Elle est parfaite !

Gerald espérait amadouer ses confrères en les persuadant qu'il avait déniché la perle rare.

— Quand elle a vu les chats, elle a fondu, ajouta-t-il, et ils se sont aussitôt pris d'affection pour elle.

Assis sur le rebord de sa chaise, le buste tendu vers l'avant, babillant, tout excité par la bonne nouvelle, il était l'optimisme incarné. Ce jour-là, il ne se laisserait désarçonner ni par les incessants va-et-vient d'un Art Kohler à la mine catastrophée, ni par un Doug Braye qui, derrière son bureau, tapotait frénétiquement son sous-main du bout de son crayon.

— Elle vient d'une famille nombreuse et a grandi entourée d'animaux dans une petite ville du nord de l'État, poursuivit vaillamment Gerald.

Il s'agissait de les rassurer et de se racheter à leurs yeux, après sa bourde.

— Vous auriez dû voir ça. Les chats l'ont tout de suite adoptée. Quand elle est entrée dans l'appartement, sa mâchoire s'est décrochée. Vous connaissez les lieux, on se croirait dans un musée avec tous ces tapis persans, ces coupes en cristal, ces éditions originales, et puis ce gigantesque salon tout baigné de lumière et ces immenses baies vitrées. Donc, elle se tenait là, transie, quand Satin et Organdi sont arrivés et se sont frottés contre ses jambes, comme s'ils la prenaient pour leur mère. C'était stupéfiant. Elle s'est accroupie dans l'entrée pour les caresser. Ils l'ont sentie minutieusement, puis tous les trois se sont fait des mamours à n'en plus finir. Ça, ils formaient un joli tableau, les deux chats avec leur pelage bleuté et luisant, et elle avec sa nuée de cheveux roux. Ou blond vénitien ?

Les pensées de l'avocat se mirent à vagabonder.

Si j'avais trente ans de moins ! se disait-il en se remémorant les taches de rousseur de la jeune Bridget, son petit nez mutin, son air frais et candide.

— Allô, Gerry, ici la Terre, grinça Doug.

— Ah, pardon. Je songeais qu'elle avait vraiment l'air sympathique. Et bienveillant, si vous voyez ce que je veux dire. Elle jouait avec ces chats comme une enfant. Elle est jolie d'ailleurs, avec ses boucles et ses grands yeux verts. Satin et Organdi sont entre de bonnes mains.

Mais Art Kohler s'obstinait à craindre le pire :

— Ainsi, elle est jeune et insouciante ? Peut-on lui faire confiance ? L'appartement regorge de trésors d'une valeur inestimable. Saura-t-elle en prendre soin ? Et les chats, saura-t-elle s'en occuper ? S'il leur arrivait quoi que ce soit, on serait vraiment dans la panade. Tu es sûr qu'elle mesure l'importance de sa tâche ?

— Oh oui, sûr et certain. La sécurité et le bien-être des chats reposent sur elle, je le lui ai rappelé de façon tout à fait solennelle.

— Hum. Et tu t'es bien renseigné à son sujet ?

— Cela va de soi. Et je n'ai rien découvert que de très encourageant. Vingt-quatre ans, sans attaches. Ses parents sont morts dans un accident de voiture quand elle était petite et elle a été élevée par sa grand-mère paternelle ainsi que par tout un bataillon d'oncles, de tantes et de cousins. Elle n'a pas de famille à New York. Jusqu'à récemment, elle vivait en colocation avec une amie.

— Elle a fait des études ?

— Oui, à l'Institut culinaire de Hyde Park. Elle s'est spécialisée en pâtisserie. J'ai passé un coup de fil au directeur : il ne tarit pas d'éloges à son sujet. Apparemment, elle est dédiée corps et âme à son métier. Elle a travaillé deux ans au Cheval Vert mais, n'ayant plus de loyer à payer, elle a donné sa démission afin de se consacrer à son projet personnel. Elle rédige un livre de cuisine. Elle a un peu d'argent de côté, de quoi se nourrir et financer son projet. Apparemment, il lui tient à cœur. Elle cherchait justement un endroit pour tester ses recettes quand elle est tombée sur l'annonce. L'immense cuisine des Willey, c'est l'aubaine du siècle pour elle. Quand elle l'a vue, elle était folle de joie.

Folle de joie, c'était peu dire.

La visite avait fortement impressionné Bridget. M. Kinski lui avait montré les appartements respectifs de Neville et d'Henrietta Willey, la bibliothèque, les multiples chambres d'amis, les quartiers des domestiques, la buanderie, le boudoir… Mais il avait gardé le meilleur pour la fin. Quand, enfin, il avait poussé la porte à double battant, découvrant une immense cuisine digne d'un restaurant étoilé, Bridget en était restée sidérée, bouche bée, les yeux écarquillés.

Je suis en train de rêver, avait-elle pensé en admirant les carreaux de faïence scintillants et les équipements de chrome immaculés.

L'annonce, succincte, ne faisait pas mention de cette cuisine. Pourtant, en la lisant, Bridget s'était sentie interpellée. Sur un coup de tête, elle avait postulé et, miracle, voici qu'elle se trouvait à l'aube d'une merveilleuse aventure. Elle devait avoir quelque part une bonne fée marraine.

— Le défunt M. Willey était diplomate de haut rang, lui avait expliqué l'avocat. Avec sa femme, ils organisaient souvent des réceptions pour leurs hôtes de marque. Vous avez vu la salle à manger.

Bridget était encore tout étourdie mais l'avocat poursuivait sa logorrhée. Tout en l'écoutant d'une oreille, la jeune femme se mit à parcourir l'immense espace. Au centre se trouvait un vaste plan de travail luisant de propreté. Elle y passa la main, puis elle effleura du bout des doigts, respectueusement, les poêles, casseroles et autres ustensiles perfectionnés suspendus au-dessus du comptoir. D'innombrables tiroirs en recelaient bien d'autres encore.

— C'est parfait, murmura-t-elle comme à part soi. Absolument parfait.

— La salle à manger peut accueillir vingt convives, continuait l'avocat. À l'occasion de cocktails ou de galas de charité, les Willey recevaient souvent plus d'une centaine d'invités. Comme vous, Mme Willey aimait la bonne chère et, au gré des mutations de son mari, elle avait compilé un impressionnant répertoire culinaire. Elle collectionnait notamment les recettes exotiques. Lors de la visite d'un dignitaire étranger, elle ne manquait jamais de l'attirer dans la cuisine pour que ce dernier lui apprenne à préparer quelque spécialité de son pays. Parfois, ils passaient la soirée aux fourneaux, parmi les cuisiniers, au lieu de se faire des mondanités au salon. Peut-être était-ce là le secret du succès de Mme Willey : lors de ses soirées, on ne s'ennuyait jamais. Ses fêtes étaient très prisées de la haute société.

Mais Gerald Kinski avait ajouté :

— Hélas. Après son veuvage, tout a changé. La mort de son mari l'a profondément affectée. Mme Willey n'a plus jamais été la même. Elle avait toujours eu un tempérament un peu sanguin, un peu histrion. Elle ne mâchait pas ses mots. Mais on le lui pardonnait, parce qu'elle était brillante et spirituelle et que l'on rencontrait toujours chez elle une foule de personnages intéressants. Une fois veuve, cependant, elle s'est refermée sur elle-même et elle est devenue, ma foi, quelque peu excentrique. Et acariâtre. Elle a fini par faire fuir tous ses amis. Il n'y eut plus ni fêtes, ni dîners. Rien. Et cette cuisine aux luxueux équipements n'a plus servi qu'à préparer ses repas frugaux pris en solitaire. Elle n'avait pas de famille et elle est morte seule et coupée de tous. Quel malheur.

M. Kinski avait marqué une pause pour se remémorer la vieille dame chenue et voûtée qui le fusillait du regard chaque fois qu'il la recevait au cabinet. Une fois qu'elle avait pris une décision, il n'y avait pas moyen de la faire changer d'avis.

— Bref, reprit-il enfin, tout est en parfaite condition, comme vous aurez l'occasion de le constater. Je suis certain que vous ne manquerez de rien pour mener à bien votre projet.

— C'est fabuleux ! s'était exclamée Bridget. Je n'aurais pas pu rêver mieux.

Elle avait prononcé une prière muette pour que les chats jouissent tous deux d'une santé de fer et mènent une longue vie prospère.

— Bien, si vous n'avez plus besoin de moi, avait conclu M. Kinski, je vais vous laisser vous installer. Mais auparavant…

Il avait gagné le fond de la cuisine. Au bout d'une grande table, sur un billot de boucher, l'attendaient une bouteille de bordeaux ainsi que deux verres à pied.

— J'ai pris la liberté de mettre cette bouteille à décanter afin que nous puissions trinquer à notre collaboration.

Il avait servi le vin, tendu un verre à la jeune femme et levé le sien :

— Au succès de votre livre.

Bridget avait humé le contenu de son verre, l'avait aéré d'une main experte puis porté à ses lèvres. C'était un excellent cru. À son tour, elle avait porté un toast.

— Je bois à la santé de Satin et d'Organdi. Longue vie à eux !

2

— Alors ? Alors ? Raconte !

La jeune femme surexcitée qui s'égosillait dans le combiné acheva de réveiller la pauvre Bridget. S'arrachant à ses songes, elle entrouvrit un œil afin de déchiffrer l'heure qui s'affichait sur l'horloge de sa table de nuit.

— Marge, geignit-elle, il n'est même pas sept heures.

— Hein ? Oh, à deux minutes près. Et puis, je n'en pouvais plus d'attendre.

Marge domina son hystérie et reprit sa voix habituelle qui plaisait tant à Bridget, enthousiaste et mélodieuse comme le carillon d'un grelot.

— Allez, Bridget, dis-moi tout. Comment est l'appartement ? Splendide, je parie.

Bridget leva la tête et promena son regard dans la pièce. La grande commode d'époque était toujours là, jouxtant la baie vitrée qui ouvrait sur la terrasse. L'épaisse moquette ivoire faisait ressortir le rose poudre des murs. Sur la coiffeuse s'étalaient des accessoires de beauté en cristal et argent. En face du lit, un immense dressing contenait depuis la veille la modeste garde-robe de Bridget.

Ainsi, ce cadre enchanteur ne s'était pas envolé en fumée pendant qu'elle dormait. Elle n'avait pas rêvé. Elle était vraiment là, sur Park Avenue, dans le plus stupéfiant appartement qu'il lui avait jamais été donné de fouler. Encore mieux que dans *ELLE Déco*.

Bridget se pelotonna contre la montagne d'oreillers moelleux qui l'environnait.

— Oui, Marge. Splendide, c'est le mot. Dès que j'aurai pris mes marques, tu viendras en juger par toi-même.

— Il me tarde. Et tu vas pouvoir travailler à ton livre ?

— Et comment. Si tu voyais la cuisine ! Elle est incroyable. Immense, et équipée comme celle du Ritz. Je m'y mets ce matin, à la première heure.

— Formidable ! Je te paie le petit déjeuner pour fêter ça ? Promis, ça ne sera pas long, juste le temps de prendre un café.

— C'est que…

— Je te jure que je n'entraverai pas tes projets culinaires. Mais il faut que tu me racontes. Accorde-moi trois quarts d'heure. Après, je te libère, parole d'honneur.

— Bon, d'accord. Quarante-cinq minutes, pas une de plus. Donne-moi une petite heure, je ne suis pas douchée et je dois nourrir les chats.

— Je te donne trente minutes. Rendez-vous au café à l'angle de Lexington Avenue et de la Soixante-sixième rue. J'ai tellement hâte. Oh, ma Bridget, je n'en reviens pas de la chance que tu as.

Marge était si excitée que le combiné semblait crépiter et faire des étincelles.

— Je sais, répondit son amie. Je suis la fille la plus vernie de tout New York.

Elle raccrocha. Ses propres mots semblaient résonner dans le silence retombé.

La fille la plus vernie de tout New York.

Bridget cligna des yeux, s'étira langoureusement, contempla le soleil qui déversait ses rayons par la fenêtre de sa chambre et se fendit d'un large sourire. Une superbe journée s'annonçait. Quand elle eut puisé dans ce spectacle suffisamment d'énergie, elle rejeta ses couvertures et bondit hors du lit.

Satin et Organdi l'attendaient sur le seuil et ils l'accueillirent à grand renfort de miaulements pour réclamer leur repas. Elle traversa le boudoir d'Henrietta et s'engagea dans le couloir. Les chats la suivirent en trottinant jusqu'à la chambre qui leur était consacrée. Il s'agissait d'une pièce attenante à la cuisine qui avait autrefois servi de salle à manger aux domestiques et que l'on avait depuis réaménagée afin de pourvoir aux besoins des félins. Sur le sol se trouvaient leurs paniers ainsi que leurs gamelles, assorties à leurs colliers brodés : bleu pour Satin, rose pour Organdi. Bridget les rinça et les remplit d'eau fraîche puis ouvrit la grande boîte de bois qui contenait leurs croquettes, un mélange de luxe confectionné sur mesure spécialement pour eux. Pendant tous ces préparatifs, les chats frottaient gentiment leurs museaux contre les chevilles de Bridget. Une fois qu'ils furent nourris, elle se rendit dans un cabinet de toilette qui jouxtait la pièce et nettoya leur litière. C'était là l'étendue de ses nouvelles fonctions.

— À plus tard, jolis minous, leur lança-t-elle. Soyez bien sages.

Elle les laissa et se dirigea vers la salle de bains. Dans une débauche de marbre et de miroirs, elle se doucha à la hâte, puis enfila un jean, un T-shirt et des claquettes avant de traverser le vaste appartement.

Un spacieux vestiaire bordait la galerie des glaces au parquet ciré qui tenait lieu de vestibule. Il recelait en tout et pour tout la veste en jean de Bridget, son imperméable et son manteau d'hiver. Ils pendaient, seuls accrochés à leurs cintres, dans les vastes espaces vides qui avaient dû accueillir jadis, en un temps révolu, des dizaines de visons et de pardessus d'alpaga. Bridget prit sa veste, au cas où la température chuterait, enfila la bandoulière de son cabas et se dirigea vers la sortie.

— Pas de bêtises, tous les deux ! lança-t-elle à Satin et à Organdi avant de partir. Je vous rapporterai du poisson.

Ce n'étaient pas des paroles en l'air. Bridget avait en effet l'intention de s'atteler dès que possible à la rédaction de son chapitre sur le poisson « Bon pour la ligne et les papilles ». Déjà, ses neurones s'activaient, et elle triait et sélectionnait mentalement des recettes. À contrecœur, elle renonça à celle du koulibiac, pourtant l'un de ses mets préférés. *Même en remplaçant l'anguille par du saumon, cela restera trop compliqué,* songeait-elle. *Des couches et des couches de poisson, de riz, de champignons, d'œufs durs tranchés et de vermicelles de soja, le tout enveloppé de « blinchiki » et cuit dans de la pâte feuilletée... C'est trop élaboré pour le cœur de cible que je vise actuellement. Ce sera pour mon prochain livre.*

Elle rangea l'idée dans un coin de sa tête. Son second ouvrage était déjà en cours de conception. Elle l'intitulerait *La cuisine de Don Juan – Pour vous, messieurs*. Il rassemblerait des recettes raffinées, de nature à impressionner une fille lors d'un rendez-vous. Les galants n'étaient pas tenus de toutes les maîtriser, il leur suffirait d'en choisir une et d'en faire leur spécialité.

Elle ouvrit la porte et fut soudain arrachée à ses réflexions. Elle se trouvait nez à nez avec un énorme chien noir. Traînant derrière lui une laisse, il occupait de sa masse la moitié du palier et la flairait d'un air intrigué.

Quant à son maître, il tournait la clé dans la serrure de l'appartement 12B. Lentement, il fit volte-face et foudroya Bridget du regard. Il avait des cheveux d'un noir de jais, légèrement ondulés, des yeux foncés ténébreux et, sous son imperméable, un costume sombre à la coupe sévère. Il se tenait aussi droit qu'un général.

— Sergent, au pied !

Il s'était adressé à son chien d'un ton sans réplique et l'animal lui obéit aussitôt. Tous deux disparurent en silence dans l'appartement, dont la porte se referma en claquant.

Bridget en avait le rouge aux joues. Non, mais quel goujat. *Ainsi, voici mon nouveau voisin*, pensa-t-elle. *Enchantée !*

Dire qu'elle se l'était représenté sous les traits d'un vieux gentleman. Elle s'était trompée, et pas qu'un peu.

Pour commencer, il avait bien cinquante ans de moins que le vieillard à tête chenue qu'elle s'était imaginé.

En ce qui concernait son côté vieux jeu, toutefois, elle avait visé juste, son voisin paraissait abominablement guindé.

Et, accessoirement, furieux. Pourquoi ? Elle n'avait rien fait pour mériter une telle attitude. Ce que les New-Yorkais pouvaient être grossiers. L'hostilité de l'inconnu lui avait glacé les sangs.

En revanche, force était de reconnaître qu'il était beau à couper le souffle. À sa vue, la mâchoire de Bridget avait failli se décrocher. Dommage que sa personnalité ne soit pas à la hauteur de sa plastique.

— Hé, là, coquine ! gronda-t-elle tout à coup.

Organdi tentait de se faufiler par la porte entrebâillée. Elle la repoussa gentiment du bout du pied.

— Bah, au moins, le chien était gentil, lui.

Mackenzie Haven Brewster referma la porte derrière lui et s'adossa contre le battant sans lâcher la poignée.

— Ça alors. Tu l'as vue, Sergent ? dit-il au chien qui frottait sa truffe contre son autre main.

Même en fermant les yeux, il n'arrivait pas à chasser de son esprit l'image de sa jeune voisine. Elle irradiait de beauté comme un soleil. Une explosion de couleurs vives continuait de flamboyer dans sa mémoire.

— Mon vieux, ce coup-là, je ne m'y attendais pas.

Le chien le regardait sans comprendre.

— Ils ne pouvaient pas nous dégoter une petite vieille gâteuse et ratatinée pour s'occuper de ces matous ? reprit son maître. Ou bien un acteur barbu au chômage et sa clique d'amis marginaux ? Mais non. Il a fallu qu'ils la choisissent, elle. Maudits avocats.

Il ne l'avait aperçue que pendant une fraction de seconde, mais cela lui avait suffi. Le visage avenant de Bridget et sa crinière au roux flamboyant, chatoyant de reflets dorés dans le contre-jour, lui avaient fait forte impression. Tout comme sa silhouette élancée, ses courbes discrètes, sa tenue simple et modeste, son sourire aimable, son air innocent…

Mackenzie secoua la tête pour s'éclaircir les idées et rouvrit les yeux.

— Pas de panique, dit-il au chien. Cette femme n'est pas mon genre.

Il s'avança dans l'entrée et jeta les journaux sur une chaise.

— Non, pas du tout mon genre, insista-t-il, comme pour persuader un détracteur imaginaire.

Mack Brewster avait un penchant pour les élégantes, les princesses et les divas. Il fréquentait surtout de ces femmes grandes et apprêtées qui affectent la vulnérabilité afin de s'attacher la protection des hommes.

Il ôta son imperméable et le jeta en boule sur les journaux du jour au lieu de le suspendre à sa place dans le placard.

Puis il se tint immobile pendant un long moment. Il restait tout simplement planté là, au beau milieu de l'entrée.

Sergent lui tournait autour, perplexe. Mack ne dérogeait jamais à ses habitudes. Même avant qu'il ne fasse son service militaire chez les marines, on lui avait enseigné à observer des règles strictes d'ordre et de propreté. Ses chaussures étaient toujours impeccablement cirées, le pli de son pantalon parfaitement repassé et jamais, jamais, il ne semait ses vêtements çà et là sans y penser.

Il se tramait quelque chose, Sergent le sentait.

Mack s'empara du téléphone.

— Il faut que j'appelle Maudsley, dit-il au chien en composant un numéro. Il faut que je me renseigne au sujet de…

Il s'interrompit, consulta sa montre et se figea.

— Flûte. Il est trop tôt. Tant pis, cela attendra que je sois au bureau.

— Qu'est-ce que c'est que cette tête d'enterrement ? s'enquit Marge.

Elle venait de rejoindre Bridget au café.

— Oh, Marge, soupira cette dernière. Les New-Yorkais sont parfois tellement grossiers.

Elle était toujours contrariée par la brusquerie de son nouveau voisin.

— À qui le dis-tu, renchérit Marge d'un ton léger.

Elle s'assit sur la banquette de vinyle et y entassa pêle-mêle son sac à main, son blouson, ses sacs de courses de chez Bloomingdale's et la jolie pochette qui renfermait son ordinateur portable. D'un mouvement de tête, elle chassa les longs cheveux bruns qui lui obstruaient le visage puis elle s'empara d'un gressin, évalua rapidement le nombre de calories qu'il contenait et entreprit de le grignoter.

— Que t'est-il arrivé ? relança son amie.

— Trois fois rien. Rien que le lot quotidien de n'importe quel habitant de Manhattan.

Bridget cala son cabas dans un coin et ouvrit le menu.

— Tu n'as pas été agressée, au moins ? Un type t'a embêtée dans le métro ?

Marge l'interrogeait distraitement tout en faisant des calculs savants sur la teneur en glucides des plats de la carte en fonction de sa ration quotidienne autorisée.

— Pas du tout. Mon voisin est un peu hostile, c'est tout.

— Ah, bon. Mais ça arrive sans arrêt. Tu devrais avoir l'habitude, depuis le temps.

— Je ne m'y ferai jamais. Chez moi, à Warrentown, tout le monde est courtois. Quand un nouveau voisin emménage dans le quartier, on lui apporte des cookies maison pour lui souhaiter la bienvenue. Alors que ce type m'a regardée comme si je lui avais volé son courrier, ou je ne sais quoi. Dommage, parce qu'il était vraiment bel homme.

— Tu dis ?

Marge reposa aussitôt son menu. Bridget avait piqué sa curiosité, et elle était tout ouïe.

— Où ça, un beau voisin ? Que fait-il dans la vie ? Il est marié ?

— Je ne sais pas.

Puis elle se rappela le parapluie solitaire sur le palier.

— En fait, non, je ne crois pas.

— Excellent, excellent, approuva Marge en se léchant les lèvres comme un chat devant un canari bien dodu. Bon, procédons avec méthode. Est-il grand ?

— Oui.

— Ténébreux ?

— Oui.

Bridget revit dans sa mémoire le regard féroce et plein d'animosité de l'occupant du 12B.

— Très, confirma-t-elle. Yeux noirs, cheveux noirs.

Et ondulés. Et épais. Mais portés court, en une coupe sévère, ajouta-t-elle en pensée.

— Beau ?

— Oui.

— Âge ?

— Vingt-cinq, trente ans.

— Quoi d'autre ? Quoi d'autre ? Comment était-il habillé ?

— Il portait une tenue très stricte. Chemise blanche amidonnée, cravate sombre, costume sombre.

Très classique. Ah, et un imperméable. Burberry, je crois.

— La ceinture ?

— Pardon ?

— Ouverte, ou fermée ? C'est très révélateur. Dis-moi comment tu portes le trench et je te dirai qui tu es.

À son propre étonnement, Bridget parvenait à visualiser l'homme dans les moindres détails. On aurait dit qu'elle décrivait une photo.

— Ceinture ouverte, répondit-elle, comme s'il venait d'enfiler son imperméable.

Ce qui ne collait pas tout à fait avec l'impression qu'il dégageait. Peut-être n'était-il pas si guindé que ça, finalement.

— C'est ce qui m'a permis de voir son costume.

À côté duquel l'imper en question paraissait presque débraillé.

— Oh, et il a un chien, ajouta la jeune femme.

— C'est crucial, ça, comme information. Quelle race ?

— Un labrador, je crois. Gros, noir.

— Bien dressé, je parie ?

— Ah ça, oui. Le chien était un vrai gentleman. Et sympa, en même temps. Tu sais, ni collant, ni distant. Il s'appelle Sergent.

— Tu connais son nom ? s'emballa Marge.

Elle moulinait des bras, tout excitée, projetant des miettes de gressin un peu partout.

— Euh, oui. Et alors ?

— Et alors ? Mais quelle oie blanche tu fais, Bridget Berrigan. Un beau voisin propriétaire d'un chien, c'est la combinaison idéale. Le chien, c'est un prétexte en or pour te rapprocher du maître. Il n'y a pas à dire, tu es vraiment une sacrée veinarde.

Elle se mit à énumérer sur ses doigts manucurés les privilèges de son amie, ponctuant chaque nouvel élément d'un petit coup de gressin :

— Un appartement fabuleux gratuit, une cuisine de luxe, un lieu idéal pour écrire ton livre de recettes, deux adorables chats à dorloter et un voisin canon par-dessus le marché.

— La beauté ne fait pas tout. Qui voudrait d'un homme aussi mal luné ?

— Tu sais ce qui l'avait mis dans cet état ?

— Alors là, aucune idée.

— C'est sans importance. Fais-moi confiance, ma Bridget, dès qu'il aura flairé tes bons petits plats... Tout peut arriver. Tu sais ce qu'on dit, pour conquérir le cœur d'un homme, soigne bien son estomac.

— Encore faudrait-il que l'homme en question possède aussi un cœur. De toute façon, il n'est pas mon genre.

— Mais bien sûr... Tu t'es fait une idée en trente secondes, comme ça ?

— Oui. Il est trop collet monté. Ses chaussures étaient cirées comme pour une inspection militaire. Il avait un air supérieur et coincé. Non, sincèrement, Marge, ce n'est pas quelqu'un pour moi. De toute façon, je n'ai pas besoin de distractions. Je n'ai pas de temps à perdre en amourettes. Je dois me concentrer sur mon projet. Cuisiner et écrire, voilà les deux seules activités auxquelles j'entends me livrer cette année. C'est ma chance, je ne dois pas la gaspiller. Les hommes attendront.

Elle passa en revue le menu et changea rapidement de sujet :

— Je meurs de faim. On commande ?

Le serveur arriva. Bon gré, mal gré, Marge ramassa la carte et la parcourut du regard. Comme toujours, elle avait envie de quelque chose de particulier qui, bien entendu, ne figurait pas au menu.

— Soyez un chou, roucoula-t-elle, apportez-moi un œuf poché. Surtout, dites au cuisinier de mettre un filet de vinaigre dans l'eau de cuisson. Et que le jaune reste mollet, primordial. Avec, je prendrai une tranche de pain grillé, sans beurre. Pas de pommes de terre sautées, merci. Juste une tasse de café. Très serré. Vous n'auriez pas du moka, par hasard ?

Le serveur, qui avait la soixantaine et l'air positivement harassé, commençait à en avoir assez des divas au régime sec. Irrité, il eut un geste de dénégation.

— Bon, en ce cas, un café classique, dit gaiement la diva en question.

Elle saisit la poivrière et l'examina d'un œil critique.

— Dites-moi, vous n'auriez pas plutôt un moulin à poivre ? Je préférerais.

— Écoutez, ma petite dame, gronda l'autre en notant sa commande sur un calepin, on n'est pas au Waldorf, ici.

Marge ne remarquait toujours pas son agacement. Elle lui sourit avec chaleur :

— Tant pis alors. Ce sera tout. Merci.

Il y avait belle lurette que Bridget avait renoncé à convaincre son amie de s'en tenir au menu. Marge Webster était un amour et elle avait le cœur sur la main, mais elle ne soupçonnait pas l'état de panique qui régnait dans les cuisines d'un restaurant. Elle ne se rendait pas compte que ses requêtes compliquaient terriblement la vie des chefs. Cependant, comme elle était la meilleure amie de Bridget depuis leurs années de collège, celle-ci avait eu le temps de s'habituer à ses petites manies.

Bridget jeta un dernier coup d'œil au menu.

— Ma foi, je dois attaquer mon chapitre sur les poissons aujourd'hui, alors je prendrai du saumon fumé. Ça me mettra dans l'ambiance. Et un café, s'il vous plaît.

Elle tendit son menu au serveur qui s'éloigna en maugréant.

Les mains jointes, Marge se pencha avidement vers son interlocutrice, les yeux ronds d'excitation.

— Alors, cet appartement ? C'est un vrai palais de conte de fées ?

— Je dois dire que oui, concéda Bridget. Des chambres à ne plus savoir qu'en faire, un salon assez grand pour abriter un court de tennis, une terrasse arborée juste devant ma chambre à coucher, des meubles somptueux, des tapis moelleux, des toiles de maître... Un luxe ahurissant. Et les chats sont absolument craquants. Que veux-tu savoir de plus ?

— Tu pourrais me décrire ton voisin plus en détail. Il y a du coup de foudre dans l'air.

— Marge, j'ai envie de poisson, pas de passion. Changeons de sujet, si tu veux bien.

— Mais je ne veux pas.

Quand Marge avait une idée en tête, elle n'était pas sans rappeler une locomotive lancée à pleine vitesse.

— Tu veux que je te dise ? reprit-elle. Je crois que tu as besoin d'un homme pour s'occuper de toi.

— Quoi ?

Bridget n'en croyait pas ses oreilles.

— Comment oses-tu me dire une énormité pareille ? Je ne m'attendais pas à ça de ta part. Tu me connais, pourtant.

— Ne le prends pas mal. Tu sais, c'est agréable de se faire bichonner, et il me semble que tu devrais essayer. Tu pourrais trouver ça à ton goût... Je ne suggérais pas que tu abandonnes tout pour devenir femme au foyer mais ça peut être vraiment bien de partager ses expériences avec quelqu'un à qui on tient. Tu n'as jamais connu ce genre de relation, ou je me trompe ? Or, tu le mérites. Voilà, j'ai fini.

— Ne t'inquiète pas pour moi. Mon métier me comblera. Et j'ai de la chance, j'adore mon travail. L'amour et les hommes passeront toujours après. Il faudra qu'ils se fassent une raison.

— Eh bien, quel manifeste ! Si je ne te connaissais pas, je dirais que…

— Mais tu me connais.

— Oui, bon, d'accord. Mais tu travailles trop. Ça ne te tuerait pas de décompresser un peu, tu sais. Je parie même que c'est bienfaisant pour la santé. Et pour le teint. Et pour l'éclat des cheveux.

— Ma santé va très bien, merci. Il se trouve que pour le moment, mon travail est ma priorité.

— Je sais, je sais. Mais…

— Pas de mais. Marge, j'ai passé ces cinq dernières années à trimer comme une damnée dans des cuisines étouffantes. As-tu idée de ce que cela signifie d'être cuisinier dans un grand restaurant ? Les gens s'imaginent à tort que c'est glamour. En fait, c'est éreintant. On passe des heures à trimballer des sacs de pommes de terre, des kilos de pâte à tarte, des cuves de soupe bouillante… Sans jamais pouvoir demander un coup de main aux collègues car la plupart des cuisiniers sont de vrais machos. Ils jugent les femmes trop faibles pour travailler dans ce milieu. Tiens, regarde mes mains.

Elle les brandit sous le nez de son amie.

— Quand on travaille dans une cuisine dix-huit heures par jour, on se coupe. On se brûle. La peau s'épaissit. On a de la pâte sous les ongles en permanence. L'égalité des sexes, en cuisine, tu peux oublier. Les hommes font tout leur possible pour te mettre des bâtons dans les roues. Dès que tu enfournes un gâteau, ils dérèglent le thermostat quand tu as le dos tourné. Ou alors ils éteignent le four. Juste pour te rendre folle. Ils prétendent que c'est bon enfant, mais leurs blagues de potaches peuvent aller très loin. J'ai assisté un temps un chef pâtissier français très connu. Il soutenait qu'une femme en cuisine portait malheur. Il piquait des colères terrifiantes. Un jour, il m'a couru après avec un couteau à viande.

— Et que s'est-il passé ?

Bridget sourit en se remémorant la scène.

— Je l'ai menacé de mon rouleau à pâtisserie. Il a vu que je ne plaisantais pas et il s'est calmé. Plus sérieusement, je n'en pouvais plus, Marge. J'adore cuisiner, mais ce n'est pas une vie. Il faut que je me débrouille pour subvenir à mes besoins autrement, donc en écrivant. C'est le seul moyen de rester dans ce milieu qui me plaît sans perdre complètement la raison. Sauf que je ne peux pas écrire à mi-temps, dans mes heures creuses. Un chef n'a pas d'heures creuses. Alors, quand j'ai lu cette petite annonce, j'ai eu l'impression de gagner à la loterie. On dirait que les portes du paradis viennent de s'ouvrir pour moi, que les dieux m'adressent un message : « Bridget, exceptionnellement, on te met le pied à l'étrier. Mais ensuite, ce sera à toi de jouer. » Je ne peux pas laisser filer une occasion pareille. Je ne vais pas perdre mon temps à fantasmer sur un type sous prétexte qu'il est beau, célibataire et qu'il habite la porte à côté. C'est la chance de ma vie et il s'agit de bien placer mes pions. Un point, c'est tout. Je ne veux pas entendre un mot de plus sur le sujet.

Le serveur apportait leurs plats et la jeune femme conclut :

— Et maintenant, attaquons ce petit déjeuner !

— Bon, bon…

Elles se turent un instant. Marge faisait la moue. Elle finit par rompre le silence :

— Mais tout de même, dit-elle en tapotant son œuf du bout de sa fourchette. Tu ne m'empêcheras pas de penser qu'un flirt stimule parfois la créativité. Ne te ferme pas de portes.

Bridget se radoucit.

— Si ça peut te faire plaisir, répondit-elle, conciliante, la bouche pleine de saumon. Je ne fermerai aucune porte.

Marge s'illumina.

— Victoire ! Je ne voudrais pas qu'à cause de ta nouvelle carrière tu te retrouves isolée ou aigrie.

— Ne t'en fais pas. Il me faut deux ans, c'est tout. Peut-être même qu'une année suffira.

Elle consulta sa montre.

— Bon, il faut que je file.

Elle avala son café d'un trait, finit son assiette et fit signe au serveur de leur apporter l'addition.

— D'accord, Bocuse, tu as gagné. J'abandonne, marmonna Marge en rassemblant ses affaires. Regagne ton palais enchanté, va t'occuper de tes poissons. De toute façon, on m'attend au bureau. J'ai des délais à tenir, des crises à gérer et des rédacteurs à fouetter. Ce magazine est un cauchemar. Tous les mois, c'est le même cirque.

Elles sortirent sur le trottoir. Le soleil dardait ses rayons sur Lexington Avenue. Marge reprit :

— Cela dit, rien ne t'empêche de te renseigner sur ce charmant voisin. J'aimerais que tu aies plus d'informations à me fournir la prochaine fois que je te téléphone. L'amour, ma chérie, c'est le sel de la vie. Ça en relève le goût.

Elle embrassa Bridget sur la joue et courut héler un taxi.

— Ne m'appelle pas trop tôt, lui lança Bridget. Je serai au marché aux poissons à l'aube.

— Oublie les poissons. Pense à la passion, lui jeta Marge avant de claquer la portière.

— Je n'ai pas l'intention de...

Le taxi démarra et se perdit parmi la foule des véhicules qui encombraient l'avenue avant que la jeune femme ait eu le temps de finir sa phrase.

Bon. Nous disions donc, du poisson, se répéta Bridget.

Elle pénétra dans la boutique du poissonnier près de la Soixante-sixième rue pour acheter de quoi gâter Satin et Organdi.

Du poisson, rien que du poisson.

Mais parmi ses visions de poissons, d'autres faisaient irruption. Elle revoyait l'homme au Burberry fixant sur elle ses yeux noirs comme en signe de défi.

Pourquoi diable l'avait-il toisée ainsi ? Il ne la connaissait même pas ! De toute façon, Bridget devait se concentrer sur le travail qui l'attendait. Il n'était pas question de se lancer dans une histoire avec un type collet monté. Même si le type en question était beau.

Très, très beau.

Suffit, se rabroua Bridget. *Chasse-le de tes pensées.*

Elle reprit ses esprits et acheta un superbe flétan de cinq cents grammes.

3

— Coucou, les minous. ! Devinez ce que je vous ai rapporté…

À peine eut-elle franchi le seuil de l'appartement que les chats accoururent. Ils l'escortèrent jusqu'à la cuisine en zigzaguant dangereusement entre ses pieds.

— Un beau flétan bien dodu, révéla leur maîtresse en tirant le paquet de son cabas dans un concert de miaulements. Mais il faudra patienter jusqu'au dîner.

Elle rangea le paquet au réfrigérateur.

— Pas la peine de miauler. Je surveille votre ligne. C'est que je prends mes responsabilités au sérieux, moi. Allez, ouste, allez jouer ailleurs.

Elle les chassa gentiment. Satin et Organdi battirent en retraite dans le salon. Satin accapara la place au soleil sur le canapé et s'y étira triomphalement. Puis, il se pelotonna. Son pelage aux reflets bleutés ressortait joliment sur la soie italienne jaune pâle.

Organdi le considéra d'un air de parfaite indifférence et, dédaigneuse, gagna la porte vitrée. Elle se glissa nonchalamment dans l'embrasure et s'installa sur la terrasse, à côté d'une jardinière fleurie de géraniums.

C'était son poste préféré. De là, on pouvait observer les oiseaux et se faire dorer au soleil quand la météo s'y prêtait. On avait également une vue plongeante sur la rue animée en contrebas. Organdi vouait une fascination à la circulation et, depuis le calme de ses luxueux quartiers, elle l'épiait parfois pendant des heures, plissant ses yeux verts pour mieux absorber l'énergie de la grande cité grouillante de vie. Elle brûlait d'en explorer les rues. Souvent, elle rêvait aux trépidantes aventures qu'elle y vivrait, aux rencontres félines qu'elle y ferait, aux recoins sombres et aux terrains de jeu inédits qu'elle y explorerait.

Satin et Organdi s'endormirent vite, à la manière des chats, et passèrent les heures suivantes dans les bras de Morphée, ouvrant un œil de temps en temps pour changer de position ou rendre une petite visite à Bridget. Leur instinct leur disait que son arrivée sous leur toit allait rompre la monotonie de leur quotidien.

Parmi toutes les possessions de Bridget, il en était deux qu'elle chérissait tout particulièrement.

La première, c'était sa médaille de l'Institut culinaire, avec son épais ruban bleu. Quand on la lui avait glissée autour du cou, lors de la remise des diplômes, Bridget avait compris que l'heure de la libération avait sonné. Enfin, elle voyait le bout de longues années passées à transpirer sur ses casseroles, en blouse blanche informe et pantalon de clown à carreaux, entourée d'hommes soutenant que la place des femmes n'était pas derrière les fourneaux et qu'elles n'avaient rien à faire dans les cuisines d'un grand restaurant. Enfin, Bridget était chef, elle avait les diplômes officiels pour le prouver. Cette médaille était sa plus belle fierté, et elle s'était juré de toujours lui réserver une place d'honneur dans toutes les cuisines où elle officierait. Dans celle de feu Mme Willey, elle la sortit de son écrin, repéra un crochet inutilisé au-dessus du plan de travail et l'y suspendit comme un Saint-Christophe dans un taxi. Comme un talisman.

Le second objet avait à ses yeux plus de valeur encore. Bridget tira de sa valise un coffret en bois tout simple, aux charnières et à la serrure de cuivre ternies. Il avait à peu près la taille d'un moule à pain. Sur le couvercle de bois foncé par les ans, on avait gravé avec soin, longtemps auparavant, le nom de Merrill. Bridget en caressa la surface pour se porter chance puis l'ouvrit afin d'en inventorier le contenu, une fois de plus.

Plus de cent cinquante ans s'étaient écoulés depuis que Jane Hamilton Merrill, la grand-mère de l'arrière-grand-mère de Bridget, avait offert ce coffret à Eleanor, sa fille unique, à la veille de son mariage. Eleanor l'avait à son tour offert à sa fille Catherine, et ainsi la « Merrill Box », comme la surnommait Bridget, avait-elle échoué entre les mains de sa mère, Marie Berrigan. Bridget en avait naturellement hérité à sa mort. Le coffret contenait les recettes préférées de Jane Merrill, ses petits secrets ménagers et tous ces conseils avisés que les mères prodiguaient autrefois à leurs filles à l'occasion de leurs noces. Pendant près de deux siècles, chaque femme de la lignée avait enrichi le recueil de ses propres secrets culinaires et domestiques, et l'ensemble était devenu un véritable patrimoine familial. Toutes les descendantes de Jane avaient été des cuisinières émérites et leurs recettes valaient leur pesant d'or, ce qui faisait de l'objet un trésor en soi.

En outre, ce vieux coffret était le seul souvenir que Bridget conservait de sa mère et elle croyait dur comme fer (à chacun ses superstitions) que Mary Berrigan et toutes les Merrill qui l'avaient précédée la contemplaient en cet instant avec tendresse et bienveillance. Cet art qu'elles avaient toutes exercé avec amour dans l'anonymat de leurs foyers, Bridget allait en faire son métier. Elle allait accomplir leur rêve. La jeune femme ne l'avait pas dit à Marge, mais elle n'écrivait pas son livre uniquement pour son plaisir. C'était aussi sa façon de rendre hommage à ses aïeules et de préserver leur précieux héritage.

Bridget déposa le coffret au milieu du plan de travail en attendant de lui trouver une place plus adéquate.

Voilà, elle était prête. Elle pouvait commencer.

D'abord, elle inspecta le contenu de son laboratoire, passant en revue l'ensemble des instruments. *Je parie que je suis aussi bien équipée que la brigade de la Tour d'argent*, observa-t-elle en caressant amoureusement sauteuses en cuivre, pocheuses à œufs, autocuiseurs, marmites et crêpières. La cuisinière, qui comptait six brûleurs, étincelait de propreté, comme le four à gril de gamme professionnelle et le robot mixeur king-size. Manifestement, les réceptions qui avaient fait la gloire d'Henrietta Willey devaient beaucoup à sa cuisine de compétition.

— Si je n'arrive pas à écrire un best-seller dans ce cadre idéal, je ne mérite pas d'avoir été élue Miss Master Chef de ma promotion, badina Bridget, pensant tout haut.

Elle se mordit aussitôt la langue, effarouchée par son audace. Elle mettait la charrue avant les bœufs.

Refoulant ses rêves de gloire, elle se mit au travail. Chaque chose en son temps.

Elle passa la matinée à déballer les cartons qu'on lui avait livrés la veille. La jeune chef avait dépensé presque toutes ses économies en matériel informatique. Dans une niche du mur se logeait une petite table qui lui servirait de bureau. Bridget y brancha son ordinateur portable et son imprimante et y entreposa ses carnets de notes, son appareil photo numérique, ses classeurs de recettes et sa correspondance. Ensuite, elle rangea ses livres de cuisine et ses collections de photos de plats sur le rebord de la fenêtre qui surplombait la niche. Il était près de midi quand elle eut enfin terminé.

Alors, elle s'occupa de son bien le plus cher, la Merrill Box. Elle la souleva respectueusement et, comme on prononce une formule magique, elle murmura :

— Chères ancêtres, faites que je réussisse à écrire mon livre sans encombre.

Elle plaça le coffret sur le rebord de la fenêtre, bien au centre. Chaque jour, le soleil l'éclairerait de ses rayons.

Les doigts tremblants d'émotion, Bridget étala sur un pan du bureau resté inoccupé son plan de bataille pour les semaines à venir. Elle consulta la table des matières qu'elle avait ébauchée. Son cœur battait la chamade.

Cela venait de la frapper comme un éclair : le moment tant attendu, celui vers lequel tendait toute sa vie, était arrivé. Ce rêve qui guidait chacun de ses pas depuis qu'elle avait confectionné son premier sablé avec sa grand-mère était sur le point de se réaliser. Elle, Bridget Margaret Berrigan, allait bientôt apporter sa pierre au grand et noble édifice de l'art culinaire.

— Je suis morte de peur, balbutia-t-elle à la pièce vide.

L'énormité de son projet s'abattit sur elle comme une lame de fond et la terreur s'empara d'elle.

Elle s'était lancée. Elle avait largué les amarres, quitté le nid, bref, fait le grand saut. Elle avait démissionné, dépensé ses économies et il n'était plus question de reculer. Elle s'était jetée à l'eau, il allait falloir nager à présent.

Sauf que, dans son imagination, mille démons conspiraient pour l'en empêcher. Elle avait besoin d'une pause. Et d'un bon café.

Pendant qu'il passait à travers le filtre, la jeune femme se remémora les recommandations de Marge. Celle-ci lui avait suggéré de rechercher le soutien d'un homme. Avait-elle raison ? Bizarrement, Bridget songea à son voisin revêche. Il tenait pourtant davantage du méchant dragon que du chevalier servant. Elle n'aurait pas compté sur lui pour la protéger.

Et la protéger de quoi, d'abord ? De s'adonner à sa passion ? D'exercer son talent ? D'être indépendante ? Dire que c'était Marge, la fille la plus débrouillarde et autonome de la planète, qui lui prodiguait ce conseil. Non, décidément, Bridget se passerait de protection.

Elle jeta un torchon sur le plan de travail.

Un homme pour la protéger. Et puis quoi encore ?

Tout irait très bien. Elle s'en sortirait comme un chef. Il le fallait.

Bridget bomba le torse, se versa une tasse de café et, tout en soufflant sur le breuvage pour le faire refroidir, entreprit d'arpenter la cuisine. Sa cuisine.

Ses peurs se dissipèrent, cédant la place à l'excitation. Il fallait aller de l'avant maintenant.

Elle se mit à l'ouvrage.

Des heures s'écoulèrent. Le soleil se couchait au-dessus du New Jersey. Quelques rayons rasants illuminaient encore le sommet des gratte-ciel le long de Central Park Ouest. Satin et Organdi firent leur entrée dans la cuisine pour informer leur nouvelle maîtresse que le moment était venu de leur servir à dîner.

— Déjà ? fit Bridget en consultant sa montre.

Elle n'avait pas vu le temps passer.

— Vous devez avoir faim. Du poisson, ça vous tente ? Oui ? C'est parti.

Elle fit dorer le flétan dans une poêle avec un peu de beurre puis en effrita la chair au-dessus des gamelles. Pendant que les chats se régalaient, Bridget changea leur eau. Ensuite, elle s'attela à la confection de son propre repas : œuf dur, tomate, biscuits, banane et verre de lait. Les chats, à présent repus, faisaient leur toilette. Tout en dînant, Bridget admira le résultat de sa journée de travail. Son petit bureau disparaissait sous les recettes de poisson. Elle avait rédigé un jet d'introduction à son premier chapitre et, dans sa tête, les idées de plats et de présentations fusaient.

Il ne manquait plus que le poisson.

Bridget téléphona à Charlie Wu, un ami qu'elle avait connu pendant ses études. Il avait maintenant son propre restaurant à Chinatown, près de Grand Street. Quand Charlie avait besoin de poisson, il ne se rendait pas dans le Bronx, où l'on avait déplacé le célèbre marché aux poissons de Fulton qui fournissait les professionnels de la restauration. Non,

Charlie possédait un réseau de contacts indépendants, des pêcheurs qui apportaient leurs prises directement sur les berges de l'East River, près de la pointe de l'île de Manhattan. C'est avant l'aube, dans l'ombre portée du pont de Brooklyn, qu'il les rencontrait pour échanger sans intermédiaires potins et produits frais. Les transactions s'effectuaient rapidement et dans la pénombre ; on vidait les vans à la hâte, on chargeait à la va-vite la camionnette de Charlie, mais il était sûr de trouver ce qu'il lui fallait pour la journée.

— Bien sûr, répondit-il à Bridget. Avec plaisir. Rejoins-moi sur les docks à quatre heures demain matin. Tu trouveras ton bonheur. Prends un pull, il fait froid à cette heure-là.

— Merci, Charlie, t'es le meilleur.

— Je sais. N'oublie pas de citer mon nom dans tes remerciements.

Son sourire s'entendait presque. Bridget promit :

— Et mon livre fera aussi l'apologie de ton restaurant.

Bridget entama ses préparatifs. Pour commencer, elle posa dans l'entrée son grand cabas de toile.

— Sur les quais, répondit-elle à Organdi, venue lui demander où elle avait l'intention de se rendre comme ça.

Dans le vestibule, Bridget prit une paire de bottes en caoutchouc et les mit dans son cabas. Par-dessus, elle plaça un pull-over.

— Il fera peut-être froid et humide en pleine nuit, précisa-t-elle à l'intention de la chatte.

Elle ajouta un petit parapluie pliable.

— Au cas où.

Puis elle regagna la cuisine.

Organdi, quant à elle, s'attarda dans l'entrée.

Il se tramait quelque chose. Elle le sentait. Elle flairait dans l'atmosphère un parfum d'aventure.

Elle fit trois fois le tour du cabas de Bridget en agitant la queue. Elle le renifla. Il sentait le flétan qu'on lui avait servi pour son dîner. Elle le huma de plus belle. Depuis l'arrivée de la Nouvelle sous leur toit de chats, il y avait du changement dans l'air. Organdi avait passé trop d'après-midi roulée en boule sur la terrasse à contempler de loin ce monde qu'elle rêvait de parcourir. Elle décida de se fier à son nez. C'était sa chance.

Elle sauta d'un bond au fond du cabas et se pelotonna sur le pull-over. À Dieu vat.

Pendant ce temps, Bridget rassemblait son calepin, une paire de gants bien chauds, sa liste de courses et son porte-monnaie. Elle revint dans l'entrée et mit le tout dans son sac sans remarquer qu'ils atterrissaient sur une boule de poils déjà familière.

Organdi n'émit pas la moindre protestation, ce fatras achevait de la dérober aux regards.

Les cuisiniers ont l'habitude de se lever à des heures indues. Quatre heures du soir ou du matin, cela ne fait pas une grande différence pour eux. Bridget régla son réveil pour 3 h 40 et se coucha aussitôt, dans l'espoir de dormir quelques heures. De son côté, Organdi dormit comme un bébé. Le réveil de Bridget sonna, elle fit un brin de toilette, empoigna sa lourde cargaison et se mit en route… sans se douter de ce qu'elle transportait.

Des tréfonds de la conscience d'Organdi émergeait le sentiment qu'enfin l'aventure lui tendait les bras.

Son horloge biologique lui indiquait que c'était la nuit, soit l'heure de la chasse pour les félins. Le sac dans lequel elle était transportée était toujours en mouvement ; il oscillait sans arrêt d'avant en arrière, s'immobilisait puis repartait. L'air nocturne frappa les narines d'Organdi. Soudain, elle perçut du bruit et de l'agitation. Et, merveille d'entre les merveilles, le doux, l'entêtant fumet de mille poissons qui saturait les environs. Il y en avait assez pour une vie de festins. Dire que Satin, ce pantouflard, était resté à la maison tandis qu'elle, Organdi, menait la grande vie. Elle en aurait des choses à raconter à son retour.

Le mouvement s'interrompit ; on avait déposé le sac sur une dalle de béton. Prudemment, la passagère clandestine haussa la tête et promena un œil inquisiteur par-dessus le rebord du cabas. La première chose qu'elle vit fut la jambe de Bridget, qui la surplombait. Penchée par-dessus des monceaux de cabillaud frais, elle discutait avec quelqu'un. Son interlocuteur gesticulait dans tous les sens. Personne ne prêtait attention à Organdi. Elle en profita pour se faufiler hors de sa cachette. Et, se glissant comme une ombre dans cet univers nocturne peuplé d'arômes alléchants, d'air salé et de centaines de voix pressantes, elle disparut.

Bridget, cependant, faisait ses emplettes. Pendant une heure, introduite par Charlie, elle acheta aux vendeurs sur leurs bateaux amarrés près de dix kilos de flétan, de cabillaud, d'espadon. Assez pour tester un nombre important de recettes. La jeune femme avait sélectionné les meilleurs produits, et elle exultait. Les premiers rayons du soleil éclairaient la structure du pont de Brooklyn qui flottait, fantomatique, au-dessus des eaux scintillantes de l'East

River. Bientôt, il ferait jour. Il était temps de rentrer. Bridget entassa ses achats dans son cabas, emballés dans du journal par les marchands afin de préserver la fraîcheur des poissons.

En se redressant, elle aperçut Organdi.

— Qu'est-ce que… ? s'étrangla la jeune femme.

La chatte sortit de la pénombre en trottinant de son pas chaloupé, la mine ravie. Elle piqua droit vers sa nouvelle maîtresse comme un enfant vers sa mère. Bridget semblait sur le départ et la fugueuse n'avait pas l'intention de rester sur le carreau. Avisant le cabas, elle se campa sur ses pattes arrière, prit son élan et bondit. L'air satisfait, elle s'installa confortablement dans ce qui lui servait de moyen de transport.

— Ça alors…

Bridget était épouvantée. Ce bel animal racé, distingué, qui jouait les touristes au petit jour sur les docks, cette bête visiblement dotée d'un excellent pedigree et qui détonait de façon flagrante avec cet environnement. Il ne pouvait s'agir que d'Organdi.

Organdi, l'héritière aux soixante-dix millions dont Bridget était censée assurer la sécurité.

Un coup d'œil à son collier confirma ses soupçons, c'était bien le bel objet sur mesure, brodé à la main, et qui portait son nom.

Seigneur, si cela parvenait aux oreilles de M. Kinski… Ou de qui que ce soit d'autre, d'ailleurs…

Ce serait la fin de tout.

Bridget ôta son pull-over et en recouvrit prestement l'animal, calant les manches le long des parois du cabas pour dissimuler la chatte aux regards indiscrets. Affectant une attitude faussement nonchalante, elle balaya des yeux les environs pour vérifier qu'on ne l'observait pas à son insu. Pourvu qu'il fasse encore suffisamment sombre, pourvu que les pêcheurs soient trop occupés pour remarquer son manège.

Maintenant fermement de la main la tête de la chatte récalcitrante, Bridget se hâta de regagner la rue. Elle héla un taxi et ne lâcha pas Organdi de tout le trajet. La jeune femme marmonnait à mi-voix sans discontinuer. Tantôt elle grondait la fautive, tantôt elle se fustigeait pour sa propre négligence. Le chauffeur ne s'en formalisa pas. Il en avait vu d'autres, depuis le temps qu'il sillonnait cette ville de fous.

— Organdi, comment as-tu pu ? bougonnait Bridget. Comment as-tu osé faire une chose pareille ? Tu as failli m'attirer de très gros ennuis. Qu'est-ce que je leur aurais dit si je t'avais perdue ? Si tu n'étais pas revenue vers moi à la dernière minute, je serais rentrée sans me douter de quoi que ce soit. Je n'aurais jamais pu deviner où aller te chercher. Qui aurait pu imaginer que tu étais cachée dans mon cabas ?

Et de se chapitrer :

— Quant à toi, Bridget Berrigan, je ne te félicite pas. Qu'aurais-tu dit pour ta défense si la minette avait disparu ? « Désolée, monsieur Kinski, j'ai perdu l'un des chats. Vous me preniez pour une adulte responsable mais, à l'évidence, vous auriez mieux fait de confier Satin et Organdi à un chimpanzé. »

Puis, se retournant vers la chatte :

— Et si tu t'étais fait renverser par une voiture, hein ? Tu y as pensé à ça ? Et si des chiens errants s'en étaient pris à toi ? Et si quelqu'un t'avait kidnappée ? Et si…

Toutes sortes de scénarios catastrophe s'échafaudaient dans l'esprit survolté de Bridget. Elle avait frôlé le drame.

— J'aurais pu dire adieu à mon projet. Oh, Bridget, quelle idiote tu fais. Pauvre sotte. Imbécile. Incapable.

Quand le taxi la déposa devant son immeuble, elle était dans tous ses états.

— Bonjour, mademoiselle Berrigan, lui lança Theo, le veilleur de nuit.

Bridget ne l'entendit même pas. Elle le dépassa en trombe. Elle aurait aimé se terrer dans un trou de souris.

Manque de chance, quelques mètres plus loin, un homme attendait l'ascenseur. Appuyé d'une main contre le mur, la tête basse, comme si la nuit avait été longue et qu'il lui tardait de se coucher. Il lui tournait le dos. Mais Bridget aurait reconnu entre mille cet imper Burberry.

M. Collet Monté.

C'était bien sa chance. De tous les résidents de l'immeuble, il fallait qu'elle tombe sur lui.

Que faisait-il dehors à une heure aussi matinale ?

Il fit volte-face à l'instant même où Sandor, le liftier de nuit, ouvrait la porte de l'ascenseur. Sans desserrer la mâchoire, l'homme au Burberry se redressa, visiblement ennuyé d'avoir été surpris dans cette posture peu digne. L'ombre d'un sourire flottait sur son visage ; on aurait dit qu'il repensait à quelque anecdote amusante. Sous son imper déboutonné, Bridget aperçut un smoking. Le nœud papillon en était de guingois, ce qui ne lui ressemblait pas. Ses cheveux noirs étaient un rien ébouriffés. Des traces de rouge à lèvres maculaient son col. Dans ses yeux dansait une petite flamme. Si Bridget n'avait pas été aussi perturbée, elle n'aurait pas manqué de remarquer que son voisin se laissait aller. Ce matin-là, il paraissait presque humain.

Mais la jeune femme avait d'autres préoccupations. Organdi commençait à manifester l'envie de sortir et la pauvre Bridget se démenait pour conserver un air neutre tandis que le contenu de son cabas faisait des bonds. Son voisin se fendit d'un léger sourire. Manifestement éméché, il la regardait, amusé.

Pendant l'ascension, Sandor leur fit poliment la conversation.

— Il va faire beau aujourd'hui. Pas une goutte de pluie de prévue. Ce sera parfait pour votre footing, monsieur Brewster.

En son for intérieur, il songeait que les deux résidents formeraient un couple des plus assortis. Il se demandait aussi ce qui tracassait la jeune femme qui se murait dans un silence chargé de tension. Tout en elle respirait l'anxiété.

Parmi le personnel de l'immeuble, les ragots allaient bon train à propos de la nouvelle locataire du douzième. Nul n'ignorait les termes pour le moins incongrus du testament de feu Mme Willey, et tous connaissaient les intentions de Mackenzie Brewster, ce qui alimentait les spéculations concernant l'avenir des chats. Certains des collègues de Sandor avaient même ouvert des paris sur la façon dont M. Brewster gérerait la situation.

Sandor se rengorgea. Quand Tom arriverait pour le relever, il aurait des choses à lui raconter. Les ragots n'étaient pas près de cesser.

— Bonne journée, mademoiselle Berrigan, dit-il lorsque l'ascenseur atteignit le douzième étage. Bonne journée, monsieur Brewster.

Les portes se refermèrent et Bridget se retrouva seule avec son voisin de palier.

Elle n'osait pas sortir la main de son sac. Comment en extraire sa clé l'air de rien, sans attirer l'attention ?

Sur leurs paillassons respectifs se trouvaient les journaux du jour, tout juste livrés. Le voisin mit sa main dans sa poche, en sortit sa clé et, titubant un peu, se pencha pour ramasser son exemplaire du *New York Times*. Quand il se redressa, Bridget n'avait pas bougé d'un pouce. Elle affichait un air détaché mais n'ouvrait toujours pas sa porte. Pas plus qu'elle ne ramassait ses journaux. Elle se tenait parfaitement immobile. N'étant pas tout à fait sobre, Mackenzie Brewster ne s'en étonna pas outre mesure. Décrivant du bras une grande arabesque, il ramassa les journaux de sa voisine et les lui tendit avec une galanterie outrancière :

— Permettez, madame.

Et d'incliner galamment la tête.

Avec toujours ce petit sourire en coin. Bridget n'aurait su dire si son voisin se montrait poli ou sarcastique. De toute façon, cela ne lui importait guère car elle était toute à son dilemme.

Pourvu qu'il ne remarque pas ce qu'elle cachait dans son cabas.

Malgré ses efforts, Bridget manquait de naturel. D'une main, elle tentait de contrôler le contenu de son sac, qui persistait à se débattre. De l'autre, elle serrait sa bandoulière contre son épaule et, du coude, s'efforçait de plaquer le cabas contre son flanc.

Elle écarta de deux doigts sa bandoulière afin d'y caler les journaux. Bridget n'avait sur eux qu'une prise incertaine, et un tic nerveux agitait le coin de sa bouche. Elle bredouilla un mot étranglé, qui ressemblait à un « merci ».

Il haussa un sourcil, lui jeta un regard inquisiteur, considéra son sac avec perplexité et alla enfin ouvrir la porte de l'appartement 12B. Une truffe noire apparut immédiatement dans l'embrasure. Le chien se mit à renifler avidement son maître.

— Salut, mon vieux, dit le voisin. Pas fâché d'être de retour. Je t'ai manqué ?

La porte se referma sur eux.

Bridget sentit toute sa tension s'évaporer. Elle s'adossa au mur et respira. Enfin, elle pouvait libérer sa captive.

Comme par hasard, cette chipie d'Organdi cessa de se débattre à la seconde où Bridget ôta la main de son cabas. Elle se contenta de lever sa jolie tête un peu chiffonnée et de contempler en silence le palier désert. Bridget localisa sa clé, ouvrit la porte et se précipita à l'intérieur avec sa cargaison.

Organdi fila aussitôt raconter à Satin sa folle échappée en ville et Bridget, éreintée, s'affala sur le premier fauteuil qui se trouva à sa portée.

— Aïe, aïe, aïe, chuchota-t-elle. Je suis dans le pétrin jusqu'au cou.

Il lui semblait que les battements de son cœur résonnaient dans la pièce vide. Elle les écouta pendant quelques moments.

L'affaire ne pouvait pas avoir échappé à M. Collet Monté. Elle se remémora son sourire moqueur tandis qu'elle s'efforçait de contrôler le fauve qui trépignait dans son cabas. Il avait tout compris, Bridget l'avait lu dans ses yeux.

Mais quel intérêt aurait-il à en parler à qui que ce soit ? Tout ça ne le concernait pas. Tant que cela ne revenait pas aux oreilles des avocats. En plus, l'incident s'était bien terminé.

Bridget se calmait peu à peu.

— Bon, j'ai du pain sur la planche, dit-elle à voix haute. Au travail.

Elle venait de se rappeler les kilos de poisson qui l'attendaient dans son cabas.

— Au travail, répéta-t-elle.

Elle s'extirpa de son fauteuil et apporta ses emplettes à la cuisine. Elle remplit le réfrigérateur en se retenant à un coin d'étagère jusqu'à ce que se dissipent enfin les tremblements de sa main.

Avec un peu de chance, personne n'en saurait jamais rien.

Non loin de là, au 12B, Mackenzie Brewster ôtait son smoking dans sa chambre. *Tiens, tiens,* se disait-il, *on dirait que la jolie voisine a fait des bêtises cette nuit, elle aussi.*

Il s'assit sur le rebord de son lit, une chaussure en cuir verni à la main.

— Qu'est-ce que tu en penses, Sergent ? Je tiens ma langue ? Ou je moucharde ?

Sergent lui lécha gaiement la main. Mack éclata de rire.

— C'est bon, tu as gagné. Je devrais la dénoncer, mais ce ne sont pas des façons de traiter une belle dame en détresse.

Il frictionna la tête de son fidèle compagnon.

— Ce sera notre petit secret… pour le moment.

4

Sept jours s'écoulèrent sans que l'incident ait de répercussion. Pas d'appel indigné de la part de Gerald Kinski. Pas d'accusations d'incompétence coupable ni de négligence criminelle, pas d'ordre sans réplique de plier bagage et de quitter les lieux. Pourtant, Bridget avait eu un témoin. Comment l'oublier ? Seul un mur les séparait. Par chance, elle ne le recroisa pas et, petit à petit, sa crainte de tomber sur lui, par hasard dans le hall ou sur le palier, finit par s'estomper. Comme à son habitude, la jeune femme s'absorba dans son travail pour lutter contre ses angoisses de sorte qu'à la fin de la semaine elle avait retrouvé sa sérénité et son optimisme coutumiers. Elle s'était fait une grosse frayeur, rien de plus. Tout irait bien. La vie était belle.

Elle avait terminé le premier jet de son chapitre sur le poisson et, en ce beau dimanche matin, s'apprêtait à attaquer celui sur les pains et les brioches. Elle s'était levée de bonne heure pour pétrir des pâtes diverses et variées et, pendant que celles-ci levaient, elle résolut de s'octroyer une pause bien méritée. Elle prit une douche, nettoya ses ongles, enfila un short rouge, un grand T-shirt qu'elle noua sur son ventre, attacha sa crinière à l'aide d'un ruban écarlate et se dirigea vers Central Park pour y faire un footing.

Le printemps était en fête. Des bourgeons vert tendre à peine éclos émaillaient les arbres et les buissons. Des écureuils à la queue touffue folâtraient parmi les fleurs. Sur les vastes pelouses verdoyantes, les aires de jeu et les sentiers bordés de bancs, des enfants jouaient tandis que leurs nounous ou leurs parents échangeaient les derniers potins ou lisaient le journal. Des sportifs sillonnaient les allées à vélo ou en rollers, des équipes de baseball disputaient des matchs sur les terrains de sport ; en somme, New York tout entier profitait du beau temps.

Bridget courut une demi-heure. Hors d'haleine, les joues rouges, elle décida qu'elle avait bien mérité un esquimau. Après s'être rongé les sangs pendant une semaine, elle se détendait enfin, cela se fêtait. Elle s'arrêta à un stand ambulant puis alla se percher sur un rocher, sa récompense à la main. Là, elle pourrait souffler et profiter du spectacle : jeux de ballon improvisés, chiens pourchassant des frisbees ou pigeons picorant l'herbe. Les rayons jouaient sur ses épaules, allumant des feux dans sa chevelure dorée et faisant ressortir les taches de rousseur qui parsemaient son nez. Avec son short court et son T-shirt XXL, sans compter son esquimau, on lui aurait donné à peine quinze ans.

Elle ignorait complètement que son voisin l'observait attentivement depuis dix bonnes minutes.

Mack Brewster était également sorti courir ce matin-là. Il foulait les allées du parc, Sergent à ses côtés, quand une tornade rousse avait surgi devant lui. Il avait ralenti la cadence, sidéré.

Depuis quelque temps, depuis qu'il l'avait croisée au petit jour dans le hall, pour être exact, il lui semblait l'apercevoir à tous les coins de rue. De façon inexpliquée. Il se promenait tranquillement quand quelque chose de roux surgissait dans son champ de vision. Tantôt, c'était une silhouette menue qui entrait dans un restaurant. Tantôt, une fille gracile qui attendait un bus tandis qu'il passait en taxi. Parfois, l'apparition tournait à l'angle d'une rue ou bien la foule l'engloutissait devant un cinéma. Cette chasse au fantôme n'avait ni queue ni tête. Mack se raisonnait. Si cette fille l'obsédait, c'était certainement parce qu'il craignait qu'elle ne contrecarre ses plans. Mais alors, comment expliquer cette lueur d'espoir qui s'embrasait en lui chaque fois qu'il croyait la voir ? Pourquoi brûlait-il de se lancer aux trousses de toutes les femmes aux cheveux d'or qui jaillissaient sur son chemin et s'évanouissaient aussitôt ?

En l'occurrence, cependant, son cœur cognait si fort que cela ne faisait pas de doute, c'était bien elle. Il ne rêvait pas. C'était l'occasion de l'admirer à sa guise. Il ralentit après qu'elle l'eut dépassé, Sergent l'imita. La jeune femme, sans se rendre compte de rien, s'arrêta pour reprendre son souffle. Mack en fit de même. À quelques pas de distance, il la suivit jusqu'au stand du marchand de glaces ambulant vers lequel elle se dirigeait et s'assit dans l'herbe non loin, comme n'importe quel autre joggeur. Avec un peu de chance, vu les hordes de promeneurs du dimanche qui déambulaient dans les allées, Mack passerait inaperçu. Les coudes en appui sur les genoux, il baissa la tête pour plus de discrétion et l'épia du coin de l'œil. Sa queue-de-cheval était toute défaite et elle transpirait légèrement. Quand elle entreprit l'escalade d'un rocher, son esquimau à la main, il s'autorisa à la contempler dans toute sa splendeur.

Le soleil l'illuminait comme un projecteur. Elle était radieuse et respirait la santé. Elle avait de longues jambes, des bras gracieux, un buste étroit, un port altier et une masse de cheveux indomptables aussi dorés que le soleil qui les enflammait.

— On dirait une jeune fille, dit-il à Sergent dans un souffle. Une jeune fille innocente.

Son cœur faisait des bonds dans sa poitrine. Une étrange émotion livrait bataille à sa raison et à son calme légendaires. La sagesse lui dictait de garder la tête froide, d'observer une distance de sécurité. Cette naïade éthérée aux faux airs de gamine n'était pas du tout son type de femme, et elle risquait de faire s'écrouler ses projets. Il avait une dette à honorer, une mission à accomplir. Il avait presque réussi, mais pas encore tout à fait.

Il aurait dû se méfier. C'était trop facile. Juste au moment où la mort de Mme Willey arrangeait ses affaires, ce coquin de sort s'amusait à brouiller les cartes en introduisant dans la partie de nouveaux éléments pour le moins déroutants. Pour le seul plaisir de le détourner de sa route, il lui envoyait une sorte de feu d'artifice aux grands yeux clairs.

Cette fille n'avait rien de commun avec les belles de New York, avec les femmes d'affaires aux talons trop hauts et à l'ego dilaté qui défilaient dans son bureau, avec les héritières parfumées qui l'escortaient en boîte de nuit ou aux galas de charité. Toutes ces filles bien nées avec qui on essayait de le caser depuis la maternelle. Toutes ces créatures splendides qu'il promenait complaisamment à son bras depuis qu'on l'avait officiellement sacré « bon parti », à sa majorité. L'une d'elles serait la bonne, forcément. Même si le déclic tant attendu commençait à se faire désirer.

La raison de Mack lui dictait donc d'éviter sa jolie voisine. Mais, en parallèle, quelque instinct inconnu lui envoyait un tout autre message :

« Ne la laisse pas filer. »

— Va lui parler, Sergent, murmura Mack à son fidèle compagnon à quatre pattes. Va lui dire bonjour.

Sergent était un chien particulièrement obéissant et il ne se le fit pas dire deux fois. Il courut jusqu'au rocher, l'escalada et se jucha à côté de la jeune fille, dont il se mit aussitôt à renifler l'esquimau.

C'était un excellent prétexte. Mack accourut à son tour.

— Hep, Sergent, arrête d'embêter la demoiselle, lança-t-il du ton sec que les maîtres réservent à leurs chiens lorsque ceux-ci font une bêtise.

Bridget leva les yeux de sa glace et discerna une silhouette sombre, Mack étant en contre-jour. Il la dominait de toute sa hauteur. Derrière lui, au-dessus de la cime des arbres, le panorama new-yorkais brillait de mille reflets.

— Il ne me dérange pas, le rassura Bridget.

Elle éloigna tout de même sa glace de la truffe du chien. Puis, elle porta la main en visière au-dessus de ses yeux.

— Oh, fit-elle, surprise, c'est vous ?

— Oh, répéta Mack, c'est vous ?

— C'est moi, confirma-t-elle, déconcertée.

La belle assurance de la jeune femme menaçait de partir en fumée. Il ne manquait plus que ça. Voilà qu'elle rencontrait la seule personne qu'elle n'avait pas envie de voir, son ténébreux voisin. À qui il suffisait de raconter à qui de droit la scène à laquelle il avait assisté l'autre jour de bon matin pour faire de sa vie un cauchemar. Il ne lui avait sûrement pas échappé que Bridget avait fait quitter l'immeuble au chat de race hors de prix dont elle avait la responsabilité.

— Si je m'attendais à tomber sur vous, s'exclama Mack comme un grand acteur.

— Oui, quelle coïncidence, bafouilla Bridget.

Sans baisser la main, elle se hasarda à croiser son regard. Il s'agissait d'évaluer son humeur et ses intentions.

L'autre paraissait bien luné. Bridget se détendit un peu. Après tout, son voisin n'avait ni crocs de vampire, ni tatouage sataniste au milieu du front.

Qu'il avait joli, d'ailleurs.

Au moins, Marge se réjouirait de ce nouvel épisode.

D'ailleurs, il fallait saisir l'occasion pour le scruter plus attentivement. À seule fin d'étoffer le rapport que son amie ne manquerait pas d'exiger d'elle, évidemment.

L'homme avait un corps d'athlète. Des muscles bien dessinés au niveau des bras et des jambes. Sous son sweat gris, on devinait un ventre plat. Manifestement, il s'entretenait. Bridget sourit. Même en tenue légère et trempé de sueur, il parvenait à conserver son air solennel et collet monté.

Marge apprécierait cette manne de détails.

— Je peux m'asseoir ? demanda-il, joignant le geste à la parole.

Il prit la place de Sergent et ce dernier, complice de la manœuvre, alla se camper de l'autre côté de la jeune fille pour qu'elle ne leur fausse pas compagnie.

— Je vous en prie, répondit Bridget.

En effet, cela ne la dérangeait pas. Sans son air furibond et son costume trois-pièces, l'homme constituait à vrai dire un spécimen parfaitement séduisant. Surtout à demi nu.

Il se rapprocha et sa jambe effleura celle de Bridget. On eût dit qu'une connexion s'établissait entre eux, qu'un courant reliait soudain leurs deux corps. Et c'était divin. Bridget se sentait grisée, électrisée, vivante, mais à la fois à l'aise et en sécurité. La température de l'air environnant sembla augmenter d'au moins cinq degrés. La jeune femme avait l'impression qu'elle était en train de se liquéfier.

Que lui arrivait-il ?

Mack, de son côté, suivait un train de pensées similaire, cette femme lui faisait un effet incroyable. Mais comment ? Pourquoi ?

Lui aussi aurait juré qu'une puissance mystérieuse venait de se déchaîner. Tous ses sens étaient soudain à l'affût, en alerte. Ses sensations lui semblaient décuplées. Il n'avait encore jamais rien éprouvé de semblable. Comment diable s'y prenait-elle ? Il étudia son visage au teint rose, comme si la réponse s'y trouvait cachée. Peut-être cela tenait-il à sa bouche, ronde et candide. Ou encore à sa peau nacrée. Ou à ces taches de rousseur qui constellaient ses joues et son nez. Des taches de rousseur qui se débrouillaient pour être sexy. Peu de filles pouvaient se targuer d'être aussi radieuses en plein soleil. La plupart des coquettes que Mack fréquentait fuyaient ses rayons comme si elles craignaient de se dissoudre à leur contact. Leur maquillage savamment étudié les faisait paraître sublimes, mais uniquement de nuit, sous l'éclairage tamisé des restaurants trois étoiles et des théâtres de Broadway.

Tandis que la fille à l'esquimau resplendissait à la lumière du jour.

Mack en avait des fourmis dans le creux des genoux et son cœur se serrait comme dans un étau. Il avait les oreilles en feu et, surtout, ses doigts le démangeaient. Ils brûlaient de caresser la joue de sa belle voisine, d'enlacer son épaule, d'attirer à lui son corps délicat.

Bon sang, mais que lui arrivait-il ?

Envisageait-il de se lancer dans une aventure avec cette femme ?

Et venait-il réellement de formuler une telle pensée ?

La réponse était non. C'était hors de question.

Cependant, Mack avait perdu son aplomb habituel. Au prix d'un énorme effort, il se peignit la contenance de façade qu'il perfectionnait depuis des années, masquant le trouble et la confusion qui régnaient sur ses sentiments. Pour parfaire l'illusion, il émit le seul commentaire innocent qui lui vint à l'esprit :

— Le palier embaume depuis votre emménagement. C'est pour vous que vous cuisinez autant ?

— Oh non, répondit Bridget.

Elle se félicitait de ce choix de sujet. La cuisine, sa passion, ne manquait jamais de l'enthousiasmer. Elle n'aurait plus à s'inquiéter de cacher à son interlocuteur l'étrange émoi qu'il provoquait chez elle.

— Je rédige un livre de recettes. Une fois mes plats terminés et photographiés, je les donne à une organisation d'aide aux SDF.

— C'est généreux à vous.

Mack n'en revenait pas. Une beauté doublée d'un cordon-bleu, et généreuse avec ça.

— Ainsi, vous rédigez un livre. Il y a longtemps que vous avez commencé ?

— Je m'y mets à peine. Mais j'ai déjà rédigé le premier chapitre. Ou du moins, son brouillon. La cuisine du 12A est incroyable. Dans ces conditions, je devrais pouvoir boucler mon projet en un an, si je ne traîne pas trop.

La bonne humeur de Mack s'évapora, l'affaire se corsait.

— Un an ? C'est une sacrée aventure dans laquelle vous vous engagez.

— Pas vraiment. J'ai le cadre de travail idéal. Cet appartement est un rêve. Une cuisine pareille chez un particulier, c'est fou. Vous vous rendez compte...

Le destin, mauvais joueur, avait pipé les dés. Il fallait bien que quelqu'un annonce la mauvaise nouvelle à l'exquise demoiselle. Mack serra les dents, rien ne servait de repousser l'échéance.

— Je suis navré d'avoir à faire voler votre rêve en éclats, dit-il. Mais on aurait dû vous en informer...

La température chuta brusquement. Une bouffée d'angoisse étreignit le cœur de Bridget.

— M'informer ? De quoi ?

— Vous allez devoir quitter l'appartement.

— Je vous demande pardon ? balbutia Bridget, l'estomac noué.

Elle voulut s'accrocher à son rocher pour s'ancrer dans la réalité, mais ses aspérités lui meurtrissaient soudain les mains.

— Les avocats ne vous ont donc rien dit ?

— À quel propos ?

Voici que le beau voisin fronçait les sourcils d'un air rageur.

— Ils se sont payé votre tête, grogna-t-il. C'est odieux de vous avoir laissée vous lancer dans votre projet, de vous avoir fait croire que vous pourriez rester...

Bridget sentit ses forces l'abandonner. Apparemment, une menace planait sur son travail. Si tout basculait maintenant…

— Expliquez-vous, s'il vous plaît.

Mack se détestait. Lui expliquer ? Mais comment ? Oui, comment lui expliquer que, par sa faute à lui, elle allait devoir dire adieu à ses rêves ? Il l'avait vue blêmir. Il avait vu la peur voiler ses yeux. Mack n'était pas du genre à craindre le conflit, mais sa conscience le tenaillait. Ce qui lui déplaisait au plus haut point. Il avait besoin de s'éclaircir les idées, or la proximité de la jeune femme l'en empêchait. Il avait beau s'exhorter à se dominer, rien n'y faisait, ses tempes bourdonnaient. Ses pensées confuses semblaient s'être muées en un essaim d'abeilles désorientées. Quel casse-tête.

Il serra les poings et les dents. Ébloui par le soleil, il plissa les yeux. Il se sentait sur la défensive. Il fallait qu'il parte d'ici.

Machinalement, il consulta sa montre. Puis il regarda Bridget. Puis, de nouveau sa montre. Comme s'il s'agissait en réalité d'une boussole à même de l'aider à s'y retrouver dans cet imbroglio. Et Mack fit alors une chose qui ne lui ressemblait pas, il opta pour la solution de facilité.

Il décida de fuir.

Il se releva et le chien en fit de même.

— Je dois y aller, annonça-t-il en époussetant son short. Sergent, au pied.

Bridget entrouvrit la bouche et leva la main pour l'arrêter :

— Mais…

Il n'allait tout de même pas la laisser là, avec cette question en suspens ?

Mais si. Mack descendit du rocher, Sergent sur ses talons. Avec désinvolture, il ajouta, par-dessus son épaule :

— À votre place, je passerais un coup de fil à cet avocat. Il vous doit des explications.

Et de s'éloigner au petit trot dans l'allée.

Il n'avait pas parcouru dix mètres, cependant, qu'il pivotait et lançait :

— Au fait, comment vous appelez-vous ?

— Bridget. Bridget Berrigan.

— Enchanté. Moi, c'est Mack. Mack Brewster.

Il reprit sa route en courant et disparut dans la foule de joggeurs. Mais la jeune femme l'entendit encore lui crier :

— À très bientôt, Bridget Berrigan.

Et la foule l'avala pour de bon.

5

Bridget en resta abasourdie. Un instant plus tôt, elle se trouvait assise aux côtés de Mack, grisée par sa proximité, et voici que sa sérénité faisait place à la peur. La belle matinée en perdait toute sa saveur, même le soleil semblait terni.

Une seule solution, se remettre au travail. Son projet, ce qui importait le plus aux yeux de la jeune femme, était peut-être menacé et lui paraissait plus vital que jamais. Redoutant une catastrophe imminente, elle regagna son immeuble au pas de course.

Au 12A l'attendait son chapitre sur les pains et les brioches. Elle se doucha à la hâte, se frictionna les cheveux à l'aide d'une serviette, s'habilla à la va-vite d'un autre T-shirt et rejoignit la cuisine où levaient ses pâtes diverses. Bridget se remit à l'ouvrage sans tarder. Elle forma des miches, des petits pains individuels, des rouleaux à la cannelle... Quand la première fournée fut au four, elle s'installa à son ordinateur et tapa le titre de son chapitre, bien centré au milieu de la page :

« Pains et brioches »

Revenant à la ligne, elle ajouta ces quelques mots d'introduction :

Un bon psy est hors de prix. Un abonnement au club de gym aussi. La solution ? Faire son propre pain ! Cela coûte trois fois rien, vaut toutes les thérapies du monde, et vous fera faire de l'exercice physique !

À vous le plaisir d'étaler la pâte sur le plan de travail, de la pétrir sans pitié, de la soumettre à votre volonté. À vous d'exercer votre autorité ! Les murs vont trembler et vous allez vous libérer de toutes vos vilaines toxines et de votre agressivité.

Cerise sur la brioche : vous réaliserez des merveilles qui vous vaudront l'admiration de votre entourage, de votre mère à vos amis en passant par ce voisin de palier si sexy.

Bridget avait tapé cette dernière phrase sans réfléchir. Elle sursauta, s'interrompit et la relut, stupéfaite.

— C'est moi qui ai écrit cela ?

— Miaou ?

Organdi, qui avait erré dans la cuisine, désœuvrée, pendant toute la matinée, se réjouissait manifestement qu'on lui fît la conversation. Bridget, une vraie pile électrique, accueillit avec amusement cette distraction.

— Ce ne sont pas tes affaires, petite curieuse. J'ai droit à mon jardin secret, tout de même.

Bridget darda sur la minette un regard faussement sévère :

— D'ailleurs, si quelqu'un devait faire sa curieuse, ce serait plutôt moi. J'ai bien remarqué que tu n'étais pas dans ton assiette depuis quelques jours. Tu es toute nerveuse. Moi aussi, j'ai des soucis, mais je n'en fais pas tout un plat. Tu ne te sens pas bien ? Pourquoi ne fais-tu pas la sieste comme Satin ?

Satin, qui dormait comme un bienheureux, entendit vaguement prononcer son nom. Il agita une oreille, entrouvrit un œil et se replongea dans ses rêves héroïques de chasse à la souris. « C'est un sale boulot, disait-il à un public imaginaire, mais il faut bien que quelqu'un s'en charge. »

— Miaou, insista Organdi, qui ne se laissait pas démonter.

Elle alla jusqu'à tapoter de son coussinet les orteils nus de Bridget.

— Ah, tu veux discuter ? poursuivit la jeune femme. Alors, oui, c'est vrai, Mack Brewster a des jambes et un sourire sexy en diable, mais c'est loin d'être un prince charmant. À cause de lui, je me ronge les sangs et il faut que j'abatte le maximum de travail en un minimum de temps de peur que mon conte de fées ne s'envole en fumée. Donc, je n'ai pas le temps de papoter. Soyez gentille, allez-vous-en, mademoiselle.

Elle reporta son attention sur son écran d'ordinateur et, appuyant sur la touche « suppr », effaça ses derniers mots.

Mais elle les retapa à l'identique. Rien à faire, ils sonnaient bien.

Ce voisin de palier si sexy.

Il fallait bien l'admettre, elle n'arrivait pas à se sortir cet homme de la tête. Et pas seulement à cause de ses propos sibyllins au sujet de son expulsion du paradis terrestre. Il y avait aussi cet étrange champ électromagnétique qui s'était créé quand leurs jambes s'étaient frôlées. Et autre chose, encore. Une étrangeté au fond de son regard, un rien qui affleurait à peine dans sa voix, une sorte de force qu'il lui avait communiquée, comme s'il lui avait pris la main et, depuis, ne la quittait plus.

Suis-je en train de craquer ?

Elle se rejeta brusquement contre le dossier de sa chaise et s'y affaissa comme si sa colonne vertébrale venait de lâcher.

C'était ridicule.

Et pourtant, il se passait bien quelque chose. *Franchement, je n'ai pas besoin de ça. Je dois me consacrer à mon projet. Je ne vais pas renoncer maintenant. Je dois rester concentrée sur mon objectif. Allons, Bridget, cesse de penser à lui. Tout de suite.*

Autant s'interdire de penser tout court. Elle fixait son écran, incapable de retrouver le fil. Elle restait bloquée sur ces quelques mots : « ce voisin de palier si sexy ».

C'est alors que la sonnette tinta. Et, quand Bridget ouvrit, il était là, derrière la porte. Comme si elle l'avait convoqué par la force de son esprit.

Il s'était changé. Son pantalon de toile beige bien repassé et sa chemise en jean sans un faux pli lui allaient à ravir. Son beau visage était rasé de près, ses cheveux encore humides mais bien peignés. Et il affichait une mine grave et sage à la fois.

— Je me demandais, à tout hasard, si madame la chef était libre ce soir ?

Bridget s'attendait à tout sauf à ça. Prise au dépourvu, elle resta sans voix. Elle se sentit très gênée à l'idée de sa tenue légère. Elle portait en tout et pour tout un T-shirt et une culotte. Cela frisait presque l'indécence. Du bout de son pied nu, elle rattrapa Organdi qui s'évertuait à s'échapper par la porte ouverte.

Avant que la jeune femme ait le temps de reprendre ses esprits, son voisin ajouta :

— Mais au fait, cela se fait-il d'inviter une cuisinière professionnelle au restaurant ?

Il parcourut du regard son corps en partie dénudé, remarqua son embarras et établit le lien entre les deux. Par délicatesse, il ne quitta plus des yeux son visage et réprima le sourire qui lui chatouillait les lèvres.

Bridget se pencha pour prendre Organdi dans ses bras. La jolie petite bête lui couvrirait au moins la poitrine.

— C'est-à-dire que… je ne sais pas, bredouilla-t-elle. Enfin, euh, pourquoi ?

Il la regarda dans les yeux et parvint à ne pas trahir la nature véritable de ses pensées.

— Je crois qu'il faut que nous ayons une petite conversation.

— Eh bien…

— Je voulais m'expliquer…

— À quel propos ?

— Dînons ensemble, voulez-vous ? On pourrait aller au Côte d'Or ?

Silence. Plein d'espoir, Mack relança :

— Ce soir ? Vers huit heures ?

— Ma foi, d'accord. Je veux dire, oui, j'en serais fort aise.

« J'en serais fort aise » ? De toute sa vie, Bridget n'avait jamais utilisé cette expression démodée. Elle se décomposa.

— Génial, dit Mack. En ce cas, à tout à l'heure.

— Huit heures, répéta Bridget.

Il se tenait toujours là, droit comme un i, lorsqu'elle referma la porte sur lui.

Serrant la chatte contre son cœur, elle enfouit son visage dans sa fourrure tout en déambulant sans but à travers l'appartement. Elle se mit à errer de pièce en pièce.

— Organdi, je ne sais plus quoi penser, murmura-t-elle à la minette.

Celle-ci frotta son museau de velours contre la peau de pêche de Bridget. On aurait dit qu'Organdi l'encourageait à s'épancher.

— C'est vraiment le type le plus…

Mais Bridget n'eut pas le temps de terminer sa confidence car le téléphone sonnait. Elle leva la tête, ses pas l'avaient menée dans la bibliothèque. Un téléphone trônait sur le bureau. Elle le décrocha. Elle n'eut pas plutôt soulevé le combiné qu'un flot de paroles frappa son oreille, c'était Marge.

— Quel temps splendide, pépiait-elle gaiement. C'est la journée idéale pour faire un brin de shopping, en plus il y a des soldes chez Saks. Allez, je t'arrache à ton labeur pour une après-midi de folies dans les magasins.

— Pas question, Marge.

Elle posa Organdi sur un fauteuil de cuir lie-de-vin. La chatte bondit sur le tapis et détala.

— Il faut vraiment que je travaille. Mon super plan risque de tomber à l'eau, je dois en profiter à fond avant que je…

— Que se passe-t-il ? Un héritier oublié a surgi de nulle part pour faire valoir ses droits ?

— Non. Seulement, d'après Mack…

— Qui est ce Mack ?

— Mon voisin.

— Alors, tu connais son prénom ? On progresse !

— Oui et non. Bon, je commence par la mauvaise nouvelle. Je crois qu'il y a anguille sous roche en ce qui concerne l'appartement. Mack dit que je ne vais pas pouvoir rester, en tout cas pas assez longtemps pour me permettre de finir mon livre. Je crois qu'on m'a caché des choses.

— Oh, non. Je suis navrée.

Elle se tut une demi-seconde et :

— Mais la bonne nouvelle alors ?

— Nous dînons ensemble ce soir, au Côte d'Or. Je vais peut-être réussir à en savoir davantage.

Marge s'exclama :

— Le Côte d'Or ! Bridget, c'est fabuleux !

Puis elle cessa ses exclamations stridentes et ses manières d'écolière car ses méninges s'activaient. Baissant la voix, elle reprit gravement :

— Dis donc, ma chérie, il doit avoir le bras long ton apollon, remarqua-t-elle d'un ton de conspiratrice. Il faut réserver des mois à l'avance pour obtenir une table au Côte d'Or. Tu as le temps de te faire faire une manucure ?

— Hein ? Non, Marge, je n'ai pas le temps de me faire faire une manucure. Et quand bien même je l'aurais, ce n'est certainement pas à ça que je l'emploierais. Je ne devrais même pas sortir ce soir. De toute façon, Mack m'a vue toute débraillée, ça n'a pas eu l'air de le déranger.

Malgré tout, Bridget inspecta ses mains, couvertes de coupures, d'égratignures et de marques d'anciennes brûlures. Mais qu'y pouvait-elle ? C'étaient les risques du métier.

— C'est bon, ma chérie, ne panique pas.

— Je ne panique pas, Marge.

— Je sais, je sais.

Marge s'interrompit un instant. Elle préparait un nouvel assaut.

— Que vas-tu porter ? Quelque chose de moulant, j'espère.

— Je ne possède rien de moulant.

— Je peux te prêter quelque chose.

— Pas la peine, merci. On va juste dîner. Ma petite robe noire fera très bien l'affaire. Et je mettrai le médaillon de grand-mère.

— Du moment que tu es sexy. Ne néglige pas les accessoires.

— Marge, tu es incorrigible. Je le connais à peine.

— Il ne te connaît pas davantage et c'est là tout l'intérêt de la situation. Il faut lui faire comprendre que tu n'es pas qu'une gentille pâtissière. Moi, si j'avais ta silhouette…

— Bon, merci, mais il faut que je te laisse, j'ai du pain dans le four et un chapitre à boucler.

— D'accord, je te libère. Mais n'oublie pas, ce soir, le mot d'ordre, c'est « sexy » !

6

Dans la bibliothèque, la vieille pendule de collection carillonna, dans la cuisine le minuteur vibra et dans l'entrée, la sonnette tinta. Le tout au même instant.

Il était huit heures.

Bridget se figea, les gants de cuisson enfoncés jusqu'aux poignets, la grille à gâteau dans les mains.

— Catastrophe, chuchota-t-elle aux chats. Il est là.

Depuis une demi-heure, Satin et Organdi la suivaient partout pendant qu'elle jonglait entre ses essais de gâteau « light » au café et ses essayages vestimentaires en vue du fameux dîner. Elle devait offrir un spectacle amusant, à courir dans tous les sens en se brossant les dents, à taper trois phrases sur son ordinateur tout en enfilant ses collants, à se contorsionner pour fermer sa robe fourreau noire…

— Il est d'une ponctualité irréprochable, marmonna Bridget en démoulant huit gâteaux sur la grille préparée à cet effet. J'aurais dû m'en douter. Il a sûrement patienté sur le palier avec l'horloge parlante au bout du fil.

Elle jeta ses gants sur le plan de travail, éteignit le four et courut jusqu'à la porte, ne s'arrêtant qu'une fraction de seconde devant le miroir de l'entrée pour tapoter ses cheveux, s'assurer qu'elle n'avait pas de rouge à lèvres sur les dents et se remémorer le mot d'ordre de Marge : « sexy ». Elle lissa sa robe des deux mains pour que le tissu épouse bien ses formes. Puis elle inspira profondément pour calmer ses nerfs malmenés et elle tourna la poignée.

Costume sombre, chemise blanche impeccablement repassée, cravate finement rayée d'un goût exquis, imper au bras et parapluie à la main… Mack Brewster était l'incarnation du gentleman élégant. Pourtant, en le voyant, un seul mot vint à l'esprit de Bridget : *sexy*.

Elle sentit ses joues s'empourprer. Elle rougissait pour un oui ou pour un non et son teint clair l'empêchait de le dissimuler. Il la détaillait des pieds à la tête et elle vit son regard se poser sur ses joues roses. Gênée, elle faillit accuser la chaleur de ses fourneaux, mais préféra se détourner :

— Je vais prendre ma veste, dit-elle en s'éloignant, non sans avoir ramené du pied Organdi qui tentait encore de filer.

— Miam, dit Mack en passant la tête dans l'appartement. Ça sent bon ici.

Effectivement, des arômes enchanteurs envahissaient l'entrée.

— J'élabore une recette de gâteau au café.

Bridget revint et réussit à refermer la porte sans dommage pour la queue de la petite chatte.

— Au café ? J'adore, déclara Mack.

Quand il eut appelé l'ascenseur, il lui prit sa veste des mains et l'aida à l'enfiler. Au passage, il sentit l'odeur de cannelle de ses cheveux. Des visions de muffins dodus se mirent à danser devant ses yeux.

Mais il avait aussi remarqué sa robe. Et ses joues roses. Et ses grands yeux verts, et ses cheveux inondés de lumière. Pour la décrire, un mot s'imposait : *sexy*.

Bridget ne se laissa pas intimider par le faste du Côte d'Or. Elle connaissait trop bien les grands restaurants. Elle savait ce qui se tramait en coulisse, derrière les prestigieuses devantures. Elle n'ignorait pas le coût d'un tel standing, d'un tel niveau d'élégance : énormes bouquets d'orchidées, linge de table immaculé, casseroles en cuivre rutilantes, éclairage à la bougie savamment étudié, tablée par tablée, de façon à mettre les clients en valeur. Elle savait le prix de chaque cuillerée de fleur de sel, de chaque goutte de vinaigre balsamique et, surtout, elle avait conscience de la frénésie qui animait les pièces fermées au public ainsi que de la chaîne de production sans laquelle ce rêve ne pouvait exister. Elle reconnut les signaux discrets qu'échangèrent les serveurs pour réserver à leur hôte de marque et à son invitée un traitement de faveur, nota le soin avec lequel on prit leurs vestiaires, releva le ton presque intime qu'adoptèrent le maître d'hôtel et le sommelier pour faire leurs recommandations à leur habitué.

Bridget savait également reconnaître la grande cuisine. Les escalopes de veau à la marocaine, sur leur lit de semoule fine aux raisins secs et aux pruneaux, confinaient à la perfection. Dès la première bouchée, l'alliance des saveurs transporta la jeune chef dans une fantasmagorie de dunes et de désert.

Pendant ce temps, Mack observait Bridget. Ou, plus exactement, il la détaillait attentivement et la comparait dans sa tête à toutes les femmes qu'il avait connues. Bridget Berrigan se comportait avec naturel et spontanéité. Nulle trace chez elle des coquetteries ou de l'arrogance présentes chez les autres. Bridget ne passait pas son temps à palper ses fourrures, à tripoter ses bijoux, à examiner sa manucure. Et pour cause. Baissant malgré lui les yeux sur les mains de Bridget, Mack remarqua qu'elles étaient constellées de petites cicatrices, sans doute laissées par les ustensiles de cuisine que maniait la jeune femme. Ce détail, pour une raison mystérieuse, plut à Mack et l'attendrit.

Soudain, comme un coup de poing dans le sternum, il eut une révélation.

Bridget était une *vraie* femme.

Mack Brewster en avait le souffle coupé. Il n'avait pas l'habitude qu'on le prenne de court.

Entre-temps, Bridget avait terminé son évaluation professionnelle des lieux. L'heure était aux explications.

— Vous étiez bien mystérieux, au parc ce matin, observa-t-elle en fixant son interlocuteur droit dans les yeux.

Mack ne répondit pas. Il n'avait rien écouté.

Il tenta de se ressaisir, de se rappeler les raisons pour lesquelles il lui avait proposé ce dîner. Il avait des choses à lui expliquer. Oui, c'était bien cela. Sauf qu'en cet instant tout s'embrouillait dans sa tête.

— Je vous ressers un peu de vin ? dit-il.

Voilà qui lui permettrait de reprendre contenance et de dissimuler son trouble passager. Il fit signe au serveur, qui se tenait à leur disposition, contre le mur, dans un silence religieux.

— Vous esquivez le sujet, constata Bridget tandis qu'on versait dans son verre un excellent bordeaux. C'est vous-même qui l'avez dit, il faut que nous ayons une petite conversation.

— Je n'esquive rien du tout, se défendit Mack, agacé par ses propres atermoiements.

Comment cette petite cuisinière, cette fille de rien, se débrouillait-elle pour lui faire perdre ses moyens ?

— Je n'esquive rien, répéta-t-il afin de s'en persuader. Seulement, j'ai compris ce matin que vous alliez au-devant d'une grosse déception. J'ai pensé que vous méritiez de savoir ce qui vous attend, ajouta-t-il en recouvrant son sang-froid.

Bridget en perdit aussitôt l'appétit. La seule chose qui retenait son intérêt, désormais, c'était Mack dont les yeux scintillaient, presque diaboliques, à la lueur de la bougie.

— Que se passe-t-il ? demanda-t-elle, le cœur battant.

Mack découpa un morceau de viande pour gagner du temps.

— Alors… dit-il enfin.

Et il jeta enfin son pavé dans la mare, avec autant de désinvolture qu'on saupoudre un plat de poivre.

— J'ai l'intention d'acquérir l'appartement 12A et ce, dans les plus brefs délais. Je vais faire tomber les cloisons pour le fusionner avec le 12B. Ainsi, j'aurai l'étage entier pour moi tout seul.

Il découpa un nouveau morceau de viande. Cette manœuvre le dispensait de croiser le regard de la jeune femme.

— Cela fait longtemps que j'en ai le projet. Depuis la mort de mon père, pour être précis. Maintenant que Mme Willey n'est plus de ce monde, je vais pouvoir mettre mes plans à exécution sans plus tarder. Je l'aurais déjà fait depuis des années si cette tête de mule avait mis son appartement sur le marché, mais cette vieille entêtée refusait obstinément de vendre.

Il agitait dangereusement son couteau à steak.

— Oh, bien sûr, quand elle jouait les grandes dames, elle était charmante, adorable même. Vous avez vu son portrait, je suppose. C'était le bon côté d'Henrietta Willey. Mais si le monde entier ne se prosternait pas à ses pieds, elle se muait en harpie caractérielle. Il ne fallait surtout pas la contrarier. Elle n'hésitait pas à sortir les griffes et elle avait la rancune tenace.

Le plat de Bridget refroidissait, mais elle ne pouvait plus y toucher. Une panique sourdait en elle comme un geyser et elle se démenait pour rester maîtresse d'elle-même.

— En plus, poursuivit Mack, ces dernières années, elle perdait complètement la tête.

— Mais, le coupa Bridget, que feriez-vous d'autant d'espace ? Un homme seul, dans un appartement aussi vaste. D'accord, vous avez un chien, mais tout de même.

— Le marché est favorable en ce moment. C'est une occasion en or et je ne la laisserai pas m'échapper. De plus, je ne resterai pas seul toute ma vie. Un jour viendra où je me marierai. J'aurai beaucoup d'enfants, qui occuperont toutes ces chambres à coucher.

— Mais l'appartement n'est pas libre. Il appartient aux chats. Je crois qu'ils s'y plaisent. Ils y habitent depuis des années, alors…

Mack se fendit d'un sourire sarcastique :

— Tiens ? J'ignorais que vous parliez le langage des chats, railla-t-il.

— Très spirituel. Je suis responsable de Satin et d'Organdi.

Bridget se sentait à la fois offensée et légèrement ridicule.

— Bien sûr, concéda Mack. Mais qu'ils s'y plaisent ou non, ils vont devoir se faire une raison, l'appartement 12A ne leur appartient pas. Le testament n'a pas encore été homologué. Et je ne vois pas comment ce tissu d'inepties rédigé par une vieille folle le serait. La copropriété ne le tolérera pas.

— La copropriété ? Qu'a-t-elle à voir là-dedans ?

— L'appartement 12A est le plus bel atout de l'immeuble. Les copropriétaires ne le laisseront jamais aux mains de deux bestioles, précisa Mack, sardonique.

— Ils vont faire invalider le testament ?

— Oui. Du moins, si j'arrive à les rallier à ma cause. C'est ce qu'il y a de mieux à faire.

— Vous ?

— Oui. Je suis l'un des copropriétaires de l'immeuble.

— Et vous êtes influent ?

— Je m'en flatte, oui.

— Mais, et les dernières volontés de Mme Willey, alors ? Elles ne comptent pas ?

— Étant donné que ses dernières volontés respirent la démence à plein nez, je dirais que non, elles ne comptent pas.

Face à une telle arrogance, Bridget brûlait d'envie de le gifler. Pourtant, elle demanda :

— Combien de temps prendront les démarches ?

— Peu de temps. Un mois ou deux, d'après mes avocats.

La jeune femme se décomposa. Ainsi, il avait déjà lancé la procédure.

— Alors, je vais devoir partir ?

La panique montait en elle inexorablement. Il ne mesurait pas l'ampleur du désastre. Il ne comprenait pas.

— J'en ai bien peur, Bridget. Je regrette. Je sais que vous espériez y finir la rédaction de votre…

— Vous ne savez rien du tout ! Vous n'avez aucune idée de ce que cela représente pour moi.

Elle se revit soudain halant d'énormes sacs de pommes de terre, des vasques pleines d'eau graisseuse et des cuves de soupe en ébullition.

Mack remarqua les larmes qui perlaient dans ses yeux et s'en étonna. Il voulut lui prendre la main, mais elle la retira vivement.

— Vous n'en avez aucune idée, répéta-t-elle, furieuse.

Mack était complètement désarçonné par le tour que prenait la conversation.

— Qu'est-ce que j'ai dit ? Bridget, je ne voulais pas vous contrarier. Je pensais… ce matin, au parc…

Le serveur apparut pour débarrasser leur table en prévision du dessert. Il plaça devant eux un plateau de mignardises pour les faire patienter.

Mack en profita pour saisir la main de sa voisine. Il referma les doigts sur ceux, brûlants, de la jeune femme. Mais il ne vint pas à bout de ses résistances. Bridget, qui ne l'entendait pas de cette oreille, se libéra de nouveau d'un geste brusque et décidé.

Pourquoi prenait-elle la chose aussi mal ?

— Je vous en prie, Bridget, dites-moi ce que je peux faire.

Comment éviter que leurs rapports se détériorent ? Comment se racheter à ses yeux ? Faute d'une meilleure idée, il sélectionna sur le plateau un florentin et le lui tendit.

— Tenez, prenez un biscuit.

Pour Bridget, ce fut la goutte d'eau qui fit déborder le vase. Elle se couvrit un instant les yeux avec sa serviette, puis courut se réfugier aux toilettes. Mack en resta abasourdi.

Il mangea le biscuit lui-même, perplexe.

Qu'ai-je fait ? Qu'ai-je dit ?

Dans les toilettes rose et ivoire s'alignaient les miroirs. Face aux lavabos de marbre trônait un divan tendu de damas. Dans un vase de cristal, des fleurs coupées exhalaient un parfum subtil. Près de l'entrée, une femme d'un certain âge vêtue d'un uniforme noir au tissu soyeux agrémenté d'un tablier blanc se tenait à la disposition des clients, des serviettes-éponge miniatures à la main. Quand elle vit la mine défaite de Bridget, elle détourna le regard avec tact et trouva à s'occuper dans la pièce adjacente, où se trouvaient les toilettes. Il y avait six ans déjà qu'elle travaillait là et elle avait vu défiler quantité de jeunes femmes éplorées en quête d'un moment de solitude.

Bridget n'avait même pas remarqué sa présence. Elle s'écroula sur le divan et fixa son reflet dans la glace.

Quel crétin, songea-t-elle. *Il est en train de tout gâcher. C'était trop beau. Une année m'aurait suffi. Moi qui croyais que la chance me souriait enfin. Lui, bien sûr, il s'en moque. Tant qu'il a ses centaines de mètres carrés. Je parie qu'il mettra au clou tous les beaux meubles des Willey, toutes leurs antiquités. Il repeindra les murs en gris prison, je vois ça d'ici. Le salon, il s'en fera une salle de musculation. Il n'a même pas de famille. Juste un chien…*

Et les chats ? Que deviendraient-ils ? Que deviendraient Organdi et Satin ?

Bridget imagina les deux bêtes de race jetées à la rue comme de vulgaires chats de gouttière. Elle eut un petit rire amer. Au moins, Organdi pourrait assouvir sa soif d'aventures, songea-t-elle en se remémorant l'épisode du marché aux poissons. Elle voyait déjà la chatte rôdant dans des ruelles obscures et s'en donnant à cœur joie.

Ce tableau lui redonna du courage. Organdi ne se serait jamais terrée dans les toilettes des femmes pour si peu, elle.

Allons, un peu de cran, s'exhorta-t-elle intérieurement.

Elle gagna les lavabos, se passa un peu d'eau froide sur les yeux et se ressaisit.

— Pour le côté sexy, on repassera, marmonna-t-elle en contemplant l'étendue des dégâts. Bah, j'aurais pu arriver vêtue d'un sac à patates que cela n'aurait rien changé. La seule chose qui intéresse Mack Brewster, c'est l'appartement. À part ses ambitions, tout lui est bien égal.

Elle renifla.

— Heureusement que je ne me suis pas fait les ongles. J'aurais perdu mon temps.

La dame au tablier apparut au coin de la porte, guettant le moment de revenir.

Bridget l'aperçut et se sécha le visage.

Bon, j'y retourne, dit-elle intérieurement à son reflet. *Mais dès que le repas sera terminé, je filerai sans demander mon reste.*

Elle revenait. Mack se leva et lui tira sa chaise. Elle s'assit. Il ouvrit la bouche, mais elle le devança :

— Et Satin et Organdi ? demanda-t-elle, glaciale.

— Qui donc ?

— Les chats.

— Ma foi, je ne sais pas. On trouvera un arrangement. Quelqu'un les adoptera, ils sont plutôt mignons. Sinon, il y a toujours la SPA. Ou une autre organisation analogue.

— « Plutôt mignons » ? Vous n'y êtes pas du tout. Ils sont splendides. Et racés. Et sensibles. Et l'appartement 12A est leur maison, la seule qu'ils aient jamais connue. Elle leur a été léguée par Henrietta Willey, ils ont le droit d'y rester. Elle a pris des dispositions très claires et détaillées en ce qui les concerne. Vous ne pouvez pas les mettre à la porte. N'avez-vous pas de cœur ?

— Mais... si, voyons, bredouilla Mack. J'adore les bêtes, petites et grandes. Seulement, j'ai déjà mon Sergent. Je ne vais pas le contraindre à partager son toit avec deux matous. La cohabitation risquerait d'être délicate.

Non, mais quelle suffisance ! La rage sourdait en Bridget.

— Comment ça, son toit ? Ne vous emballez pas. L'appartement ne vous appartient pas encore. D'ailleurs, j'y retourne de ce pas.

Elle parcourut du regard l'établissement à l'ambiance feutrée et ajouta en s'éventant :

— On étouffe, ici.

— Vous partez ? Maintenant ? balbutia Mack, déconfit. Mais votre dessert, votre café...

— Je n'en veux pas.

Elle se leva.

— Je n'ai plus faim. Ni soif.

Elle avait déjà repris son sac et gagnait précipitamment la sortie.

Mack bondit, manquant de renverser sa chaise. D'une main, il fourrageait furieusement dans ses poches à la recherche de son portefeuille et de l'autre il hélait le serveur à grand renfort de gesticulations. Bridget était déjà sortie. Il jeta sur la table une poignée de billets. Il lui fallait encore récupérer leurs manteaux et son parapluie au vestiaire.

Une fois dehors, il courut le long du trottoir pour la rattraper.

— Bon sang, Bridget ! cria-t-il en parvenant à sa hauteur.

Elle marchait d'un bon pas le long d'Hudson Street, à la recherche d'un taxi.

— Bridget, répéta-t-il, je n'accepterai pas qu'on se quitte fâchés.

Bridget manqua de s'étrangler. Elle le fusilla du regard, outrée :

— Ah, vous ne l'accepterez pas ?

— Euh, je voulais dire, bafouilla-t-il, dans ses petits souliers. J'espérais passer un moment agréable en votre compagnie ce soir. J'avais envie que nous fassions connaissance. Seulement, j'ai préféré vous prévenir.

Un taxi se gara devant Bridget. Mack lui ouvrit la portière.

— Laissez-moi tranquille, lui lança la jeune femme.

Elle lui arracha sa veste des mains, s'installa à bord du véhicule et claqua la portière avant qu'il n'ait le temps de s'asseoir à ses côtés. Elle se cala contre le dossier de la banquette et croisa les bras sur la poitrine. Elle fulminait.

— 612, Park Avenue, indiqua-t-elle au chauffeur.

Puis elle se tut.

Quant à Mack, il resta seul parmi les voitures au beau milieu de la chaussée.

— Qu'est-ce que j'ai fait ? Qu'est-ce que j'ai dit ? demanda-t-il, paumes ouvertes vers le ciel. Pourquoi le prend-elle comme ça ?

Décidément, il n'y comprenait rien.

Il devait s'agir d'un mystère féminin.

7

Bridget avait besoin de se calmer et de réfléchir.

Elle claqua la porte derrière elle, jeta son sac sur un fauteuil et foudroya du regard le miroir du vestibule. Rien n'y faisait, elle ne décolérait pas. Elle ôta ses chaussures d'un coup de pied et s'affala sur les coussins de soie pâle du salon. L'angoisse la taraudait. Satin et Organdi bondirent sur le canapé et elle les attira à elle ; leur présence la consolait un peu.

— Que vais-je devenir ? murmura-t-elle à l'oreille d'Organdi. Si je perds ce logement, je devrai tout reprendre à zéro. Il faudra que je trouve un nouvel appartement, un nouveau boulot dans un restaurant et que je me remette à économiser. Je devrai repousser mon projet. Tout semblait pourtant si parfait.

La sonnerie du téléphone interrompit ses lamentations.

Conformément à son habitude, Marge se lança sans préambule :

— Tu es seule ? On peut parler ?

— Bien sûr que je suis seule, Marge. Que vas-tu t'imaginer ?

— Moi ? Je ne sais pas, des scénarios torrides. Alors, ce dîner avec M. Collet Monté ?

— Un enfer, Marge. Un carnage. Mack Brewster est un odieux personnage.

Elle lui rapporta par le menu les événements de la soirée. En bonne confidente, Marge ponctua son récit d'exclamations indignées et de mots de réconfort.

— Bref, à cause de la folie des grandeurs de Monsieur, je risque de finir à la rue. Que vais-je faire ?

— Tu sais que tu peux toujours loger chez moi.

— C'est gentil, Marge, mais ça ne résout pas mon problème. Ni celui des chats, d'ailleurs. Merci quand même.

— Quel dommage que le prince charmant se soit changé en vilain crapaud.

— Il n'a jamais été charmant. Il est beau et il habite la porte à côté mais, accessoirement, il veut me faire expulser. Au moins, j'ai compris pourquoi il me regardait si méchamment la première fois que je l'ai croisé, pourquoi il paraissait m'en vouloir avant même de m'avoir rencontrée. En fait, je venais contrecarrer ses plans, en retardant leur exécution.

La fureur s'emparait de nouveau de Bridget.

— À ses yeux, je ne suis qu'un obstacle en travers de sa route. D'ailleurs, c'est pour cela qu'il m'a invitée à dîner, pour m'annoncer qu'il allait bientôt se débarrasser de moi.

— Pas super charmant, en effet.

— Je ne te le fais pas dire, grinça Bridget.

Elle écumait.

— Bon, et à part ça, tu as appris quoi ? demanda Marge.

— Sur quoi ?

— Sur lui, tiens. Que fait-il dans la vie ? Avocat, politicien, architecte d'intérieur, rentier ? Coureur de jupons professionnel et plein aux as ? Il a forcément beaucoup d'argent pour posséder un appartement dans cet immeuble.

— Je n'en ai aucune idée, nous n'avons pas abordé le sujet. J'avais la tête ailleurs, je n'ai pas pensé à le lui demander. Mais je doute qu'il soit architecte d'intérieur. A priori, les seuls motifs qu'il semble connaître sont les rayures de ses cravates. D'ailleurs, sa profession est le cadet de mes soucis. Qu'il soit plombier ou président de la république, cela n'y change rien. Il me complique l'existence et c'est tout. À partir de maintenant, je vais devoir mettre les bouchées doubles. Il faut encore que je goûte huit gâteaux et que je mette au propre mes notes de la journée avant de me coucher.

— Bon, tiens-moi au courant. Je te laisse, il faut dormir pour être belle.

Elles se souhaitèrent une bonne nuit. Bridget ne regagna pas immédiatement la cuisine. Pelotonnée sur le canapé, elle caressait Organdi. Un mélange de colère et d'angoisse lui étreignait le cœur.

De colère, de peur et d'un troisième ingrédient.

Le souvenir de la voix de Mack, de son sourire, de cette autorité naturelle qu'il dégageait enveloppait Bridget comme un bras protecteur.

C'était absurde. Insensé, même.

Organdi ronronnait de plaisir sous ses caresses. Elle se lova contre sa nouvelle maîtresse, la rassérénant quelque peu.

Bridget promena les yeux autour d'elle. Elle ne vivait que depuis peu dans ce cadre paradisiaque mais elle n'y voyait plus seulement une aubaine exceptionnelle. Elle était tombée amoureuse de sa beauté, de son raffinement, de son faste et de son bon goût. Pire, elle s'y sentait chez elle.

Elle contempla la pièce comme pour en graver la beauté dans sa mémoire : le reflet de la lampe sur les boiseries anciennes, les bibelots de cristal et d'argent qui ornaient les niches et les guéridons, les soieries, les tapis.

Son regard se posa sur le portrait d'Henrietta Willey, accroché au-dessus de la cheminée. Ce n'était pas la première fois qu'il attirait son attention. Il l'intriguait. On aurait dit qu'il lui adressait un message, à elle, Bridget Berrigan. Un message tendre et secret. Le portrait avait été réalisé de nombreuses années plus tôt, alors qu'Henrietta n'était guère plus âgée que Bridget. Le modèle affichait un sourire vif et enjoué, et ne présentait aucune ressemblance avec la vieille dame irascible et revêche qu'on lui avait décrite. La jeune femme arborait une robe de satin turquoise qui ondoyait autour d'elle en une cascade de plis, soulignant sa silhouette fine et gracieuse. Une étole de dentelle arachnéenne épousait la courbe de ses épaules d'albâtre ; de ses longs doigts fins, elle en fermait distraitement les pans. Un nuage de cheveux blond vénitien auréolait son visage aux traits délicats dont l'expressivité, la chaleur et la bonté semblaient inviter à l'intimité. Qu'avait-il bien pu arriver à Henrietta pour la rendre méchante et acariâtre ?

Bridget regrettait de ne pas l'avoir connue, même à la fin de sa vie.

Une seule lampe brûlait, au bout du canapé ; l'obscurité baignait le reste de la pièce. Dehors, des milliers de petites lumières clignotaient aux fenêtres, rappelant à Bridget l'existence de milliers d'inconnus que rien ne reliait entre eux et qui ignoraient tout d'elle. Chacun avait sa propre vie et ses propres tracas.

La jeune femme se rendit à la cuisine, allumant toutes les lampes sur son passage.

Deux heures passèrent. Quand elle eut rédigé le bilan de ses essais culinaires de la journée, elle se prépara à aller se coucher et à oublier ses ennuis jusqu'au lendemain matin. Elle avait cruellement besoin de se dorloter. En éteignant son ordinateur, elle annonça aux chats qui gagnaient leurs paniers pour la nuit :

— Un bon bain, voilà ce qu'il me faut. Avec beaucoup de mousse. Et un verre de lait chaud. Cela m'aidera peut-être à chasser de mes pensées Mack Brewster et la SPA.

Hélas. Même après s'être prélassée dans la vasque et enduite de crèmes parfumées, son voisin continuait de la hanter. Bridget se glissa sous sa couette, verre de lait et magazines à portée de main, mais son souvenir la perturbait toujours. Elle éprouvait des sentiments contradictoires qu'elle ne parvenait pas à démêler. Mack était le méchant, dans l'histoire. Et pourtant. Ce n'étaient pas seulement les dix-huit chambres, la cuisine de rêve et l'absence de loyer à payer qu'elle redoutait de perdre. Cet homme avait quelque chose. Mais quoi ? Son air intelligent ? Sa solide virilité ? Son port assuré ? Bridget se le remémora, au restaurant : l'éclairage à la bougie adoucissait les angles de son visage et renforçait la noirceur de ses cheveux. Il avait plongé ses yeux sombres dans les siens.

Stop. Elle se mit à tourner les pages de sa revue pour chasser cette image.

Mais elle avait l'esprit ailleurs, décidément, et elle dut renoncer à lire. Elle vida son verre de lait, éteignit la lumière et cala sa joue contre sa pile d'oreillers.

Dans le noir, elle songea que Mack Brewster n'était qu'à quelques mètres de là, dans l'appartement voisin. Il devait être au lit, lui aussi. Peut-être dormait-il juste derrière la cloison. À quoi pouvait bien ressembler sa chambre ? Et quel genre de pyjama portait-il ? Sans doute une vieille chemise de nuit démodée et un bonnet de nuit assorti. Bridget pouffa. Buvait-il, lui aussi, un verre de lait avant de se coucher ? Disait-il une prière ? Pensait-il à elle ?

Elle se rassit brusquement, attrapa un oreiller et le propulsa de toutes ses forces contre le mur.

— Maudit personnage !

Elle se laissa retomber sur son matelas.

— Maudit personnage, bougonna-t-elle de nouveau dans l'obscurité.

Mack n'était pas encore couché. Depuis une heure, il s'attardait sur sa terrasse, allongé dans une chaise longue. Sergent ronflait à ses pieds. L'ombre les dérobait tous deux aux regards et Mack en profitait pour épier les lumières de l'appartement 12A. Quand il vit s'éteindre celles de la cuisine, il sut que Bridget arrêtait de travailler pour la journée. Il vit son ombre se mouvoir derrière les rideaux de sa chambre tandis qu'elle se préparait à se coucher.

Non qu'il l'espionnât. Loin de lui cette idée.

Mais il n'arrivait pas à se la sortir de la tête.

8

Le lundi matin, il faisait frais. Gerald Kinski ôtait à peine son pardessus quand l'interphone sonna.

— Oui, Cynthia ?

— J'ai Mlle Berrigan sur la ligne une, monsieur.

L'avocat appuya sur un bouton, posa son pardessus sur le dossier du canapé de cuir, s'installa dans son fauteuil et décrocha le combiné.

— Bonjour, Bridget. Que puis-je pour vous ?

Tout en parlant, il effeuillait la liasse de courrier qui l'attendait sur son bureau. Remarquant l'adresse inscrite au dos d'une des enveloppes, il fronça les sourcils. Était-ce la raison de l'appel de Bridget ?

— Pourrais-je passer vous voir dans la matinée, si vous avez un moment ? demandait justement la jeune femme. Il faut que je vous parle.

— Quelque chose ne va pas ?

— Cela se pourrait. Dix heures, cela vous conviendrait ?

Il consulta sa montre :

— Entendu, Bridget. À tout à l'heure.

— Merci, monsieur Kinski. À tout à l'heure.

Gerald Kinski appela sa secrétaire.

— Cynthia, Bridget Berrigan passera à dix heures. Bloquez-nous une demi-heure dans mon agenda.

Ah, et passez-moi donc Harold Maudsley, voulez-vous ?

Il lui dicta le numéro de téléphone inscrit en haut de la lettre qu'il venait de décacheter.

— C'est le président du syndic du 612, Park Avenue.

— Je vous écoute, Bridget, dites-moi tout.

Gerald, bien carré contre son dossier, souriait à la jeune femme.

Quel plaisir pour les yeux, songeait-il en la regardant. *Un vrai rayon de soleil.*

Elle portait une jupe courte vert anis émaillée de petites roses jaunes, et des boutons de même forme fermaient son chemisier assorti. Elle ressemblait à une fleur en bourgeon sur le point d'éclore.

Elle posa sur son accoudoir une veste d'un vert un peu plus prononcé.

— Monsieur, je ne sais pas par où commencer. Je crois que j'ai un problème.

— C'est ce qu'il m'a semblé quand nous nous sommes parlé au téléphone. Les chats vont bien, j'espère ?

— Euh, oui, répondit Bridget, nerveuse.

L'espace d'un instant, elle envisagea de lui relater la mésaventure d'Organdi au marché aux poissons, mais elle se ravisa.

— Satin et Organdi vont très bien, nous nous entendons à merveille. Non, je viens au sujet de l'appartement.

Gerry opina, tout ouïe.

— Je sais que vous ne m'avez rien promis concernant la durée de notre arrangement, mais je vous avoue que j'espérais pouvoir rester jusqu'à la fin de mon projet. Or cela semble compromis. J'apprends en effet qu'on va me mettre à la porte. Est-ce vrai ? Si vous êtes en mesure de m'éclairer, je vous en prie, j'ai besoin de savoir. Il en va de mon travail.

Aïe, songea l'avocat. *Les nouvelles vont vite.*

— Que vous a-t-on dit, au juste ?

— J'ai fait la connaissance d'un de mes voisins, M. Brewster.

Elle s'en tint là. Il ne lui paraissait pas utile d'évoquer leur rencontre inopinée au parc, ni leur rendez-vous raté. Ni l'arrogance du personnage. Ni le joli mouvement de ses mèches dans sa nuque, ni sa faculté à conférer du sex-appeal aux accoutrements les plus démodés.

Ces pensées confuses se bousculaient dans son esprit. Elle se reprit et se concentra sur la raison de sa présence.

— Alors ? Est-ce vrai ? demanda-t-elle froidement, sans rien laisser paraître de son désarroi. La copropriété va-t-elle faire invalider le testament ? A-t-elle le droit de faire ça ?

— Ma foi, ce serait inhabituel, mais, d'un point de vue strictement légal, rien ne s'y oppose, et je crains que les copropriétaires n'empruntent effectivement cette voie.

Gerald prit la lettre qu'il avait reposée sur son bureau et en parcourut l'en-tête. Parmi la liste des noms des signataires figurait celui de Mackenzie Haven Brewster.

— Comment connaissez-vous M. Brewster ? interrogea-t-il la jeune femme.

— Qui, Mack ? Nous nous sommes croisés sur le palier. Nous sommes voisins, c'est normal, dit-elle avec un détachement feint.

— « Mack » ?

— Euh, je veux dire, M. Brewster.

Et elle se mit à rougir. Maudit teint de rousse. Pas moyen de bluffer avec une peau pareille. Elle se hâta de s'expliquer :

— Il prétend vouloir racheter l'appartement de Mme Willey depuis des années.

— Et il vous a raconté tout ça sur le palier ?

— C'est-à-dire que…

Elle se tut.

Gerald eut un petit sourire. Le rougissement de Bridget ne lui avait pas échappé, et son bégaiement nerveux non plus.

Tiens, tiens. Y aurait-il anguille sous roche ?

Gardant pour lui ses conjectures, il reprit son sérieux :

— Ceci vient de me parvenir par courrier. Il s'agit d'une lettre cosignée par les copropriétaires m'informant de leur intention de contester les clauses du testament qui concernent l'appartement. D'après eux, il serait contraire aux règles de la copropriété de léguer le bien à tout autre qu'un parent de la défunte.

Il vit pâlir la jeune femme et son cœur se serra. Les copropriétaires n'avaient pas perdu de temps. Mack Brewster avait dû les presser d'agir. Peut-être même avait-il déjà fait une offre pour l'appartement.

— Je suis navré, Bridget. Il semble que nous ayons un petit différend à régler avec le syndicat de copropriété. Personnellement, je ne souhaite nullement mettre un terme à votre séjour, et notre cabinet se passerait volontiers de publicité sur cette affaire.

Il se tut. Tout cela était terriblement embarrassant et il n'avait aucune envie de se voir ridiculiser en dehors des murs du cabinet. Plus il vieillissait, plus il lui tardait de prendre sa retraite et d'aller s'installer à la campagne. Il pourrait s'y adonner à quelque passe-temps relaxant, comme la sculpture sur bois, par exemple.

— M. Brewster parle d'abattre la cloison pour occuper l'étage entier, lâcha Bridget.

Gerald haussa un sourcil. Il s'en était dit, des choses, sur ce palier.

— Et ce n'est pas tout, poursuivit la jeune femme. Il veut mettre les chats dehors. Ces pauvres bêtes finiraient à la SPA, ou Dieu sait où.

Oui, la conversation avait dû être longue. Bridget en savait beaucoup sur les plans de l'individu.

— Il veut faire expulser Satin et Organdi pour installer son Sergent dans l'appartement.

— Son quoi ?

— Sergent, son chien. Un labrador noir.

L'avocat médita quelques instants ces propos, puis questionna la jeune femme :

— Que savez-vous d'autre au sujet de ce Mack Brewster ? Dans quelle branche travaille-t-il ?

— Je l'ignore.

Gerald s'en étonna car Bridget semblait tout connaître de son voisin.

— Il va falloir le découvrir.

— Pourquoi ? C'est important ?

— On ne sait jamais. Je vais faire quelques recherches, je vous tiendrai informée.

Il griffonna quelques mots sur son bloc-notes.

— En attendant, rentrez chez vous et continuez à écrire et à cuisiner. Les procédures judiciaires prennent du temps, vous savez. Or, s'il est une chose que nous maîtrisons, nous autres avocats, c'est l'art de faire traîner les choses en longueur. Il ne se passera rien dans l'immédiat et nous ferons de notre mieux pour repousser l'échéance. Peut-être même aurez-vous eu le temps de terminer votre livre dans l'intervalle. Rentrez chez vous et ne vous préoccupez plus de rien.

Il se leva. Elle l'imita. Il contourna son bureau pour lui tendre sa veste.

— Satin et Organdi se portent bien ? demanda-t-il encore à Bridget en la raccompagnant jusqu'à la réception.

— À merveille. Rien à signaler. Je les adore. Ils sont adorables.

— Tant mieux. Nous tenons à ce qu'ils mènent chacun neuf vies épanouies. D'ailleurs, combien de temps vit un chat, en moyenne ?

— Quinze à vingt ans, je crois, répondit Bridget.

Ils se serrèrent la main et l'avocat referma la porte derrière elle. Quinze à vingt ans. Ouf, il serait à la retraite et à l'abri de tout scandale depuis longtemps.

Gerald Kinski n'était pas le seul à rêver à une retraite anticipée. À quelques pâtés de maisons de là, dans les locaux de Harmon & Brewster, Helen Goodman fulminait. Elle recula brusquement sa chaise et abattit sur son bureau un épais dossier.

— Je suis son bras droit depuis trois ans, j'ai assisté son père pendant trente ans, et on ne m'avait encore jamais parlé sur ce ton ! Décidément, je me fais trop vieille pour ce métier.

Elle extirpa de son tiroir une boîte de kleenex et se moucha à grand fracas.

— S'il ne veut plus de mes services, je vais prendre ma retraite et pour de bon.

— Allons, Helen, tout le monde sait que la maison coulerait sans toi.

Janet Warensky était passée dans le bureau d'Helen pour leur traditionnelle pause-café de dix heures. Elle avait rempli deux tasses à la kitchenette des employés et posé celle d'Helen à son emplacement habituel, à côté du pot de violettes africaines qui ornait son bureau.

Janet travaillait chez Harmon & Brewster depuis de longues années, elle aussi. Elle avait connu toutes sortes de crises. Mais jamais elle n'avait vu son amie dans un tel état.

— Je ne comprends pas. M. Brewster n'a jamais un mot plus haut que l'autre. Que s'est-il passé ? lui demanda-t-elle.

Mais Helen était trop bouleversée pour entendre sa question.

— Quand je l'ai connu, il portait encore des couches ! s'exclama-t-elle en se mouchant de plus belle. Je m'en souviens comme si c'était hier. Tout bébé, déjà, sa mère l'amenait ici. Il jouait aux pieds des employés, il poussait ses petites voitures sur la moquette. On l'appelait « mon poussin », à l'époque, pas « monsieur Brewster ». J'ai encore les cartes qu'il me dessinait pour mon anniversaire. Comment a-t-il pu me parler comme il l'a fait ?

— Que s'est-il passé ? Raconte.

— J'avais posé ces lettres sur son bureau pour qu'il les signe, dit-elle en désignant son dossier. Il les a à peine regardées avant de les repousser brusquement vers moi. « C'est n'importe quoi, ces lettres, Helen, a-t-il aboyé, dit Helen en imitant la voix grave de Mack. Vous faites donc tout de travers ? »

— M. Brewster t'a dit ça ? À toi, qui es si méticuleuse ? Cela ne lui ressemble pas. Il est toujours calme et courtois.

— Ensuite, il m'a crié de reprendre mes lettres et de disparaître. « Ouste, hors de ma vue, je n'y suis pour personne ! »

Helen était indignée :

— Mais s'il s'imagine que je vais accepter qu'on me traite de la sorte, il se trompe lourdement. Je vais de ce pas lui donner ma démission.

— Oh non, Helen, ne fais pas ça. Le comportement de M. Brewster me laisse sans voix. Il doit avoir des soucis. Peut-être même une peine de cœur. Peut-être sa petite amie l'a-t-elle plaqué ?

— S'il avait une petite amie, je le saurais. Il lui aurait fait envoyer des fleurs et des chocolats. Tu te souviens quand il courtisait Tiffany Glover ? L'avocate de chez Baines & Dunster, la pimbêche à qui il téléphonait toutes les deux heures ? Quand ils se sont séparés, M. Brewster est resté tout à fait cordial. Il a un peu boudé pendant quelques jours, mais…

La porte s'ouvrit soudain sur Mack Brewster lui-même.

— Helen, veuillez me suivre dans mon bureau, je vous prie, dit-il sèchement.

Son assistante essuya ses larmes, redressa le buste et se leva.

— Oui, monsieur Brewster, répondit-elle, d'un ton neutre.

Il lui tint la porte et la précéda jusqu'à son bureau. Aux murs, des étagères ployaient sous les livres.

— Asseyez-vous, Helen.

Elle s'exécuta.

Il poussa de côté une grosse pile de papiers et s'assit face à elle sur un coin de son bureau.

— Mon comportement de tout à l'heure était inexcusable, lui dit-il, légèrement guindé. J'en suis confus. Je n'aurais jamais dû m'adresser à vous sur ce ton. Je ne suis pas moi-même aujourd'hui.

— Monsieur Brewster…

Elle nota que sa cravate pendait un peu de guingois et qu'un bouton de sa chemise n'était pas fermé. En effet, il ne devait pas être dans son assiette. Comme pour confirmer son verdict, Mack baissa les yeux sur ses mocassins et fronça les sourcils. Il portait des chaussures brun foncé qui juraient avec son costume anthracite, et semblait ne s'en rendre compte qu'à l'instant. Non, vraiment, Mack Brewster n'était pas lui-même, ce jour-là.

— Je vous présente mes plus plates excuses, ajouta-t-il. Vous n'y étiez pour rien, Helen. Votre travail est toujours irréprochable.

— Merci, monsieur Brewster. Je fais de mon mieux.

— Je sais, Helen. La maison Harmon & Brewster serait perdue sans vous. Moi aussi, d'ailleurs.

Helen se radoucit. Peut-être attendrait-elle encore avant de lui remettre sa démission.

Comme elle partait, il lui lança encore :

— Rapportez-moi donc ces lettres, je vais vous les signer. Seulement, vérifiez l'orthographe du nom de famille de Colin Balfour. Je crois qu'il s'écrit avec un « e ».

— Bien, monsieur Brewster.

— Et passez-moi Harold Maudsley, du syndic. Vous avez son numéro ?

— Je dois l'avoir dans ma base de données.

Helen se sentait requinquée. Mack paraissait toujours remonté, mais du moins la préservait-il désormais de ses foudres.

Avant qu'elle ne franchisse le seuil de sa porte, Mack formula cette ultime requête :

— Oh, et faites livrer une douzaine de roses à Mlle Bridget Berrigan. 612, Park Avenue, appartement 12A, voulez-vous ?

Helen se figea. Ainsi, il s'agissait bien d'une histoire de cœur.

— Attendez, se reprit-il. Tout compte fait, mieux vaut éviter les roses. C'est trop pompeux. Commandez plutôt une composition printanière, avec des freesias et des jonquilles, ou que sais-je. Vous voyez le genre ?

— Oui, monsieur Brewster.

Le voilà reparti pour un tour, songea Helen.

— Souhaitez-vous joindre une carte au bouquet ? s'enquit-elle.

— Ah, j'oubliais. Oui.

Il se pinçait la lèvre inférieure. Après quelques secondes d'intense réflexion, il déclara :

— Je vais vous écrire le mot, vous n'aurez qu'à le dicter au fleuriste au téléphone.

Il se pencha pour inscrire quelques lignes sur une feuille volante. Helen patientait. Après quelques ratures et quelques ratés, il lui tendit le papier, et elle sortit, refermant la porte derrière elle.

Dans son bureau, Janet bouillait de curiosité :

— Alors ? Il t'a renvoyée, ou l'orage est-il passé ?

Helen acheva de lire le mot et le tendit à son amie.

— C'est toi qui avais raison, dit-elle. Regarde : *Mon maître profère parfois de telles énormités qu'il manque de s'étouffer. Je t'en prie, viens le secourir ! Signé : Sergent.*

— Sergent ?

— C'est son chien.

Les deux femmes échangèrent un sourire complice. Helen décrocha son téléphone.

— Alors, à ton avis, celle-là, c'est la bonne ?

— Je l'espère. Il est grand temps qu'il se case, le patron.

9

— Il m'a prise au dépourvu, Marge.

Bridget tenait d'une main son portable et de l'autre la carte de Mack. Elle faisait les cent pas dans la cuisine au point qu'elle menaçait d'en user le carrelage. L'énorme bouquet printanier aux couleurs éclatantes trônait sur le comptoir, au milieu d'une profusion d'ustensiles et d'ingrédients. Bridget travaillait en effet à un nouveau chapitre, intitulé « Le ragoût du dimanche, il a plus d'un tour dans sa manche ! », et elle avait six marmites sur le feu quand le livreur avait sonné.

— Alors ? Qu'est-ce que je fais ?

— Tu lui donnes une seconde chance, pardi ! plaida Marge. Va au moins lui parler. La communication est ton amie, tu verras.

— Je ne sais pas. Après la débâcle de notre dîner, hier soir…

— Ma grande, j'adorerais rester en ligne pour te motiver, mais les maquettistes viennent d'arriver et l'une de mes rédactrices a laissé un manuscrit à la crèche de son fils, or le numéro doit être bouclé mercredi. Bref, c'est le branle-bas de combat. On se parle plus tard ?

— Bien sûr, désolée, je sais que tu es débordée. Rappelle-moi ce soir.

Elle se hâta de raccrocher.

— Je sais, je sais. Je suis une grande fille, je peux me débrouiller toute seule, dit-elle aux chats.

Alléchés par le fumet de la viande qui mijotait depuis près d'une heure, ils s'étaient introduits dans la cuisine. Organdi se frotta contre la cheville de Bridget pour marquer son approbation. Satin, pour sa part, se léchait les coussinets. Il ne voyait vraiment pas pourquoi sa maîtresse se tracassait pour si peu. Il avait bien mieux à faire que de s'intéresser aux singeries de Mack Brewster.

Bridget soupira :

— Vous ne pouvez pas comprendre.

Elle replaça la carte parmi les fleurs et souleva de terre Organdi pour la regarder dans les yeux.

— Si vous saviez ce qu'il trafique, ce monsieur, vous lui grifferiez le visage.

Organdi se frotta contre son nez comme pour la consoler.

— Bon, peut-être que vous n'iriez pas jusque-là, rectifia la jeune femme en repensant aux beaux traits du voisin. Mais vous n'auriez aucune sympathie pour lui, je vous le garantis. Pas plus que pour son gros toutou.

Mais elle ne put réprimer un sourire. Le mot qui accompagnait le bouquet était mignon, il fallait l'admettre. Bridget n'en attendait pas tant de la part de M. Collet Monté. Peut-être Marge avait-elle raison. Peut-être méritait-il une seconde chance. Bridget en profiterait pour tenter de le rallier à sa cause. Après tout, elle n'avait rien à perdre.

Sa décision prise, elle alla s'asseoir à son petit bureau, se munit d'une feuille de papier et se mit à écrire :

Cher Sergent, ton maître a visiblement conscience qu'il s'est mis dans de beaux draps. Je ne peux qu'applaudir à une telle lucidité. Dis-lui de passer me voir ce soir quand il rentrera.

Elle plia la feuille en deux sans la signer et alla la glisser sous la porte de l'appartement 12B.

Puis, le cœur battant la chamade comme si elle avait dix ans et qu'elle venait d'inviter à son goûter d'anniversaire le garçon le plus mignon de la classe, elle détala sans demander son reste.

Les chats l'avaient suivie durant l'opération. De retour dans la cuisine, tous trois furent accueillis par le bouillonnement d'un goulasch au porc, aux oignons, au chou et au paprika. Le ragoût était épais et velouté ; il ne restait plus qu'à ajouter les graines de carvi, la crème et une rasade de bière brune. Se sentant d'humeur audacieuse, elle doubla la dose et modifia la recette en conséquence sur son ordinateur.

— Sergent a un message pour vous.

Bridget éclata de rire. Très digne devant Mack, Sergent portait une feuille dans sa gueule. On aurait dit que c'était lui qui tenait son maître en laisse.

— Il m'a traîné ici pour que je vous présente mes excuses, ajouta Mack.

Avec son pantalon à pli et son blazer bleu roi, il paraissait endimanché, comme un petit garçon en route pour la messe. En plus, il venait de se raser. Bridget se remémora malgré elle les conseils de son amie : « Donne-lui une seconde chance. »

— J'ignore comment, mais je vous ai blessée, déclara Mack. Et je voudrais bien tirer cela au clair.

— Entrez, nous allons en parler, dit Bridget en s'écartant pour le laisser passer. Sergent n'embêtera pas les chats ?

— On verra bien.

Bridget fit un rapide tour d'horizon pour repérer Satin et Organdi, prête à voler à leur secours en cas d'attaque. Elle éclata de rire en les découvrant. Leurs petites têtes dépassaient timidement de part et d'autre de la porte du salon, au fond du vestibule, loin de la zone de danger, et ils dardaient sur le gros chien noir des regards méfiants. Sergent, pour sa part, était d'un tempérament sociable. Il trottina jusqu'à l'immense pièce où s'étaient réfugiés les chats afin de se présenter. Il frotta sa truffe contre celle de Satin ; intrigué mais prudent, le chat ne broncha pas. Sergent passa ensuite à Organdi, qui recula d'un pas, les oreilles rabattues, prête à prendre la fuite ou à se battre.

Mack rappela gentiment son chien :

— Sergent, au pied.

Sergent lui obéit sagement.

— Assis.

Sergent s'assit.

— Tout se passera bien, assura Mack.

Il ordonna à Sergent de rester où il était et suivit Bridget au salon. La jeune femme s'agenouilla sur le canapé, parmi les coussins. Sergent n'avait pas cillé et les chats, après lui avoir jeté un dernier regard méfiant, bondirent aux côtés de leur maîtresse et se collèrent à elle pour plus de sûreté.

Debout au milieu de la pièce, Mack la considérait comme s'il était le maître des lieux. À l'évidence, il songeait déjà aux travaux qu'il entreprendrait dans un avenir proche, quand il emménagerait. Il remplaçait mentalement les objets de collection par les siens.

— Je ne suis pas venu ici depuis longtemps, dit-il. Petit, cette pièce me paraissait grande comme un terrain de foot. Je pensais qu'on pourrait y loger un avion. Tandis que maintenant…

Il continua de promener son regard dans le salon, s'imprégnant de chaque détail.

— Maintenant, elle ne m'intimide plus tellement, conclut-il, rêveur.

Il alla se placer devant la cheminée, face au portrait d'Henrietta.

— La vieille Mme Willey ne m'impressionne plus, elle non plus. Elle a dû être belle, dans sa jeunesse, à en croire ce portrait. C'est fou, quand on sait ce qu'elle était devenue. Une vraie sorcière.

Il se tourna face à Bridget. Son doux visage, sa luxuriante crinière valaient tous les chefs-d'œuvre de peinture réunis. Sa silhouette svelte se profilait joliment sur le revêtement soyeux du canapé. Les tons pastel de la pièce faisaient ressortir son teint de pêche. Tout en elle respirait la grâce et le naturel et, avec les chats lovés à ses côtés, elle formait un tableau au moins aussi exquis que celui qui surplombait le manteau de la cheminée. On aurait dit que la pièce entière avait été conçue pour mettre en valeur sa beauté, comme un écrin enserrant une pierre précieuse. Emporté par son imagination, Mack para Bridget dans ses pensées des mêmes atours que l'Henrietta du portrait. Quand la jeune femme lui apparut en robe de bal et collier de perles, il ressentit le même frisson que l'autre jour, au parc. Il brûlait de saisir entre ses doigts l'une des boucles d'or qui s'enroulaient autour de son oreille et de la caresser. Il faillit céder à son impulsion.

Sa gorge se noua comme à la veille d'une séparation. Quel dommage. Ils commençaient à peine à se connaître, que déjà...

— Je suis navré de vous avoir peinée hier soir, dit-il en s'asseyant sur l'une des bergères qui entouraient le canapé. J'ai jugé correct de vous informer de la situation, puisqu'elle aura un impact direct sur vous.

Je voulais vous laisser le temps de vous retourner. J'ignorais que vous prévoyiez de séjourner ici longtemps. Les avocats auraient dû vous parler de mon intention de racheter l'appartement. Mais est-ce si grave ? Vous pouvez terminer votre ouvrage ailleurs, assurément.

Une telle désinvolture frisait l'indifférence. Il ne comprenait donc rien. Avec sa haute stature, son corps musclé adossé contre son dossier, il semblait l'incarnation de la confiance en soi. Il n'avait jamais rencontré de difficultés financières. Bridget, elle, avait dû prendre des risques. En démissionnant, en investissant dans son projet toutes ses économies. Elle avait fait un saut dans le vide, au prix de sa sécurité matérielle. Elle avait fait un pari sur l'avenir. Dans l'espoir de s'extraire de sa condition à la force de sa plume et de gravir les échelons vers une vie meilleure.

Pour Mack Brewster, le luxe et le confort allaient de soi. Et, pour cette raison, Bridget devrait dire adieu à son rêve et reprendre le chemin du labeur harassant dont elle s'était crue libérée.

— Ce n'est pas si simple, marmonna-t-elle. Je crois que vous ne saisissez pas.

Sa colère de la veille recommençait à poindre, mais elle n'avait pas oublié les paroles de Marge : « La communication est ton amie. Donne-lui une seconde chance. »

Il la toisait. Ses yeux noirs scrutaient son visage en attendant qu'elle développe son propos. Une fois encore, Bridget se trouva en proie à toutes sortes d'émotions contradictoires. Elle en perdait le fil de ses pensées. Malgré la rage et la rancœur que cet homme lui inspirait, elle ne pouvait s'empêcher de se sentir en confiance avec lui. Pourquoi ?

Elle se répéta comme un mantra les paroles de Marge.

La communication est ton amie. La communication est ton amie…

Bridget résolut d'essayer de tout lui expliquer. Peut-être parviendrait-elle à lui faire prendre le sens des réalités.

Mais quand bien même, qu'est-ce que cela changerait ? Mack Brewster ne lui devait rien. Accoutumé à voir ses désirs satisfaits d'un simple claquement de doigts, que lui importaient les rêves d'une petite inconnue ? Les pensées de Bridget s'embrouillaient et elle ne savait plus par où commencer. N'ayant jamais été femme à révéler ses faiblesses, elle rechignait à mettre son âme à nu.

Alors, elle fit quelque chose qui ne lui ressemblait pas, elle botta en touche.

— Excusez-moi, il faut que j'aille remuer un plat, mentit-elle en se levant brusquement.

Mack bondit sur ses pieds :

— Je vous suis ?

— Si vous voulez, consentit Bridget.

Penaude mais soulagée de cette diversion, elle s'élança. Elle démêlerait plus tard cet embrouillamini.

Mack fit signe à Sergent de le rejoindre et tous s'acheminèrent vers la cuisine. Les chats fermaient la marche mais, alarmés par la présence du gros chien, ils gardaient leurs distances.

— Ça sent divinement bon, dit Mack. Et ça me rappelle des souvenirs. Autrefois, il y avait toujours quelque chose qui mijotait dans cette cuisine. Le fumet des plats pénétrait jusque chez moi.

Il indiqua les gros faitouts bouillonnants.

— Que préparez-vous ?

— Des ragoûts du monde entier.

Bridget s'était équipée d'une cuiller en bois pour les remuer et elle s'en servit pour les désigner l'un après l'autre :

— Il y a un goulasch, appelé *Szekely*, un *wat* éthiopien, un *chili con carne*, un plat de bœuf suédois aux câpres, aux betteraves et aux jaunes d'œufs, un ragoût de mouton de Mongolie et un bœuf bourguignon. En cuisine, on n'est pas crédible sans quelques grands classiques français à son répertoire.

— Ce doit être affreusement compliqué.

— Pas du tout, au contraire. Chacun de ces ragoûts est très simple à réaliser. Il suffit de se procurer une grosse marmite et on peut même les congeler ensuite. Pour les mères de famille débordées, c'est l'idéal. La confection du plat permet d'occuper les enfants les jours de pluie et, après, on est dispensé de cuisiner pendant des semaines. On est libre d'aller se promener en forêt. C'est économique, ça permet de passer un moment convivial et, ensuite, on mange comme des rois. Bien sûr, il ne s'agit pas de se nourrir exclusivement de chili ou de goulasch à tous les repas. On peut varier les plaisirs. Avec un four à micro-ondes, c'est encore plus facile car chacun peut se décongeler le plat qu'il préfère. Ça change de la pizza. Pour les célibataires aussi, c'est une bonne solution, qu'ils cuisinent pour eux seuls, ou qu'ils aient besoin de réserves au cas où des amis débarqueraient à l'improviste.

Bridget en avait les joues roses de plaisir et ses yeux pétillaient encore plus que d'habitude. Lancée sur son sujet favori, on ne l'arrêtait plus.

— Mais ce n'est pas l'intérêt principal de mon livre. Je m'adresse aussi aux générations plus âgées. J'entends sans arrêt les mères se plaindre que leurs enfants, pourtant adultes, ne savent pas éplucher une pomme de terre, qu'ils n'allument jamais leur four.

Mon but est de leur faire comprendre que la vie a changé pour les jeunes d'aujourd'hui. Après une rude journée de travail, ils sont épuisés et se rabattent sur des salades ou des sandwichs tout faits. Je vise un vaste lectorat de mères, de filles et de fils aussi. Je…

— Vous me donnez faim, la coupa-t-il.

Et il se fendit d'un sourire coquin, comme un petit garçon quémandant des bonbons.

Bridget était incapable de bouder dans sa cuisine. Elle rétorqua :

— Vous avez dîné ?

Qu'est-ce que je fabrique ? se demanda-t-elle aussitôt.

Sa question, posée sans réfléchir, ressemblait fort à une invitation.

— Justement, non, répondit Mack, béat. Je vais mettre la table, si vous me montrez où vous rangez la vaisselle.

Voilà qui ne correspondait pas du tout à ce que Bridget avait prévu, mais elle aimait tant faire goûter ses plats qu'elle en oublia ses résolutions. Elle souleva un couvercle et se pencha pour flairer l'un des ragoûts et masquer son trouble par la même occasion. Une vapeur aux succulents arômes l'enveloppa comme un voile. Elle remua le contenu du faitout, préleva un peu de viande dans sa cuiller et reprit peu à peu contenance.

— Les assiettes sont dans le vaisselier, dit-elle en reposant son couvercle. Et les couverts, dans ce tiroir. Je vais nous chercher des serviettes.

Elle coupa en tranches l'une des miches de pain cuites la veille et les disposa dans une corbeille qu'elle mit sur la table. Dans le réfrigérateur, des feuilles de salade fraîchement lavées n'attendaient plus qu'un assaisonnement à l'huile de noix avec un soupçon de vinaigre de riz, de sel et de poivre du moulin. Quand ce fut fait, la jeune chef alluma la lampe suspendue au-dessus de la table et tamisa les autres lumières, de sorte qu'une douce lueur éclairait la pièce. Dehors, le jour déclinait. Des oiseaux nichant dans les magnolias qui agrémentaient la terrasse de Mack chantaient une dernière fois avant la tombée de la nuit. Sergent se coucha aux pieds de son maître. Satin et Organdi lapaient leur eau. Les plats mijotaient sur la cuisinière.

La scène était si touchante que l'on se serait cru en famille.

Cette idée fulgurante coupa le souffle de Bridget.

Pendant ce temps, plusieurs étages plus bas, un autre voisin aurait payé cher pour une soirée de repos. Harold Maudsley ne savait plus où donner de la tête. Entre les nombreux dossiers de son cabinet d'avocat, sa vie sociale bien remplie et ses diverses fonctions au sein de la communauté, il avait rarement une seconde à lui. Depuis qu'on l'avait nommé président de la copropriété de l'immeuble, un honneur dont il se serait bien passé, il était tout bonnement débordé. Il n'aurait pas dû se laisser convaincre de présenter sa candidature, mais il s'y était senti obligé, à cause de son expertise juridique. Il était de son devoir de la mettre au service des autres copropriétaires, bien qu'il n'eût pas de temps à consacrer à ce rôle supplémentaire. En plus, sa femme commençait à se lasser de l'entendre maugréer. Non, vraiment, il n'aurait jamais dû se laisser embarquer dans cette histoire.

En guise d'apéritif, il se versa un martini et s'installa dans son fauteuil préféré.

— Tu ne connais pas la dernière ? dit-il en regardant son épouse par-dessus son journal. Mackenzie

Brewster, lui qui était si remonté à notre dernière réunion, qui insistait pour qu'on invalide le testament d'Henrietta Willey dans les plus brefs délais, m'appelle à présent pour me dire que, tout compte fait, rien ne presse. Je me demande quelle mouche l'a piqué.

Harold avait passé la journée au tribunal, aussi n'avait-il trouvé le message de Mack et les vingt autres qui l'attendaient sur son répondeur qu'à son retour au cabinet, vers dix-neuf heures. Il était à présent vingt heures passées et, pendant que la cuisinière achevait de préparer le repas, Harold dressait pour le bénéfice de sa femme l'interminable liste des contretemps et des contrariétés survenus au cours de sa journée.

— Peut-être a-t-il changé d'avis concernant le rachat de l'appartement, marmotta Vivien Maudsley d'un air absent sans lever les yeux de son exemplaire de *Vogue*.

D'une main, elle caressait machinalement ses longs cheveux blond cendré en veillant à ne pas altérer son brushing. Que Mack Brewster fasse l'acquisition du 12A ou non, elle s'en moquait comme d'une guigne.

— D'abord, qu'entend-il faire de tant d'espace ? C'est bien trop grand pour un célibataire. Son propre appartement est déjà très spacieux.

Elle poursuivit sa lecture en sirotant son cocktail, tournant les pages de ses doigts manucurés ; l'or et les diamants qui les paraient projetaient mille reflets sur le papier glacé. Vivien Maudsley jugeait scandaleux de laisser pareil palace à deux bêtes à quatre pattes.

— Si tu veux mon avis, ajouta-t-elle, les yeux fixés sur une double page consacrée à la dernière collection de Givenchy, tu devrais chasser ces sales bestioles et mettre l'appartement à la disposition de gens respectables.

— Mais je m'y emploie, ma chère ! s'emporta son mari. C'est une histoire de fous. Léguer une fortune et un appartement à deux chats, alors que l'espace est si rare à Manhattan !

Harold enrageait, indigné, soudain transformé en allégorie de la Justice. Il négligeait seulement de préciser qu'en dépit de la crise du logement les appartements de luxe, eux, ne manquaient pas.

— Quoi qu'il en soit, Mack Brewster a exercé sur moi une telle pression, la dernière fois, que j'ai immédiatement fait rédiger les papiers et envoyé sa demande à qui de droit. C'est fait.

Après un coup d'œil à sa montre, il s'empara du téléphone.

— Je vais l'appeler pour l'informer de l'état actuel des choses.

Mais il tomba sur un répondeur et dut se contenter de laisser un message avant de raccrocher. Sur ces entrefaites, Harold Maudsley se versa une nouvelle rasade de martini et se cala dans son fauteuil pour achever tranquillement la lecture de son journal. Le repas serait prêt dans une vingtaine de minutes, il allait profiter de cette pause salutaire pour se remettre de sa rude journée.

Dans la cuisine du 12A, Mack sentait sa détermination fondre comme neige au soleil. Il avait prévu de rendre une simple visite à sa voisine, en toute amitié, afin de répondre aux questions qu'elle devait se poser, de lui exposer poliment ses plans, d'arrondir les angles avec elle, en somme, et de se retirer, victoire en poche.

C'était compter sans la magie de ce dîner. Mack, complètement envoûté, passait l'une des meilleures soirées de sa vie. Bridget lui donnait envie de se livrer, de lui raconter toute cette histoire que Mack n'avait jamais encore confiée à quiconque. Quelque chose l'avait ensorcelé. La lumière dorée, peut-être, ou le calme qui régnait. Ou encore ce diabolique *chili con carne*. En tout cas, le pauvre Mack ignorait par où commencer.

— Au sujet de l'appartement... se lança Bridget, interrompant sa rêverie.

Mack se trouvait au pied du mur. Plus moyen de reculer.

— Ah oui, dit-il. L'appartement...

Il fixait son assiette, comme s'il espérait y trouver son salut.

— C'est si compliqué que ça ? demanda la jeune femme.

— Vous n'avez pas idée. Ce testament surréaliste, l'appartement d'Henrietta, ses chats, et maintenant...

Il se tut, distrait par la façon dont les derniers rayons jouaient sur les traits fins de la jolie Bridget, rehaussant ses pommettes et soulignant l'arrondi de sa joue.

— Et maintenant, quoi ? intervint-elle.

— Et maintenant, vous, bredouilla-t-il. Je ne m'attendais pas à...

De nouveau, il se tut, de crainte d'en dire trop. Pour se rattraper, il opta pour un ton plus léger.

— Vous auriez tout de même pu avoir le bon goût d'être une vieille rabougrie au nez couvert de verrues.

— Désolée, répondit-elle avec humeur. Il va falloir patienter quelques années. En plus, on n'a pas de verrues dans ma famille.

Elle mordit dans un morceau de pain.

— Mais poursuivez, ajouta-t-elle. Je vous écoute.

Mack se concentra.

— Eh bien, comme je vous le disais, la situation est compliquée. L'affaire remonte à des années. Dix, peut-être douze.

— Je ne comprends pas. Satin et Organdi ont deux ou trois ans, tout au plus.

— L'affaire dont je vous parle n'a rien à voir avec eux. Ils ont servi de prétexte, voilà tout.

— De prétexte ? Mais pour quoi ?

— Pour m'empêcher d'acheter l'appartement.

— Je suis perdue.

Bridget sonda le visage de Mack. Elle examina son menton décidé, ses yeux noirs intelligents, son regard songeur. Un petit sourire retroussait sa bouche, atténuant son air autoritaire. Bridget s'attendrit. Elle en était la première surprise, mais cet homme lui plaisait, même avec sa coupe de cheveux classique, sa chemise sur mesure et son costume anglais. Qui l'eût cru ? Et pourtant, la jeune femme avait déjà eu l'occasion de le constater, l'autre jour, au parc, il se dégageait de cet homme une impression de force et de robustesse. De sécurité.

Comment décrirait-elle le phénomène à Marge ?

Il n'est pas très funky, mais il a quelque chose. Je ne sais pas quoi, exactement, mais il a quelque chose.

Mack avait reposé ses couverts. Les coudes de part et d'autre de son assiette, pressant contre sa bouche ses doigts entrelacés, il se pencha vers elle. Il peinait à trouver les mots.

Enfin, il se lança.

10

— Pour commencer, dit-il en remuant sur sa chaise, mal à l'aise, sachez que le douzième étage n'est pas divisé en deux moitiés égales.

— Et alors ?

Drôle d'entrée en matière.

— L'appartement 12A est très spacieux, continua Mack en s'agitant, comme pour appuyer son propos. Dix-huit chambres, une bibliothèque, tout un quartier pour les domestiques.

— Vous semblez familier des lieux.

— J'ai vu les plans.

— Mais vous n'avez jamais visité l'appartement ?

— J'y suis venu deux fois, mais je n'ai jamais été plus loin que le salon. La première fois, j'étais enfant. Puis, après ce qu'il s'est passé…

Il se tut. Décidément, ce n'était pas facile.

— Que s'est-il passé ?

— Ma foi, je ne l'ai jamais su moi-même. Mais il s'est passé quelque chose. Quand nous avons emménagé dans cet immeuble, Mme Willey était la gentillesse et l'hospitalité personnifiées. C'est elle qui avait insisté pour que ma mère m'amène pour rencontrer son mari. Ce jour-là elle m'a offert une sucette dont je me souviens encore. J'ai été fortement impressionné par son extravagance. Elle dégageait une telle théâtralité. Même s'il s'agissait seulement de donner une sucette à un enfant, elle en faisait un grand événement. Elle était vraiment sympathique, comme je vous l'ai dit. Elle a convié mes parents à plusieurs de ses réceptions. Jusqu'à ce qu'un jour, sans explication, elle devienne odieuse à notre égard. Finies les invitations, les salutations cordiales dans l'ascenseur, les sucettes. Ma mère a tenté de l'interroger, mais ce fut en vain. Quand Henrietta Willey vous répudiait, elle ne revenait pas sur sa décision. C'était une femme terriblement obstinée et jamais elle ne se serait abaissée à justifier son comportement. À ses yeux, nous n'existions plus. Bien sûr, mes parents l'ont très mal pris, mais ils n'y pouvaient rien. Moi, je n'étais qu'un enfant, tout ça me passait au-dessus de la tête. Au bout d'un certain temps, nous nous y sommes faits : les Brewster ne parlaient pas aux Willey, qui n'adressaient pas la parole aux Brewster. C'était comme ça.

— Mais quel rapport avec le plan du douzième étage ?

— J'y viens.

Il observa un silence, le temps de rassembler ses pensées.

— L'étage est divisé de telle façon que mon appartement, le 12B, est beaucoup plus petit que le 12A. J'ai une grande terrasse, certes, mais l'appartement en lui-même ne comporte que six pièces : cuisine, salon, salle à manger, deux chambres et une chambre de bonne. Plus trois salles de bain. C'est tout.

— Euh, et ?

Il osait se plaindre de ses conditions de logement ? Bridget dut se mordre la langue.

— Mon père espérait me voir un jour marié. Surtout, il rêvait d'habiter le même étage que ses futurs petits-enfants. Il avait tout prévu : il les emmènerait en promenade à Central Park, il leur achèterait des glaces au zoo, leur lirait des histoires le soir… Il se voyait en patriarche à la tête d'une vaste dynastie, veillant au bonheur de sa tribu.

Une ombre passa sur les traits de Mack. Des plis sévères se creusèrent à la commissure de ses lèvres. Il semblait plongé dans de sinistres souvenirs. Quand il reprit la parole, son ton s'était durci.

— Quand mon père voulait quelque chose, rien ne lui résistait.

Mack en était-il fier ou amer ? Dans le doute, Bridget garda le silence. Manifestement, l'histoire ne s'arrêtait pas là.

— À la mort de Neville Willey, reprit Mack, mon père a jugé le moment venu d'aborder Henrietta au sujet du rachat de son appartement. Il formait toujours le projet d'acquérir tout l'étage et se figurait que la veuve se sentirait trop seule pour continuer d'occuper un tel espace. Bien sûr, elle nous avait rayés de sa liste d'invités, mais il ne voyait pas pourquoi elle se priverait d'envisager l'offre avantageuse qu'il entendait lui faire. Ce serait une bonne affaire. En ce qui le concernait, il s'agissait de business, rien de plus.

— J'imagine qu'elle a décliné l'offre ?

— Décliné ?

Mack s'esclaffa.

— Elle l'a jeté dehors manu militari, oui ! Tout en l'agonisant d'injures. Ma mère et moi l'entendions hurler depuis le salon : « Comment osez-vous, après ce que vous m'avez fait ? Jamais on ne m'a insultée de la sorte. Jamais je ne vous céderai l'appartement, vous m'entendez ? Jamais. Même si vous étiez le dernier homme sur terre. Plutôt mourir. » Quand mon père est rentré, il bouillait de rage. Personne ne parlait sur ce ton à Llewellyn Brewster.

Renfrogné, Mack pressa l'un de ses poings contre sa bouche comme pour réprimer la colère qu'éveillait en lui ce souvenir. Quand enfin il reprit la parole, son regard s'était assombri.

— Mon père n'était pas un tendre, je suis bien placé pour le savoir. Mais c'était aussi un gentleman de la vieille école. Il avait l'habitude que les femmes s'adressent à lui avec douceur. Il ne s'est jamais remis de cette scène et a fait le vœu ce jour-là de ne plus lui adresser la parole. Il a tenu sa promesse.

— Mais pourquoi était-elle aussi en colère ?

— Je l'ignore. Personne ne me l'a jamais dit.

Mack se tut et considéra son assiette comme s'il s'apercevait seulement de sa présence. Ensuite, il se redressa et, les épaules bien droites, poursuivit son récit.

— Chez les Brewster, la loyauté passe avant tout. Les camps avaient été clairement définis et nous n'avons plus franchi la ligne de combat. Henrietta non plus, d'ailleurs. J'ai eu dix-huit ans. Je suis parti faire mes études à Annapolis, j'ai passé mes examens puis effectué mon service militaire chez les marines. J'avais oublié ces histoires, ayant désormais d'autres sujets de préoccupation. Jusqu'à la mort de ma mère, un an plus tard.

— Toutes mes condoléances, murmura Bridget.

Elle savait ce que l'on ressent lorsque l'on perd un parent, et elle compatissait.

— J'étais encore chez les marines. On m'a informé qu'elle avait fait une attaque. Le temps qu'on me rapatrie du porte-avions où j'étais stationné, elle nous avait quittés.

— C'est terrible.

Il hocha la tête. L'espace d'un instant, ses yeux se ternirent ; il revivait le passé.

— C'est arrivé si vite. Qui aurait pu le prédire ? Elle faisait ses courses sur la Cinquième Avenue, elle est sortie d'une boutique, et c'est là que c'est arrivé.

— Et votre père ?

— Le pauvre. La mort de maman l'a anéanti. Il dépendait bien plus d'elle qu'il ne l'avait laissé voir. Sa personnalité a changé du tout au tout. Toute son énergie, toute son autorité se sont évaporées. On aurait dit un chien abandonné par son maître. Il ne s'en est jamais remis. Il est mort l'année suivante.

Bridget secoua la tête en signe de sympathie. Tous deux se turent pendant quelques secondes, chacun ressassant ses propres souvenirs. La jeune femme rompit le silence.

— Si c'est pour honorer ses volontés que vous tenez tant à acquérir l'appartement, je comprends mieux votre démarche.

— Il ne s'agit pas uniquement de cela, la coupa-t-il. Après l'enterrement de mon père, je m'attardai devant sa tombe, perdu dans mon chagrin. Je réalisai qu'il avait minutieusement préparé sa retraite pour rien. Son rêve ne s'était pas accompli. Il n'avait pas réuni sa tribu autour de lui. Il n'avait pas connu ses petits-enfants et ne les connaîtrait jamais. Cette idée m'obsédait, elle me fendait le cœur. Mon père avait tout perdu et je ne le supportais pas. Je ne pensais plus qu'à cela. Mais le pire restait à venir. Après les funérailles. J'ignore ce qu'il s'est vraiment passé. Mais quelqu'un avait dû faire livrer par erreur des fleurs pour nous au 12A et Henrietta les a jetées contre notre porte. Le bouquet était massacré, il y avait des tiges brisées et des pétales éparpillés partout sur le palier.

Il se figea, de marbre, comme s'il revoyait le bouquet.

— Parmi le carnage, j'ai trouvé un mot, ajouta Mack d'une voix d'outre-tombe. Un mot tracé de la main d'Henrietta Willey, sur son papier à en-tête. Vous savez ce qu'il disait ?

Il semblait défier Bridget du regard. La jeune femme secoua la tête.

— *Je vous prierais de garder votre verdure de votre côté du palier. Signé : H.W.* Je suis sorti de mes gonds. Pouvait-on être rancunier à ce point ? Elle savait forcément que mon père avait été inhumé le matin même, et que j'étais en deuil. Cette vieille sorcière n'avait même pas de respect pour les défunts. Hors de moi, j'ai fait alors le vœu de me venger. Mais j'étais trop bouleversé pour entreprendre quoi que ce soit. J'ai patienté. Quelques semaines se sont écoulées et je me suis calmé. Une idée a germé dans mon esprit. Si j'arrivais à convaincre Henrietta Willey de me vendre l'appartement, j'accomplirais non seulement les dernières volontés de mon père, mais je ferais en sorte qu'il ait le dernier mot. J'honorerais sa mémoire. Il me semblait que cela relevait de mon devoir. Un jour que je me sentais à même de garder mon sang-froid, je suis donc allé trouver Henrietta. Je crois m'être montré poli et raisonnable, mais la vieille gorgone ne voulait rien entendre. Elle répétait qu'elle ne pardonnerait jamais à mon père sa muflerie, qu'elle souhaitait à tous les Brewster de souffrir comme elle avait souffert, que jamais je ne posséderais son appartement. Elle le disait de son ton impérieux : « J'y veillerai. Jamais vous ne l'aurez ! »

Mack s'interrompit et poussa un soupir.

— Voilà. Vous connaissez l'histoire. Plutôt triste, n'est-ce pas ?

— Mais qu'a bien pu faire votre père pour la fâcher à ce point ?

— Ça, mystère. Je ne sais pas pourquoi je vous raconte tout cela. Je n'en avais jamais parlé à personne. Mais il me semblait important que vous soyez au courant.

Il eut un petit rire.

— Vous m'avez ensorcelé, avouez-le. Vous avez mis quelque chose dans ce chili ?

— Non, rien.

Elle se joignit à sa bonne humeur, touchée par sa confiance. Pourtant, elle ne se réjouissait guère de voir son sort mêlé à ces vieilles querelles. Ne pouvait-il pas enterrer ces histoires, oublier ces anciennes rancunes et la laisser en paix ?

— Voici ce que je vous propose, décréta Mack, coupant court à ses réflexions. Allons prendre le dessert sur ma terrasse. Vous verrez, la vue est fabuleuse, surtout de nuit.

Si Bridget s'étonna de cette invitation, le plus étonné des deux, c'était lui. Quel étrange pouvoir cette femme exerçait-elle sur lui ? Il venait de mettre son âme à nu devant elle comme si elle était sa meilleure amie et, au lieu de s'en tenir là et de battre en retraite, il inventait des prétextes pour prolonger la soirée.

Bridget hésitait :

— Je ne sais pas. J'ai encore du travail…

— *Et je ferais mieux d'éviter cet homme comme la peste*, songeait-elle en son for intérieur. *Il doit chercher à me nuire.*

Mais l'atmosphère intime de la soirée ne la laissait pas indifférente, et Mack était si beau dans la lumière rasante, avec ses cheveux noirs, son regard ténébreux et sa part d'ombre.

— Juste une demi-heure, insista-t-il. Je ferai du café pendant que vous admirerez le panorama. Cela vaut vraiment le détour. J'en suis très fier.

Et Bridget se surprit à accepter :

— En ce cas, d'accord. Une demi-heure, pas plus. J'apporte le gâteau.

Mais que faisait-elle ?

Satin et Organdi protestèrent de se voir ainsi délaissés, mais Bridget ne se laissa pas attendrir :

— Vous, vous restez ici. Allez faire une petite sieste en m'attendant.

Et de se glisser tant bien que mal suivie du chien par la porte que lui tenait son voisin, repoussant délicatement les chats du bout du pied, une sachertorte dans une main et un saladier plein de crème Chantilly dans l'autre. Elle gagna le palier et Mack referma le battant sur un concert de miaulements indignés.

— Il ne manquerait plus que je les perde, dit Bridget en le suivant chez lui.

Elle regretta aussitôt sa remarque. Venait-elle de se trahir ? Elle rougit jusqu'aux oreilles.

Mack lui jeta un regard en coin. L'ombre d'un sourire flottait sur ses lèvres. La culpabilité assaillit Bridget. S'il connaissait son secret, toutefois, il n'en fit pas mention. Il lui ouvrit la porte de son appartement et elle en franchit le seuil, la tête haute.

L'intérieur formait un contraste saisissant avec l'opulence qui caractérisait le 12A. La résidence Brewster était l'image même de la simplicité et de la fonctionnalité. Quelques fauteuils confortables et un grand canapé revêtus d'étoffes robustes portaient dignement leurs nombreuses années. Un tapis recouvrait le parquet de bois sombre où se dressaient des guéridons tendus de cuir, placés stratégiquement dans différents coins de la pièce. De hautes étagères masquaient deux des murs, leurs rayons pleins à craquer d'ouvrages divers qui avaient manifestement été lus. D'innombrables photos encadrées ornaient les autres murs ainsi que la table basse. Parmi les portraits de famille, Bridget reconnut également quelques personnalités contemporaines du monde de la politique, des sciences et de l'art.

Elle reconnut en outre un des modèles, bien qu'il ne soit pas célèbre. En noir et blanc, dans un énorme cadre d'argent près du canapé, elle identifia sans l'ombre d'un doute Llewellyn Brewster, le père de Mack. Malgré leur différence d'âge, la ressemblance était frappante : même beauté ténébreuse, même menton décidé, même air d'autorité. Bridget songea malgré elle que si Mack ressemblait à son père, il vieillirait bien.

Toujours chargée de son plat et de son saladier, elle suivit son hôte jusqu'à la cuisine. Celle-ci était petite, du moins comparée à celle de Mme Willey, mais bien équipée. Bridget soupçonnait Mack de ne pas s'en servir souvent. Il brancha la cafetière tandis qu'elle découpait le gâteau et servait la crème Chantilly.

— Allez donc vous installer sur la terrasse, lui dit-il en indiquant la baie vitrée. J'apporterai tout cela quand le café sera prêt.

Une fois seule et à l'air libre, Bridget promena sur le décor un regard admiratif. Mack n'avait pas menti : la terrasse était immense et il n'en existait sûrement pas de mieux aménagée dans tout Manhattan. Sur les dalles de terre cuite, des chaises longues agencées de manière à favoriser la conversation faisaient face à l'incroyable panorama new-yorkais. Une grande table de fer forgé entourée de chaises de jardin assorties occupait le centre de l'espace. Alentour foisonnaient les plantes et les fleurs, formant un véritable jardin en plein cœur de la mégapole.

Des magnolias embaumaient l'air de leur parfum entêtant.

Bridget fut attirée par la rambarde. Pour profiter pleinement du spectacle, elle s'y accouda et se plongea dans une contemplation ébahie des mille lumières de la ville qui scintillaient tout autour d'elle.

Elle remarqua aussi que seule la rambarde isolait la terrasse de Mack de son propre balcon. Et que, d'ici, on apercevait plusieurs fenêtres de l'appartement des Willey. Y compris celle de sa chambre à coucher. On y avait même une vue plongeante.

Bridget blêmit.

— Le café est en train de passer. Alors ? Qu'est-ce que je vous disais ?

Elle sursauta. Elle n'avait pas entendu Mack la rejoindre. S'arrachant à l'affreux constat, elle se retourna face aux gratte-ciel illuminés. Mack approcha et s'installa les coudes en appui sur la balustrade, dos à la vue. Pendant de longues minutes, il en savoura une autre, tout aussi enchanteresse, celle du profil exquis de Bridget.

Elle semblait avoir oublié sa présence.

Au sud, les tours de verre et d'acier du quartier des affaires s'érigeaient comme autant de robots sur toute la longueur de Park Avenue. De part et d'autre de l'axe bordé de massifs, des phares défilaient en un flux continu. Des feux de circulation clignotaient, tantôt rouges, tantôt verts, et, au loin, au-dessus de l'East River, un avion descendait vers l'aéroport de La Guardia, ses ailes lançant des éclairs lumineux tandis qu'il fendait la tiédeur de la nuit.

— Oui, c'est magnifique, dit doucement Bridget, brisant le silence.

Mack ne répondit rien. Il était captivé. Il lui semblait, à lui, que toute la beauté de la ville se trouvait concentrée sur sa terrasse. Les traits de la jeune femme étaient au repos mais on sentait que, sous la surface, elle pétillait de vitalité. La brise jouait dans ses cheveux, balayant ses boucles et dégageant son front. Les lumières de la terrasse faisaient ressortir l'arrondi de sa joue, la courbe de sa nuque, le doux renflement de ses lèvres ourlées. Elle rayonnait.

Bridget se savait observée. Comment aurait-elle pu l'ignorer ? Le regard de Mack était magnétique. Presque palpable. Il la mangeait des yeux et, comme au parc, lorsqu'ils s'étaient frôlés, la jeune femme se liquéfiait de sentir son corps si proche du sien. Dans l'air, le parfum des fleurs parut s'alourdir, les bruits de la circulation se firent lointains et étouffés, comme avalés par la nuit de velours. Soudain, Bridget sut qu'il allait la toucher. C'était inéluctable. Un courant les enveloppait, créant entre eux des étincelles. Ils étaient inexorablement connectés.

Sans l'avoir prémédité, Mack porta tendrement la main à son visage. Bridget se laissa aller contre cette paume chaude et forte. Leurs regards se trouvèrent. Le cœur de la jeune femme tambourinait. Comme malgré elle, ses lèvres s'entrouvrirent, mais elle ne prononça pas un mot, on n'entendait que les battements dans sa poitrine et le petit soupir qu'elle laissa échapper. Puis tout s'effaça et il ne resta plus que la bouche de Mack qui se penchait vers elle, sa bouche qui se rapprochait de la sienne et rencontrait ses lèvres avec une infinie douceur.

Pendant ce temps-là, Satin, qui essayait de faire une sieste en paix, commençait à en avoir assez des pitreries d'Organdi. Elle était bizarre depuis quelque temps. Depuis l'arrivée de la nouvelle maîtresse pour être exact. Sa sœur avait toujours été un peu fantasque, mais jamais à ce point. Autrefois, ses caprices amusaient Satin. Désormais, ils frisaient la névrose. Le coup de l'escapade au marché, par exemple. Quelle chatte racée irait ainsi fréquenter la lie de la gent féline, côtoyer des chats errants de la pire espèce et rentrer crânement à la maison, le poil hirsute, en empestant le poisson ? C'était scandaleux, comme aurait dit la vieille dame.

D'ailleurs, où était-elle donc passée ?

Et qu'aurait-elle dit en voyant Organdi rôder partout dans l'appartement, se cacher entre les coussins et se tapir dans les coins sombres des placards ? Bondir partout d'humeur folâtre et soudain se rembrunir et chercher la bagarre ? Tourmenter le pauvre Satin quand il cherchait à s'isoler, et refuser de jouer avec lui quand il en avait envie ?

Le chat s'arracha à sa couche, s'étira langoureusement, s'arc-bouta, bâilla et se pelotonna de nouveau à sa place initiale, face au dossier du canapé. Si Organdi faisait des siennes, cela la regardait, après tout.

Le plus étrange était qu'en dépit de l'exubérante énergie qu'elle déployait elle n'avait pas perdu de poids. Bien au contraire, elle s'empâtait. Ah, les femmes. Quand elles se laissaient aller…

Dehors, sur la terrasse, caressée par une douce brise, Bridget se noyait dans ce baiser tendre et incompréhensible. Elle n'avait plus conscience de rien hormis des bras de Mack, de ses lèvres et de ce courant magique qui irradiait ses sens et lui faisait tout oublier. Elle aurait aimé que cet instant dure toute l'éternité.

Quand elle rouvrit les yeux, le ciel étoilé se mit à tournoyer, lentement, puis de plus en plus vite. L'odeur entêtante des magnolias l'hypnotisait. Comme en transe, elle sentit la terre se dérober.

Ses genoux ployèrent, leurs lèvres se séparèrent et un voile noir s'abattit sur le monde. Bridget tomba inconsciente contre le torse de Mack.

Heureusement, il avait des réflexes. Il la rattrapa et la serra dans ses bras.

— Hé là ! s'exclama-t-il. Bridget ? Ça alors !

C'était bien la première fois qu'une femme s'évanouissait sous l'effet de ses baisers.

Il s'inclina, noua un bras sous les jambes de la demoiselle en détresse et la souleva de terre. Puis, éberlué, il chercha un endroit convenable où l'allonger.

Faute d'une meilleure idée, il piqua vers sa chambre à coucher.

Il n'avait pas quitté la terrasse que déjà Bridget reprenait ses esprits. Sergent, inquiet, décrivait des cercles autour d'eux en agitant la queue.

— Mais, reposez-moi ! se récria Bridget alors qu'ils parvenaient dans la chambre. Mack, bon sang, qu'est-ce qui vous arrive ?

— Vous vous êtes évanouie.

Il s'approcha du lit pour l'y coucher, mais elle se débattit.

— N'importe quoi ! M'évanouir, moi ? Impossible. C'étaient les magnolias. Je vous dis de me reposer !

Mack peinait de plus en plus à la contrôler, aussi la lâcha-t-il ainsi qu'elle le lui ordonnait. Elle quitta la chambre comme une furie. Il s'élança à sa suite.

— Attendez, Bridget !

Il la rattrapa avant qu'elle eût gagné la porte d'entrée.

— Bridget, dit-il en posant la main sur son bras pour la retenir. Attendez, je vous en prie.

Mais Bridget ne décolérait pas :

— Me porter dans la chambre à coucher. Non, mais je rêve. Pour qui vous prenez-vous ?

Mack s'empourpra.

— Vous vous trompez. Ce n'est pas ce que vous croyez. Je veux dire, je n'avais jamais vu personne s'évanouir. Enfin, pas sous l'effet de mes baisers. Voyons, Bridget, il fallait bien que je vous étende quelque part.

Il bredouillait et butait sur ses mots, et elle commençait à trouver la scène plutôt cocasse.

— Donc, vous avez opté pour votre lit ?

— Ma foi…

Mack comprit qu'elle le taquinait et il se dérida. Une étincelle s'alluma dans ses yeux noirs : lui aussi appréciait le comique de la situation.

— En tout cas, on ne m'avait encore jamais fait ce coup-là. C'est une première.

— Ce doit être un signe, il est temps que je rentre chez moi.

Elle reprit le chemin de la porte.

— Vous comprenez, précisa-t-elle, si je m'attarde encore, je risquerais de sombrer dans le coma.

— Oh, non. Ne partez pas. Vous n'avez même pas bu votre café. Je n'ai pas goûté votre gâteau.

— Bon…

Mack vit une brèche et il s'y engouffra.

— Je vais vous servir une tasse de café. C'est bon pour ce que vous avez.

Et il disparut dans la cuisine.

— D'accord, lui lança Bridget, mais je ne remettrai pas les pieds sur cette terrasse. Je ne supporte pas vos magnolias.

Comme s'ils étaient vraiment en cause. Bridget n'était pas dupe.

Elle calma sa respiration. Ensuite, elle alla s'asseoir sur le canapé du salon et fit un rapide tour d'horizon. Un océan de livres et de portraits l'encerclait. Une famille unie et cultivée avait visiblement vécu ici.

Sur la table basse, le téléphone clignotait.

— Vous avez un message, dit Bridget à son hôte.

Dans la cuisine, il s'affairait ; des tasses s'entrechoquaient, des cuillers tintaient.

— Pouvez-vous appuyer sur « play » ? lui répondit-il. Je devrais pouvoir l'entendre d'ici.

Elle s'exécuta.

Une voix d'homme emplit la pièce.

— Mack ? Harold Maudsley à l'appareil. Nous sommes lundi, il est vingt heures. Pardon d'avoir raté votre appel, je trouve votre message à l'instant. Je tenais à vous informer que j'ai bien envoyé les papiers comme vous me le demandiez. Pas de panique, nous allons faire expulser ces chats. C'est l'affaire de quelques semaines. Ensuite, l'assemblée des copropriétaires examinera votre proposition.

Pour Bridget, ce fut comme un coup de poignard en plein cœur. Elle leva les yeux. Mack se tenait dans l'encadrement de la porte, portant un plateau chargé de café, de sucre et de crème. Bouche bée. Catastrophé.

Bridget se leva.

— Oubliez le café, dit-elle, glaciale.

Ce message avait été pour elle une vraie claque. Envolés, les instants magiques sur la terrasse. Elle ne pensait plus qu'à son sort et à son avenir.

Mack fixait son plateau comme s'il se demandait comment il avait atterri là.

— Mais...

— Pas de mais, trancha la jeune femme.

Déjà, elle s'engageait dans l'entrée. La main sur la poignée, elle marqua un temps d'arrêt.

— J'ai des ragoûts à finir. Gardez le gâteau. Merci pour cette soirée... instructive. Je m'en souviendrai.

Et elle sortit en claquant la porte si violemment que les cadres valsèrent au bout de leurs clous. Mack se retrouva seul à fixer l'endroit qu'elle venait de quitter.

Organdi vint réclamer un rapport de la soirée. Bridget la souleva, heureuse d'avoir quelqu'un à qui se confier.

— Allons sur ma terrasse. La vue est à tomber. Peuh ! J'aurais dû être vigilante. Il a essayé d'abuser de moi, avec ses magnolias. Et j'en ai oublié qu'il voulait nous faire expulser. Oh, mon chaton, c'est tellement injuste.

Elle appuya son front contre celui d'Organdi.

— Et tu ne sais pas le pire, lui murmura-t-elle à l'oreille. J'ai laissé ce sale type m'embrasser. Je ne me suis même pas débattue.

Malgré sa colère, elle repensa à leur baiser.

— J'avais l'impression de flotter dans l'espace, d'être à la dérive. Ma tête était vide, tout n'était plus que senteurs et musique…

Elle frotta sa joue contre le doux pelage de la chatte, toute à sa réminiscence.

— Oh, Organdi, c'était fabuleux. Tout bonnement fabuleux.

11

— Répète-moi ça ?

— Tu m'as entendue.

— Bridget, pas possible. Je n'y crois pas. C'est incroyable !

Estomaquée, Marge répétait en boucle les mêmes interjections. Elle avait des réunions et des piles de dossiers l'attendaient sur son bureau, mais le récit des mésaventures de son amie lui faisait négliger toutes ses responsabilités. Un baiser et un évanouissement, on faisait difficilement plus croustillant.

— Je n'en reviens pas, s'esclaffa-t-elle. Bridget, il n'y en a pas deux comme toi. Tu es tombée en pâmoison. Mais tu es une vraie dame des temps jadis, ma parole. On n'a plus de vapeurs de nos jours. Quelle histoire, je ne m'en remets pas. Mais dis-moi, ce type doit être hyper doué ?

— Il se défend. Mais ce n'est pas un homme bien. Il se moque de mes intérêts. Quant au baiser, ce n'était pas mon premier. Je n'ai plus douze ans. Ce n'est pas l'événement du siècle. Mon malaise n'avait rien à voir avec ça.

— À d'autres.

— Je t'assure. J'ai dû manger quelque chose de mauvais. Ou bien c'était le parfum des fleurs.

Elle ne put s'empêcher de rire d'elle-même. Avec le recul, elle se sentait un peu sotte.

— Bref, j'ai fait une belle peur à M. Collet Monté. Au point qu'il a paniqué et qu'il m'a transportée jusqu'à sa chambre à coucher.

— Il a fait *quoi* ?

— Il fallait bien qu'il me pose quelque part.

— Dis plutôt qu'il ne perdait pas le nord.

— Bref. J'ai repris mes esprits, je lui ai ordonné de me lâcher et j'ai filé sans demander mon reste. Avant que ça ne dérape.

— Zut alors, râla Marge, déçue. Mais bon, tu as bien fait. Enfin, je crois. N'empêche, tu imagines ? Si vous aviez…

— Tais-toi, la coupa son amie. Je ne veux même pas y penser. Ce type ne me vaudra que des ennuis. Il ne faut pas que je le laisse me tourner la tête.

— Bridget, ma chérie. C'est moi, Marge. Je te connais comme si je t'avais faite. Tu es mordue de ce Mack Brewster, ne t'avise pas de nier. Je l'entends au son de ta voix. Sans compter qu'il faut être sacrément épris de quelqu'un pour s'évanouir à son contact.

Bridget s'empressa de balayer ces inepties :

— Tu te fais des films, Marge. Tu fabules. Ma voix est parfaitement normale.

Un bip sonore lui signala un double appel.

— Ne bouge pas, dit-elle à Marge. Je te reprends tout de suite.

Elle mit son amie en attente et appuya sur un bouton. La voix de Gerald Kinski résonna dans le combiné.

— Bridget ?

L'avocat paraissait nerveux et plus pressé qu'à l'accoutumée.

— Bridget, je n'ai pas beaucoup de temps, mais je viens d'apprendre quelque chose dont j'ai pensé qu'il valait mieux vous informer. Je crains qu'il ne s'agisse d'une mauvaise nouvelle.

— Ah ? fit Bridget, la gorge sèche.

— Le syndicat de copropriété du 612, Park Avenue a lancé une procédure de contestation du testament, et ils n'y vont pas avec le dos de la cuiller. Ils ont engagé une procédure officielle. Visiblement, ils ont l'intention de tout mettre en œuvre pour récupérer l'appartement dans les plus brefs délais. Nous allons nous battre, bien sûr, mais je dois avouer que leur démarche n'est pas entièrement dénuée de bien-fondé. Ils m'ont fait parvenir un exemplaire des statuts et du bail de propriétaire. Je vous épargne le jargon juridique, d'autant que je suis pressé. En gros, ils veulent plaider que l'appartement ne peut être légué qu'à un parent de la défunte. Nous arguerons que, dans ce cas précis, il s'agit non d'un legs mais d'un transfert à une fiducie, ce que les statuts autorisent, si je ne m'abuse. Avec un peu de chance, si le juge aime les chats...

Bridget entendait le doute percer dans sa voix. L'avocat ne se croyait pas capable de convaincre qui que ce soit. Il est vrai que l'idée qu'on puisse léguer soixante-dix millions de dollars à deux chats avait de quoi faire grincer des dents, surtout dans un tribunal.

C'était la catastrophe. Bridget avait déjà le moral à zéro avant le coup de fil de l'avocat, mais là, c'en était trop. Les choses se précipitaient.

— Mettons que vous n'arriviez pas à convaincre le juge et que le syndic l'emporte. Combien de temps cela me laisserait-il ?

— Cela m'est difficile à dire. S'ils s'acharnent, je dirais deux semaines.

Bridget en eut le souffle coupé. Les larmes lui montaient aux yeux. Elle dut se ressaisir, elle n'était plus une enfant. Les revers faisaient partie de la vie. C'était tout de même un coup dur. Toucher du doigt le bonheur parfait, pour s'en voir aussitôt privée.

— Je suis navré, Bridget.

— Je sais, monsieur Kinski.

Satin et Organdi, sentant qu'elle avait besoin de réconfort, s'étaient pelotonnés contre elle. Elle se mit à les caresser et ils se frottèrent à elle pour lui témoigner leur soutien. Bridget s'empêcha de pleurer et reprit d'une voix aussi normale que possible :

— Je vous remercie pour ces informations. Faut-il que je commence à chercher un nouveau logement ?

— Cela me paraît un peu prématuré. Je vais sonder la partie adverse et je reviendrai vers vous. Peut-être pourrai-je obtenir un délai avant qu'on porte l'affaire devant les tribunaux. Si les copropriétaires n'ont pas encore d'acquéreur pour le 12A, ils accepteront peut-être de freiner la procédure, ce qui vous donnerait un sursis.

Le regard de Bridget se dirigea vers le mur qui la séparait du 12B.

— Ne nous berçons pas d'illusions, dit-elle. Mack Brewster a la ferme intention d'acheter l'appartement de feu Mme Willey. C'est lui qui est derrière toute cette histoire.

Dans un effort d'optimisme, elle ajouta :

— Mais je ne baisse pas les bras. Peut-être le testament tiendra-t-il, qui sait ?

— Bien dit, Bridget. Croyez que nous faisons tout notre possible.

— Je n'en doute pas, monsieur Kinski.

Ce dernier allait raccrocher quand il se rappela un détail.

— À propos de Mack Brewster, j'ai chargé mon assistant de se renseigner à son sujet et nous en savons un peu plus long sur sa profession. Son père, Llewellyn Brewster, était l'un des fondateurs des éditions Harmon & Brewster, l'une des plus anciennes maisons d'édition new-yorkaises. À la mort de Llewellyn, son fils lui a succédé.

Ainsi, Mack était éditeur. Bridget aurait dû s'en douter, son salon croulait sous les livres.

— La maison existe depuis de nombreuses années, poursuivit Gerald. Elle publie essentiellement des essais et des thèses d'histoire ou de sciences politiques. Vous voyez le genre. Une boîte distinguée, à la réputation solide. Mack ne déroge pas à la tradition familiale, il ne publie que les travaux les plus sérieux. On dit que c'est un homme très digne et conservateur. Un pur produit des meilleures écoles privées du pays, qui aurait fait son service militaire chez les marines et appartiendrait aux clubs les plus en vue. Il fait parfois une apparition dans la presse à sensation, photographié en compagnie d'une riche héritière, mais c'est, semble-t-il, un éternel célibataire. Le *New York Magazine* l'a nommé dans sa liste des meilleurs partis de la ville. Voilà le genre d'homme à qui nous avons affaire.

— Merci, monsieur Kinski. Je suis sûre qu'il s'agit de quelqu'un de droit et d'intègre.

Bridget prenait sur elle pour ne pas céder à la tentation du sarcasme.

— Je vous tiendrai au courant, Bridget. En attendant, travaillez bien. Les choses vont peut-être s'arranger.

— Je l'espère, répondit Bridget d'un ton qu'elle voulait enjoué.

Et ils coupèrent la communication.

Bridget regarda un moment par la fenêtre, furieuse contre la météo. Il faisait un temps radieux. De la brume ou du crachin auraient mieux correspondu à son état d'esprit. Elle touchait le fond. Humiliée et frustrée par les événements de la veille, trahie par ses propres sentiments, menacée d'expulsion par une copropriété cupide aux sombres manigances, elle jugeait un brin vexant que tout New York soit en fête. Les arbres verdoyants resplendissaient sous un ciel sans nuages, on entendait tinter le carillon d'un camion de glaces et tout semblait une ode à l'été qui approchait. Pourquoi fallait-il que la ville respire la joie, alors que sa carrière et ses rêves ne tenaient plus qu'à un fil ? Même les géraniums dans leurs jardinières semblaient particulièrement éclatants ce matin-là.

Le téléphone se remit à sonner.

Elle avait complètement oublié Marge !

Mais ce n'était pas Marge. C'était Gerald Kinski qui rappelait.

— Pardon de vous déranger encore, Bridget, mais, après que j'ai eu raccroché, on m'a remis une lettre recommandée. D'autres mauvaises nouvelles, j'en ai peur. Vous êtes assise ?

Le cœur de Bridget se serra comme s'il était pris dans un étau.

— C'est si grave que ça ? demanda-t-elle.

Sur la rambarde du balcon, un moineau se mit à gazouiller gaiement et Satin sortit voir de quoi il retournait. Organdi bondit à son tour et suivit son frère sur les dalles ensoleillées.

— Cela se pourrait, répondit l'avocat.

Nerveuse, Bridget se mit à faire les cent pas.

— Bon. Je vous écoute.

— Il s'agit d'un courrier tout à fait insolite, signé de l'avocat d'un certain Afton G. Morley. L'homme en question réside au fin fond de l'Idaho et se prétend de la famille d'Henrietta Willey.

— Je croyais qu'elle n'avait plus aucun parent ?

— Elle devait ignorer l'existence de cet Afton Morley. La lettre le décrit comme un cousin issu de germain éloigné au troisième degré.

— Mais comment cet individu a-t-il entendu parler du testament ?

— Je l'ignore. Toutefois, il semble détenir des documents officiels prouvant le lien de parenté. Si c'est bien le cas, nos ennuis ne font que commencer.

— Et ce nom étrange, « Afton », c'est masculin ou féminin ?

— La lettre ne le précise pas.

— Et que dit-elle, cette lettre ?

— Elle nous informe de la venue à New York de l'intéressé. Il veut visiter l'appartement qu'il considère comme son héritage légitime. Il me demande un rendez-vous vendredi prochain et exige que je l'accompagne au 612, Park Avenue. Vous ne serez pas obligée d'être présente, Bridget. Qu'en pensez-vous ? Vous pourriez vous absenter.

— Non, ce n'est pas la peine.

Comme un lapin fasciné par les phares d'une voiture, elle éprouvait le besoin inexplicable de rencontrer cet Afton Morley.

— Bon, je n'y vois pas d'inconvénient. Je vous appellerai pour vous préciser l'heure de notre arrivée.

Bridget raccrocha et son regard se perdit dans le vague.

— Il ne manquait plus que ça, murmura-t-elle. Décidément, c'est une conspiration. D'abord le syndic, puis Mack, et maintenant cet Afton. Le sort s'acharne contre moi.

Cette fois, elle ne put se retenir de pleurer et de grosses larmes roulèrent sur ses joues. Organdi approcha et pressa son museau contre les chevilles de la jeune femme. Elle s'assit et hissa la petite chatte sur ses genoux.

— S'ils obtiennent gain de cause, vous aussi, vous vous retrouverez à la rue, dit-elle en reniflant pitoyablement. Tu ne t'en doutes pas, bien sûr.

Elle enfouit ses doigts dans le pelage gris bleuté du félin et lui gratta le cou.

— Tu es bien nourrie, tu as un beau terrain de jeu, tu te crois à l'abri de tout danger. Si tu savais. Oh, ma pauvre petite chérie...

La sonnerie du téléphone l'interrompit. Bridget sécha ses yeux et s'éclaircit la voix.

C'était Mack. Sa voix exprimait un mélange de contrition, d'urgence et d'autorité :

— Bridget, il faut que nous discutions, c'est important. Hier soir...

— N'en parlons plus, trancha Bridget.

Oubliant soudain ses malheurs, elle s'aperçut avec un frisson que la donne avait changé pour lui aussi. Elle allait pouvoir le tourmenter à son tour.

— Je viens d'apprendre quelque chose qui pourrait bien vous intéresser, dit-elle, prenant un ton mystérieux.

— Ah ?

Le ton pincé de Bridget faisait son effet, elle le sentait. Il lui semblait entendre Mack freiner des quatre fers comme un personnage de dessin animé, et cette image la ragaillardit.

— C'est au sujet de vos plans pour vous approprier l'appartement 12A. Ils semblent gravement compromis.

Il y eut un bref silence, le temps que Mack encaisse ce qu'il venait d'entendre.

— Que dites-vous ? demanda-t-il prudemment.

— Gerald Kinski vient de me téléphoner. Vous ne devinerez jamais ce qu'il m'a révélé.

— Ne me narguez pas, Bridget, s'impatienta Mack. Racontez-moi tout tout de suite.

Elle mourait d'envie de le torturer encore un peu, de le laisser mariner et trépigner, ne serait-ce qu'une minute. Mais la nouvelle était telle qu'elle ne put résister plus longtemps.

— Mme Willey avait un cousin.

— Un cousin ?

— Oui. Un cousin qui revendique la succession. Un certain Afton Morley, de l'Idaho, dont elle ignorait l'existence. Et qui arrive vendredi pour faire le tour du propriétaire. Sacré coup de théâtre, non ?

Comme Mack ne réagissait pas, elle poursuivit :

— La nouvelle ne me réjouit pas plus que vous.

Silence.

— Parce que, si cet individu dit vrai, je vais aussi me retrouver à la rue.

Silence.

— Mack ? Allô ?

— Je réfléchis.

— À quoi ?

— L'affaire concerne les copropriétaires, reprit-il, songeur. Il faut qu'un représentant du syndic soit présent vendredi. Je vais en parler à Harold Maudsley. À mon avis, il souhaitera que je sois sur les lieux lors de l'arrivée de ce soi-disant cousin.

— Formidable, ironisa Bridget. Plus on est de fous, plus on rit.

— Alors, c'est entendu. Rendez-vous vendredi.

— C'est cela. Rendez-vous vendredi.

12

Les premières lueurs du jour s'élevaient, blanches et bleutées, au-dessus de l'East River, dardant leurs reflets sur les gratte-ciel de Manhattan. Mais des nuages menaçants arrivaient du large et, en fin de matinée, ils assombrissaient entièrement le ciel. Le soleil n'était plus qu'un disque voilé de gris peinant à percer la brume.

Ce vendredi-là, l'humeur de Bridget s'accordait parfaitement à la météo. La rencontre imminente avec le mystérieux cousin, qu'on attendait pour midi, ne l'enthousiasmait guère. À cela s'ajoutait la perspective de revoir Mack. La jeune femme tâchait de se persuader que sa présence ne changerait rien, mais son cœur battait comme un sourd, tendant à infirmer sa théorie. Toute la matinée, elle s'était efforcée en vain de se concentrer sur son travail. Rongée d'anxiété, elle finit par renoncer à boucler son chapitre. Elle rassembla ses notes, enregistra les changements apportés à son manuscrit et tourna ses pensées vers cet Afton Morley. Afin de tromper sa nervosité, elle opta pour une tenue décontractée, jean noir et pull léger en coton blanc. Un bandeau retenait ses cheveux cuivrés. Puis, comme elle restait malgré elle en toutes circonstances une parfaite maîtresse de maison, elle prépara du café. Il finissait à peine de passer quand Mack sonna à la porte pour accueillir leur ennemi commun.

Bridget n'avait pas revu son voisin depuis la débâcle du lundi. Ils s'étaient terrés chacun chez soi. Bridget ouvrit en silence, il la salua d'un geste du menton et entra. Elle referma la porte sans desserrer les dents.

Mack alla se planter dans le salon, la mine lugubre et l'air prêt à en découdre. Bridget se mit à arpenter la pièce. Elle se sentait envahie et cela ne faisait que commencer : d'abord Mack, puis ce serait Morley, le lointain cousin perdu de vue. Les chats, sensibles à la tension, s'étaient retirés dans leurs quartiers. Il était presque midi quand Max, le portier, sonna à l'interphone pour annoncer l'arrivée de M. et Mme Morley, escortés par M. Kinski.

— Ils sont là, annonça Bridget. Deux Morley pour le prix d'un, madame et monsieur.

Mack se renfrogna encore.

— Bien, fit-il, laconique. Qu'ils montent.

Il se tenait devant la cheminée, sous le portrait d'Henrietta. Comme il venait directement de son bureau, il portait un costume sombre et une cravate dans les mêmes tons, ce qui lui conférait une allure souveraine et un rien menaçante.

Pourtant, sous son flegme de façade, il était en proie à un dilemme qui menaçait d'entraver sa mission, à savoir honorer la mémoire de son père en rachetant l'appartement. Le cas de la jolie Bridget titillait sa conscience. Elle avait réveillé ses instincts protecteurs. Quand on sonna à la porte et qu'il la vit relever vaillamment le menton avant d'aller ouvrir, il fut envahi de compassion.

Il se rappelait encore la sensation de son corps dans ses bras.

Et jamais il n'oublierait ce baiser.

Gerald Kinski fit les présentations :

— Bridget, je vous présente Afton Morley, annonça-t-il en désignant l'homme grand et carré qui pénétrait à sa suite dans l'appartement. Et voici son épouse, Mme Morley. Ils sont arrivés de Twin Falls hier soir. C'est leur premier séjour à New York.

— Enchantée, dit Bridget en tendant la main.

Mais l'homme se rua dans le vestibule en la bousculant au passage. Manifestement, il se sentait déjà chez lui et n'avait pas l'intention de se laisser intimider par l'opulence des lieux. Bridget se rabattit sur Mme Morley, dont le visage rond exprimait une certaine bonhomie.

— Avez-vous fait bon voyage, madame Morley ?

— Je vous en prie, appelez-moi Mumu, dit l'épouse en lui serrant mollement la main. Mon prénom, c'est Muriel, mais tout le monde m'appelle Mumu. C'est Afton qui m'a donné ce surnom et maintenant, ma foi, on m'appelle comme ça.

Mumu Morley était une petite dame dodue comme une brioche à la face rouge et joufflue. Sous ses frisettes grisonnantes, elle ouvrait des yeux ronds comme des soucoupes. Ses premiers pas dans la grande ville l'avaient manifestement terrifiée et la magnificence de l'appartement Willey lui portait le coup de grâce. Elle s'agrippait à son cabas en paille comme si elle redoutait qu'un voyou ne le lui vole à l'arrachée, tirait nerveusement sur le chemisier à fleurs roses et vertes qui recouvrait à grand-peine ses hanches plantureuses. L'élastique de son pantalon vert anis semblait rudement éprouvé par son ventre proéminent. Elle portait en outre des chaussures neuves, sans doute achetées pour l'occasion, qui mettaient apparemment ses pieds à la torture. Visiblement, elle brûlait de s'asseoir, et quand Bridget l'invita à prendre place dans un fauteuil du salon, elle lui jeta un regard de reconnaissance.

— Eh ben, Mumu, on prend ses aises ? la tança son mari. On ne va pas faire long feu ici, tu sais. On expédie l'état des lieux, et basta. Alors, on s'y met.

Afton Morley, ayant vaguement salué Mack d'une brève poignée de main et d'un mot au sujet de la « copro », inspectait la pièce sous toutes ses coutures, tripotant chaque objet de ses doigts boudinés. Il vérifiait le cachet des porcelaines, ouvrait les tiroirs et fourrageait dans leur contenu pour en dresser l'inventaire. Parvenu en face de la cheminée, il pila.

— C'est elle, pas vrai ? dit-il en désignant du menton le portrait d'Henrietta Willey.

Il plissa les yeux et considéra son sujet avec hostilité. Henrietta semblait soutenir son regard, elle braquait ses yeux verts sur le nouveau venu comme s'il s'était agi d'un intrus qu'elle s'apprêtait à houspiller.

— Il ne date pas d'hier, ce tableau, renâcla Afton. Elle avait l'air pète-sec. Et prétentieuse. Ah, les rouquines. Sûrement une grande gueule, avec des tifs pareils.

Piquée au vif, Bridget redressa sa propre tête rousse et leva fièrement le menton, joignant sa protestation muette à celle d'Henrietta. Afton ne s'en aperçut pas.

— Moi, poursuivit-il, je n'aime pas les fortes têtes. J'ai pas raison, Mumu ?

Le menton de Mumu plongea dans les replis de son cou en gage de sa soumission :

— Si, Afton.

Elle se fendit d'un pâle sourire.

Afton retira son Stetson beige, lissa ses cheveux roux clairsemés puis remit son couvre-chef comme s'il mettait l'assemblée au défi de le lui faire ôter. Avec ses Santiags, sa cravate western et son costume de polyester bleu électrique, il détonnait dans cet environnement raffiné.

Il écarta les jambes et fourra ses poings dans ses poches, tendant sur son ventre bedonnant le tissu de sa veste.

— Alors, ils sont où, ces matous ? demanda-t-il de but en blanc. Je suis curieux de voir à quel genre de bestioles la vieille toquée a légué le pactole.

Bridget, Mack et Gerald Kinski échangèrent un regard de consternation.

— Je vais les chercher, répondit Bridget. Ils sont un peu nerveux aujourd'hui.

Elle se hâta de quitter la pièce, ravie de se soustraire un instant à la compagnie de l'intolérable Afton Morley.

— Nerveux ? répétait ce dernier. Ce qu'il ne faut pas entendre ! Faut être ramollo du ciboulot pour choyer des bêtes comme ça.

Bridget reparut, Satin et Organdi dans les bras. À peine les eut-elle posés sur le tapis qu'ils avisèrent Afton et, méfiants, filèrent sur le balcon par la porte-fenêtre.

— Ils ne m'ont pas l'air bien dégourdis, commenta Afton quand ils furent partis. Au ranch, un chat ne fait pas son boulot ? Dans un sac avec des pierres et hop, à la flotte.

Bridget étouffa un cri d'horreur.

— Ah... Et en quoi consiste le « boulot » de vos chats, monsieur Morley ? lui demanda-t-elle.

— Hein ? On n'a pas de chats, nous autres, cracha-t-il avec dédain. Je ne les supporte pas. Mais si on en avait, ils chasseraient les souris.

Le rustre s'était entre-temps saisi d'une estampe japonaise et la retournait pour en établir la provenance.

— Hum. 1859. Ça vaut quelque chose, ce machin-là ?

— Nous n'avons pas de souris ici, dit Bridget, ignorant sa question.

Il lui fallait défendre l'honneur de ses protégés.

— D'ailleurs, intervint Mack, Satin et Organdi ont un « boulot ». Vous les voyez, là ? Sur le balcon ? Ils font fuir les pigeons. C'est dégoûtant, ces oiseaux-là, vous savez.

À cet instant, comme par un fait exprès, un pigeon vint se percher sur la rambarde. De là, il sautilla jusqu'à la jardinière et s'ébroua parmi les géraniums. Il se pavanait, roucoulait, bref, il narguait les chats. Or, ceux-ci n'avaient d'yeux que pour ce qu'il se tramait dans le salon. Ils ne remarquèrent même pas la présence du volatile. Afton, qui avait assisté à la scène, replaça l'estampe sur son crochet.

— Ouais, je vois ça, railla-t-il. Le pigeon est mort de trouille.

Il ricana.

Voici qu'il brandissait au-dessus de sa tête un plat de Limoges. La porcelaine était si fine qu'elle laissait filtrer les rayons du soleil, diffusant une douce lueur. Afton Morley se moquait des chats comme de ses premières Santiags.

— Moi, quand je récupérerai l'appart, je m'en débarrasserai, confirma-t-il sans état d'âme. J'ai horreur des chats.

Gerald vit Bridget serrer les poings. Il vit aussi Mack, un éclair dangereux dans les yeux, quitter son poste près de la cheminée et aller se placer auprès d'elle pour lui témoigner son soutien moral. L'avocat jugea plus prudent de faire taire l'importun.

— Si nous passions à la pièce suivante ? suggéra-t-il. Après tout, c'est pour ça que nous sommes là, n'est-ce pas ? Si vous voulez bien me suivre.

— Ce n'est pas trop tôt.

Afton se tourna vers sa femme.

— Viens, Mumu. On va voir un peu ce qu'il vaut, cet appart.

— Pas mal, lâcha Afton durant la visite, bien obligé de concéder qu'il était impressionné. Elle ne se mouchait pas du coude, la vieille.

Il avait promené dans chaque pièce un regard critique, soupesant les coussins, écartant les rideaux, palpant les tissus sans ménagement. Il avait même testé le matelas du lit de Bridget.

— Tout ça va rapporter gros.

Il eut un geste de dédain.

— Je vais tout vendre. Je n'ose même pas imaginer ce que ça doit rapporter au fisc. Par contre, dans un premier temps, je garderai l'appart. Je ne suis peut-être pas du coin, mais j'ai fait mes recherches, les loyers flambent à Manhattan. Je pourrai le remeubler à bas prix et le mettre en location.

Il refit un tour d'horizon. Il semblait additionner le prix des différents objets pour calculer l'étendue de sa fortune.

Mack n'y tint plus :

— Écoutez, monsieur Morley, le syndic a des règles très strictes concernant les conditions de location de...

— Et si je vous montrais la cuisine ? le coupa Gerald, étouffant dans l'œuf un conflit potentiel. Je suis sûr que cela intéressera Mme Morley.

— C'est vrai que Mumu est un vrai cordon-bleu. Dis-leur, Mumu.

— Ma foi, j'ai une spécialité de barres Mars frites, concéda Mumu du bout des lèvres.

Elle se taisait depuis le début de la visite et hésita longuement avant d'ajouter :

— Parfois, j'alterne avec des Bounty.

Elle se tourna vers Bridget et, sur le ton de la confidence, rosissant comme une écolière, elle précisa :

— C'est plus exotique.

Elle battit des paupières.

— Et vous-même, vous cuisinez ?

— Euh… un peu, oui, balbutia Bridget, ne sachant qu'opposer aux prouesses gastronomiques de Mumu Morley.

Ils pénétrèrent dans la cuisine et la mâchoire de Mme Morley se décrocha.

— Jésus Marie Joseph ! J'en suis baba. On se croirait au restau ! Afton, tu as vu, dis ? Ça, alors ! Ah, ça alors !

Elle contourna l'îlot central, sidérée, dévorant du regard la splendeur des lieux.

— Mais pourquoi se faire construire une cuisine aussi gigantesque ? s'étonna Mumu. Mme Willey n'avait pas d'enfants, n'est-ce pas ? Elle n'avait pas beaucoup de bouches à nourrir.

— Non, confirma l'avocat, elle n'a jamais eu d'enfants, en effet. Pour autant que nous le sachions, elle n'avait aucun parent.

Regrettant le tour qu'il venait de donner à la conversation, il embraya :

— Et vous, madame Morley ? Avez-vous des enfants ?

— Non, dit-elle en pinçant les lèvres, comme pour parer un reproche. Afton et moi, on n'a pas eu cette chance. Pourtant, j'adore les enfants. Je viens d'une grande famille, j'avais trois frères et quatre sœurs. Afton, lui, est fils unique. Je lui ai dit et redit à quel point la famille est une bénédiction. Si ça n'avait tenu qu'à moi, j'aurais eu toute une ribambelle de bambins.

— On l'a échappé belle, maugréa Afton.

Il dévisageait avec mépris les tomettes du sol, les appareils de chrome et les ustensiles perfectionnés qu'il revendait déjà dans sa tête au prix fort.

— Les gosses, c'est la plaie. Si encore on pouvait les faire bosser. Mais de nos jours, les gamins, c'est que des dépenses, ça ne rapporte pas un rond. D'ailleurs, ils n'ont plus rien dans le ventre. Ils savent plus travailler.

Un ange passa. Personne ne savait que répondre à cela.

Ce fut M. Morley lui-même qui rompit le silence.

— Mais ma Mumu, elle est branchée famille. Tant mieux, d'ailleurs, c'est grâce à son hobby, la généalogie, qu'on a découvert que j'étais le cousin de la vieille.

— Cousin issu de germain au troisième degré, le corrigea sa femme.

— Ouais, ouais. On a lu dans les journaux qu'une vieille richarde avait légué son magot à ses chats, et son nom disait quelque chose à Mumu. L'article racontait que l'arrière-arrière-grand-père d'Henrietta Lloyd Willey avait fait fortune comme trappeur dans l'ouest du pays, au temps des pionniers. Mon grand-père s'appelait Lloyd. Mumu, ça lui a mis la puce à l'oreille. Elle a fait des recherches et a trouvé que la vieille et moi, on était apparentés. La généalogie, avant, ce n'était pas trop mon truc. Je trouvais que Mumu perdait son temps. Mais elle s'est bien rachetée.

— Un article ? s'alarma Gerald Kinski. Quel article ?

— Dans le *Twin Falls Times-News*. Vous ne l'avez pas lu ?

— Les journaux new-yorkais n'ont pas mentionné l'affaire. Ils ne la jugeaient pas digne d'intérêt.

Gerald résolut de charger son assistant d'exhumer l'article en question et de remonter à sa source. Lui qui se félicitait d'avoir évité toute mauvaise publicité.

— Ah ? enchaîna Afton. À Twin Falls, elle en a fait rire plus d'un. Mais c'est moi qui rirai le dernier. Mumu et moi, on va bien se bidonner en allant à la banque.

Il ôta de nouveau son chapeau pour se lisser les cheveux.

— Bref, dit-il en se recoiffant. Faut qu'on y aille, on a rendez-vous avec nos avocats pour signer de la paperasse. Apparemment, il va y avoir une audience. Pour établir la parenté, qu'on m'a dit. Ils vont vous contacter.

Afton Morley marqua un temps d'arrêt et pointa du doigt la pièce réservée aux chats.

— Non, mais je rêve. Une chambre entière rien que pour ces bestioles.

Puis il darda son index sur Organdi, qui venait de rentrer et tournait autour de son panier, visiblement sur la défensive.

— Qu'est-ce que vous ferez quand elle mettra bas ? Vous allez acheter un panier pour chacun de ses petits ?

— Je vous demande pardon ? s'enquit Gerald Kinski.

— Elle est grosse, précisa Afton. Vous ne l'aviez pas remarqué ?

Tous les regards se rivèrent sur Organdi. Effectivement, elle avait le ventre gonflé et le poil hirsute. Afton disait vrai. Elle attendait des petits !

— Pas possible ! s'exclama Bridget. Mais comment… ?

— Ça se voit comme le nez au milieu de la figure, lâcha Afton en regagnant la sortie. Ah, les citadins. C'est rien que des ignares.

Sans un mot de plus, il sortit dans le couloir, Mumu et Kinski sur ses talons. Avant de se retirer, l'avocat avait lancé un regard scrutateur à la chatte fautive. Mack et Bridget se restèrent seuls à la fixer stupidement, interloqués. Organdi s'était pelotonnée dans son panier. Elle se léchait délicatement les pattes et se frottait le museau comme si de rien n'était.

Bridget n'y comprenait rien. Comment…

Mais bien sûr.

Cette fameuse nuit, au marché aux poissons…

Mack souriait de toutes ses dents. Il ne fallait pas être grand clerc pour deviner ce qu'il s'était passé. Il n'avait pas oublié leur rencontre matinale, dans le hall de l'immeuble, ni les manigances de Bridget dont le cabas bougeait tout seul.

— On dirait que vous allez devoir passer aux aveux, Bridget, lui dit-il.

Il jubilait, ce qui ne fit qu'accroître l'embarras de la jeune femme.

— Ce n'est pas la peine de vous moquer de moi, cingla-t-elle. Franchement, cela n'a rien de drôle. Occupez-vous de vos propres ennuis. Vous allez devoir supporter cet odieux personnage pour voisin.

Au cas où vous ne l'auriez pas remarqué, il n'a pas l'air pressé de vendre. Vivre à côté de chez Afton et Mumu doit être un vrai bonheur.

Mack se rembrunit. Elle n'avait pas tort. La situation n'avait rien de comique.

— S'ils emménagent, je mange mon chapeau, gronda Mack.

— Dites plutôt un Bounty frit.

Mack frémit.

— Alors ? Qu'allez-vous faire ? lui demanda Bridget.

— D'abord, retourner au bureau et abattre les montagnes de travail qui m'y attendent. J'en ai pour des heures.

Il regrettait de l'avoir taquinée, il n'aurait pas aimé être à sa place, la pauvre.

— Si on dînait ensemble demain soir ? lança-t-il. La dernière fois, nous avons été interrompus et nous avons une conversation à terminer.

— Non ! s'écria Bridget, qui n'avait pas oublié la débâcle de la fois précédente.

— Vous êtes sûre ? Je fais d'excellents hamburgers.

— Pas question. J'ai assez de problèmes comme ça.

— Je pourrais peut-être vous aider à les régler.

Elle réfléchit. En un sens, depuis l'arrivée des Morley, Mack et elle se retrouvaient dans le même camp.

— Eh bien...

— Parfait. On dit huit heures ? À demain soir.

Et il fila, laissant Bridget éberluée, perdue dans un tourbillon de pensées confuses. En plus, elle sentait poindre une migraine. Elle avait bien besoin de ça.

13

Enfin seule, Bridget s'assit à même le sol à côté du panier d'Organdi.

— Vous nous avez mises dans de beaux draps, mademoiselle.

Elle la prit dans ses bras et palpa délicatement le ventre de la fugueuse. Pas de doute permis, ses rondeurs ne pouvaient avoir qu'une seule cause.

— Ta mère ne t'a pas appris à ne pas céder le premier soir ?

La migraine de Bridget s'aggravait. M. Kinski devait être furieux. Et, pour achever son humiliation, il avait fallu que Mack Brewster soit aux premières loges quand ce fat d'Afton Morley, ce sale Monsieur-je-sais-tout, l'avait tournée en ridicule en appelant un chat un chat.

Bridget gémit, atterrée par la faiblesse de sa propre plaisanterie.

Organdi fila et Bridget ne la retint pas. À genoux, elle regarda la fautive fureter dans la pièce comme si elle traquait du gibier.

— Je suis dans le pétrin, dit Bridget. Vilaine fille. Tu ne comprends donc pas ? Non seulement je vais perdre mon toit mais en plus, à cause de ton inconduite, je suis déshonorée.

Elle rechignait à l'admettre mais c'était la présence de Mack lors de cette révélation qui la chiffonnait le plus. Ses angoisses se déchaînaient, tout se liguait contre elle. Et elle ne parvenait pas à chasser de sa mémoire son petit sourire supérieur. Supérieur en quoi, d'abord ? Lui aussi venait de voir ses plans tomber à l'eau. Pourquoi, mais pourquoi avait-elle accepté cette invitation à dîner ? Que lui était-il passé par la tête ?

Organdi revint sur ses pas et posa ses pattes avant sur les genoux de la jeune femme, mais celle-ci, toute à ses pensées, ne se rendit pas compte que la chatte quémandait son attention. Elle avait estimé le temps qu'il faudrait à M. Kinski pour regagner son cabinet, et ne s'était pas trompée. Exactement au moment où elle s'y attendait, le téléphone se mit à sonner.

— Il me semble que vous me devez des explications, Bridget.

Son ton était glacial.

— Oui, monsieur Kinski. Je le sais. J'attendais votre appel.

— Qu'avez-vous à dire pour votre défense ?

Le cœur de la jeune femme se serra douloureusement.

— Il faudrait peut-être emmener Organdi chez un vétérinaire, pour faire confirmer les allégations de M. Morley.

Elle avait prononcé cette phrase dans l'espoir de faire diversion. Elle savait au fond d'elle-même que la question n'était pas de confirmer l'état d'Organdi, mais plutôt comment elle s'y était retrouvée.

— Je crains que nous n'ayons pas besoin de confirmation. Dès que M. Morley nous l'a fait remarquer, j'ai pu constater qu'il disait vrai. Mais si vous y tenez, faites-la examiner.

Toute sa chaleur habituelle semblait s'être évaporée. Ce que Bridget comprenait tout à fait. Elle avait laissé Organdi sortir sans surveillance, il avait de bonnes raisons de lui en vouloir.

— Peut-être Satin est-il le père, bredouilla-t-elle en croisant les doigts.

— Impossible. Je viens de vérifier les documents. Ils indiquent clairement que Satin a été castré avant d'être recueilli par feu Mme Willey. Elle ne tenait pas à ce que des chatons envahissent son appartement. Non, jeune fille, Organdi a fauté pendant qu'elle était sous votre surveillance. Elle a dû fuguer. Vous feriez mieux de me dire la vérité.

Bridget aurait voulu se cacher dans un trou de souris.

— C'est que... j'ai honte, monsieur Kinski. Ce n'est pas facile.

Il ne répondit pas. Bridget n'avait pas le choix, elle se lança.

— Une nuit, elle s'est glissée dans mon cabas. Le lendemain, je suis allée très tôt au marché aux poissons. J'ignorais totalement que j'avais une passagère clandestine.

Elle lui raconta toute l'histoire.

— Au grand jamais je ne l'aurais autorisée à quitter l'appartement. Je ne vous ai parlé de rien parce que tout semblait s'être bien terminé. Je n'ai pas imaginé une seconde qu'il avait pu lui arriver quoi que ce soit. Et j'étais terriblement ennuyée. Mais si je m'étais doutée qu'elle attendait des petits, si je l'avais deviné, je vous assure que je vous aurais aussitôt alerté. Je connais sa valeur, je sais que vous m'avez fait confiance et je ne veux pas que vous vous imaginiez avoir chargé une irresponsable de veiller sur les précieux chats de Mme Willey.

Son débit s'accélérait, elle s'excusait et se justifiait tout à la fois.

— Je ne suis pas une irresponsable, monsieur Kinski, il faut me croire. Je prends ce travail très au sérieux.

— C'est bon, Bridget, du calme.

Il semblait un peu radouci. M. Kinski avait un faible pour la jeune Bridget. Elle était si gentille. Elle illuminait sa morne vie. Et, manifestement, son remords était sincère. Il retrouva un peu de sa légendaire cordialité. Il aurait eu mauvaise grâce à accabler la petite, lui-même avait joué, à l'origine, un rôle peu glorieux dans cette affaire.

— Tout va bien, Bridget, répéta-t-il. Ce sont des choses qui arrivent. Il va falloir que je trouve le moyen d'expliquer ce rebondissement à mes confrères, mais, d'un point de vue strictement juridique, la gestation d'Organdi est sans gravité. Prenez bien soin des chats à compter de maintenant. Protégez-les. Je crois cet odieux Morley capable de tout, et surtout du pire.

— Justement, répondit timidement Bridget, cela me fend le cœur de penser que le somptueux appartement de Mme Willey va tomber aux mains d'un rustre pareil. Je n'étais déjà pas emballée à l'idée de son rachat par Mack Brewster mais, avec Afton Morley, on touche le fond. Il n'a pas l'air d'apprécier la chance qu'il a. Dites, il va vraiment hériter ?

Si Mack était Charybde, Morley était Scylla. Et entre les deux, la barque de Bridget tanguait sur une mer houleuse.

— On ne sait jamais, répondit l'avocat. Les documents paraissent authentiques, mais, ma foi, nul n'est à l'abri d'une surprise. Je vais passer au crible chaque élément du dossier. Peut-être découvrirai-je une faille quelque part. En attendant, tenez bon. Et surtout, ne quittez pas les chats des yeux. La famille va bientôt s'agrandir.

Bridget reposa le combiné. Ouf, les choses se tassaient avec M. Kinski. C'était déjà ça. Son rythme cardiaque décéléra et le sang afflua de nouveau à son visage.

Organdi tournait toujours en rond dans la pièce, à la recherche de quelque chose.

— Je peux compter sur toi, petite fille ? C'est fini, les bêtises ?

Organdi l'ignora royalement. Elle avait ses propres préoccupations.

— En tout cas, je comprends mieux pourquoi tu étais si bizarre, ces derniers temps. Et pourquoi tu furètes partout. La future maman cherche un petit coin douillet où mettre au monde sa portée, n'est-ce pas ?

Organdi continuait d'arpenter la pièce.

Satin les rejoignit, observa les pérégrinations de sa sœur pendant quelques instants, puis ressortit, l'air blasé.

Ah, les femmes… semblait-il penser.

Le pauvre. Il devait avoir hâte qu'elle mette bas et qu'elle redevienne elle-même.

Bridget ne connaissait qu'un seul remède au stress, se remettre au travail. Le reste de l'après-midi passa sans qu'elle s'en aperçoive. Les chats s'occupaient de leur côté. Sous le ciel couvert, la ville semblait distante ; l'air lourd étouffait les bruits de circulation qui s'élevaient des rues en contrebas. Quand vint l'heure du dîner, Bridget avait fini de rédiger ses notes pour son chapitre intitulé « Sur le pouce : salade ou burger ? Et autres dilemmes ».

Elle enregistra son document, referma son ordinateur portable et alla préparer le dîner des chats. Satin, qui avait faim, se frottait à ses chevilles tandis qu'elle ouvrait les boîtes. Organdi, en revanche, ne donnait pas signe de vie.

— Où est ta sœur ? demanda Bridget au chat en posant sa gamelle devant lui. Elle ne veut pas dîner ?

Satin se moquait éperdument de l'appétit d'Organdi. Une seule chose l'intéressait, engloutir sa pâtée au foie.

— Organdi ? Organdi, à table ! Où te caches-tu, ma belle ?

Organdi n'accourait toujours pas.

— Bon, je viens te chercher.

Pas de réaction.

Bridget versa du lait dans une écuelle et la posa devant Satin.

— Viens, petite mère. Viens boire ton lait. C'est bon pour ce que tu as. Il faut te fortifier, pour tes chatons.

Mais toujours aucune trace d'Organdi.

— Quand tu perdras tes dents, il ne faudra pas venir pleurer.

Bridget plaisantait, bien sûr. Elle ne doutait pas qu'Organdi finirait par avoir faim et viendrait dîner. Pour sa part, elle se prépara un bol de crudités, un scone aux raisins secs et au gingembre et un soda light et alla s'installer sur le canapé de la salle télé pour regarder un film. Pour les prochaines heures, elle allait confier à Audrey Hepburn et Humphrey Bogart la tâche de lui changer les idées. Elle en avait bien besoin. Au bout de quelque temps, Satin vint se nicher contre elle. Il se roula en boule et s'endormit.

Mais elle n'arrivait pas à se concentrer sur le film. Tant de pensées se bousculaient dans sa tête. Elle ne cessait de songer à l'appartement voisin. Mack était-il rentré chez lui ? Avait-il suspendu son Burberry au portemanteau de l'entrée ? Dressait-il un plan de bataille pour éliminer de la course l'affreux cousin d'Henrietta ?

L'ignoble aura d'Afton Morley hantait encore l'appartement. On aurait dit qu'il en avait troublé l'harmonie avec son regard bovin et ses grosses mains. Bridget les revoyait encore se refermer sur les bibelots. Il lui semblait assister à la scène du point de vue d'Henrietta, éprouver son indignation. Elle se sentait soudain protectrice.

Bien sûr, Mack ferait tout pour empêcher les Morley d'emménager au 12A. Mais cela ne l'avancerait à rien. Dans tous les cas de figure, Bridget serait perdante. Et, que ce soit du fait d'Afton Morley ou de Mack Brewster, elle ne supportait pas l'idée qu'on dépèce l'appartement de Mme Willey, qu'on revende son argenterie, ses objets de cristal, ses œuvres d'art, ses belles étoffes, tous ses trésors accumulés au fil des années. Bridget s'identifiait plus que jamais à la vieille dame. Comment préserver l'intégrité des lieux, comment défendre l'âme que leur avait donnée leur ancienne propriétaire ?

Bridget ne suivait plus du tout l'intrigue du film.

Qu'aurait fait Henrietta Willey si elle avait pu prévoir l'irruption d'Afton Morley et de sa petite femme rondelette ? Elle aurait rédigé son testament de façon à s'assurer qu'ils n'héritent jamais de ses biens. Tout comme elle s'était efforcée de déjouer les plans de Mack.

Bridget n'imaginait que trop aisément la fureur que lui aurait inspirée la situation actuelle. Ses yeux verts auraient lancé des éclairs, elle aurait secoué la tête d'un air altier et, impérieuse, proféré une multitude d'ordres à ses avocats. Si Henrietta Willey avait réussi à intimider un homme aussi imposant et influent que Llewellyn Brewster, qu'aurait-elle fait d'un vulgaire Morley ? De la pâtée pour chats, un point c'est tout.

À ce propos, Organdi était-elle sortie de sa cachette ? Avait-elle avalé son dîner ?

Bridget sentit l'aiguillon de la culpabilité. Depuis sa confession à M. Kinski, elle se sentait soumise à un jugement permanent. Et si la petite risque-tout refaisait des siennes ? Bridget était confortablement installée. Mais elle devait en avoir le cœur net. Elle prit la télécommande et interrompit la lecture du DVD.

Satin étira son corps svelte et se tapit entre les coussins. Le film ne l'avait pas captivé, lui non plus. Il avait opté pour une sieste bienfaitrice et se réjouissait que Bridget fasse taire le bruit ambiant qui l'empêchait d'en profiter pleinement.

Bridget se rendit dans la chambre des chats. La gamelle d'Organdi était intacte. Elle n'avait pas non plus touché à son eau ni à son lait.

— Organdi ? Où es-tu ?

Pas de réaction. Aucune trace de la demoiselle toute ronde.

— Qu'est-ce que tu fabriques ?

Bridget frissonna.

— Tu ne vas pas encore m'attirer des ennuis, dis ?

Elle inspecta le salon, sans succès. Elle gagna la fenêtre et explora le balcon où Organdi avait coutume de se poster pour observer la ville et s'adonner à ses rêves d'aventures. Mais, là non plus, aucune trace de la petite chatte.

Elle se rendit alors dans la bibliothèque. Puis dans la chambre de Neville. Puis dans la sienne car, parfois, Organdi se pelotonnait contre la pile d'oreillers qui ornait la tête de lit. Mais elle n'y trouva pas même l'empreinte d'un petit corps sur l'édredon. Bridget passa le dressing au peigne fin, écartant cintres et chaussures, ouvrant chaque tiroir et fouillant dans tous les recoins, comme si Organdi avait pu se cacher parmi ses T-shirts. Évidemment, ce n'était pas le cas.

— Ce n'est pas drôle, Organdi. Sors de ta cachette. Je sais que tu te caches quelque part.

Elle se remémora les différentes étapes de la journée. Elle était sûre qu'Organdi était dans l'appartement après le départ de Mack et, depuis, Bridget n'avait pas rouvert la porte.

— Tu es forcément là.

Pourtant, rien ne troublait le silence environnant. D'ailleurs, l'appartement avait été étrangement calme tout l'après-midi.

Bridget se rendit dans le boudoir d'Henrietta et alluma la lumière. Il avait dû s'agir de sa pièce préférée. Elle y rédigeait sans doute sa correspondance car un joli secrétaire géorgien à abattant de cuir recelait dans ses tiroirs du papier à lettres à en-tête. Une lampe de bureau en laiton projetait sa lumière douce sur les fauteuils de chintz et les étagères à livres. C'était là que, les chats à ses pieds, Henrietta Willey recevait ses plus proches amis, à l'époque où elle en avait encore. C'était là qu'elle cousait ou tricotait, activités auxquelles elle se défendait de s'adonner, mais qui la détendaient et l'amusaient en secret. En face d'un petit fauteuil rembourré d'époque victorienne tendu de toile de Jouy se tenait un petit repose-pieds brodé au point de croix et, à côté, un grand panier à ouvrage dont on devinait qu'il était plein de pelotes de laine, de patrons et de chutes de tissu.

Le couvercle du panier était un peu de travers, la femme de ménage avait dû le heurter en passant l'aspirateur. Bridget se pencha pour le remettre en place.

Dans le panier, un mouvement infime attira son regard. Elle crut voir bouger un carré de velours. Sans doute l'avait-elle déplacé en remettant le couvercle. Mais non. Elle n'avait pas touché le panier. Souffrait-elle d'hallucinations ? Bridget regarda avec attention le bout de tissu qui se remit à bouger, presque imperceptiblement.

Elle l'écarta. Bravo ! Deux petites oreilles d'un gris bleuté pointaient entre les étoffes et une frimousse familière la regardait du fond du panier. Organdi secoua la tête et éternua.

— C'est donc là que tu te caches, coquine ! Tu devrais être en train de dîner, pas de te vautrer dans les pelotes. Allez, viens que je te sorte de là. Oh, hisse.

Doucement, elle attrapa la petite bête. Mais Organdi résistait. Elle planta ses griffes dans les morceaux de tissu qu'elle entraîna avec elle comme autant de petits fanions.

— Allons, assez de bêtises. Tu déranges le panier à ouvrage de Mme Willey. Lâche ça, tu vas tout déchirer.

Délicatement, elle ôta les carrés de tissu des griffes de la chatte qui se débattait comme un diable.

— Je sais. Tu trouves que c'est l'endroit idéal pour mettre au monde tes petits. Mais je doute que Mme Willey apprécie que tu changes son panier en service de maternité. Allons, viens.

Elle réussit à lui faire lâcher tous les morceaux de tissu et contempla le plancher. Il était jonché de lambeaux de tweed, de lin, de bandes de coton imprimé. Des aiguilles à tricoter étaient tombées au milieu de l'amoncellement multicolore, et le panier dégorgeait de morceaux de taffetas et de brins de laine.

— Organdi, tu es agaçante, regarde ce que tu as fait !

Bridget s'accroupit et ramassa une broderie jacobéenne. Elle la brandit en direction de l'animal.

— Tu es fière de toi ? Je vais devoir tout ranger, maintenant.

Et elle s'attela à la tâche, rassembla les tissus épars, les replia soigneusement et les rangea dans le panier à ouvrage.

Au fond, ses doigts heurtèrent quelque chose.

C'était un carnet à reliure de tissu. Une cordelette de soie y fixait un stylo doré.

Bridget l'ouvrit.

Sur la page de garde, on lisait :

17 mars 1999

Cher journal,

Vite, Bridget détourna le regard et referma la couverture.

Puis elle jeta un coup d'œil furtif par-dessus son épaule, comme si elle craignait qu'on la surprenne en flagrant délit d'indiscrétion.

Le journal intime d'Henrietta Willey ! C'était l'occasion d'en apprendre davantage au sujet de cette grande dame égocentrique et excentrique dont la vie avait bouleversé le destin de Bridget.

Mais non. Lire le journal d'autrui ne se faisait pas.

En aucun cas.

Sauf, peut-être, si son auteur était morte ?

Hum.

Bridget était partagée. Mais après tout, elle ne faisait de mal à personne. Et si elle parcourait juste la première page ? Nul n'en saurait jamais rien.

Elle rouvrit le carnet, s'attendant presque que la foudre transperce le plafond et s'abatte sur elle. Mais non.

Cher journal,

J'ai fini mon livre. Je n'en reviens pas. Après toutes ces années, enfin, j'ai terminé ! Grand-mère aurait été si fière.

L'écriture d'Henrietta avait l'élégance désuète d'une époque révolue : raffinée, assurée, elle possédait toutes les marques d'une excellente éducation. Mais elle s'agrémentait également d'arabesques flamboyantes, tracées avec soin au stylo-feutre. Henrietta n'avait pas non plus lésiné sur les points d'exclamation, preuve de sa tendance à l'extravagance.

Bridget se sentait un peu coupable de s'insinuer ainsi dans la vie privée d'autrui mais, une fois lancée, il lui fut impossible de s'arrêter.

Mère aussi. Elle m'a toujours dit qu'il fallait transmettre nos secrets à la postérité et je crois bien y être arrivée. Oui, j'ai réussi ! Elle ne s'estimait pas à la hauteur de la tâche. Elle s'est toujours dévalorisée, la pauvre. Par chance, moi, j'ai foi en mon talent. J'en veux pour preuve cet ouvrage que je viens de rédiger. Il est vrai que j'ai pu compter sur le soutien de mon dévoué Neville. Ses encouragements et sa confiance, sa patience angélique. Ah ! Cher Neville, que ferais-je sans toi ?

Bridget referma vivement le carnet. Elle n'avait pas imaginé que la vieille dame aborderait des sujets aussi intimes.

Mais la tentation était trop forte. Elle reprit sa lecture.

Il est temps à présent de faire publier mon manuscrit pour en faire profiter le monde entier. J'avais tant à partager !

Tu me trouves bien impudente, cher journal, et tu as raison. Je ne me suis jamais distinguée par ma timidité, Neville me le répète assez. Il n'en reste pas moins que, dans cet ouvrage, je me dévoile. Je mets mon âme à nu. Je m'expose à la critique. Et si mes lecteurs ne voyaient dans mon œuvre que les pensées médiocres d'une femme ordinaire ?

Mais non ! Impossible ! Henrietta, chasse cette pensée ! Moi qui ai vécu aux quatre coins du monde, moi qui ai été aux premières loges des plus grands événements de notre siècle, je ne peux pas être ordinaire. Encore moins médiocre. Impossible !

Qu'il me tarde de voir mon texte imprimé. Imprimé, et relié !

Ce sera la prochaine étape. Souhaite-moi bon vent !

Bridget, accrochée, brûlait de connaître la suite. Mais rien ne l'avait préparée à ce qu'elle lut en tournant la page.

La divine cuisine d'Henrietta Lloyd Caswell Willey

Au-dessous s'étalait l'écriture fleurie de Mme Willey :

Pas mal, comme titre, n'est-ce pas, cher journal ?

Bridget laissa échapper un petit cri.

Henrietta avait écrit un livre de recettes.

Quelle stupéfiante coïncidence ! Bridget en avait froid dans le dos. Ses cheveux se dressaient sur sa tête comme sous l'effet d'une décharge électrique. On aurait dit que le fantôme d'Henrietta Willey venait de pénétrer dans la pièce.

Estomaquée, Bridget s'octroya quelques instants de répit pour calmer ses nerfs survoltés.

Que faire ? Continuer à lire ? Tel semblait être la voie toute tracée. Henrietta elle-même semblait l'y inviter. Et Bridget se sentait plus liée à elle que jamais.

Elle rouvrit le carnet. Qui ne l'aurait pas fait à sa place ?

Organdi se blottit contre elle et lui jeta un regard encourageant. Elle lui donnait son feu vert. Elle apposa même son coussinet sur la page, comme pour la marquer du sceau de son approbation.

— Bien, dit Bridget à voix haute. Voyons un peu la suite. Si je m'attire des ennuis, Organdi, je dirai que c'est ta faute. Tu n'avais qu'à pas te cacher dans ce panier.

Elle s'installa confortablement sur la moquette, s'adossa contre le fauteuil et, une fois bien calée, se remit à lire. Autour d'elle gisaient toujours les chutes de tissu éparpillées, mais elles lui étaient complètement sorties de l'esprit.

14

Dimanche soir, 21 mars 1999

Cher journal,

Je n'ai pas fermé l'œil de la nuit : je bouillonne d'excitation. Après mûre réflexion, j'ai enfin arrêté mon choix sur une maison d'édition. Je vais proposer mon ouvrage à Llewellyn Brewster. Quelle chance j'ai, cher journal ! L'un des éditeurs les plus en vue de New York réside dans mon immeuble, au même étage que moi ! Oh ! Les dieux me sourient, c'est certain.

Les Brewster m'ont l'air d'un couple sympathique ; ils ont de bonnes manières et de la conversation. Lui est tout à fait charmant, quoique féru de polémique. Ce qui ne me déplaît pas, au fond. Il n'en est que plus intéressant. Et c'est un gentleman ! Leur fils Mackenzie n'est pas de ces adolescents insolents qui me font frémir. Dieu merci, il se tient bien. Pas comme la plupart des enfants de nos jours qui n'ont plus de respect pour rien, ce qui est la faute de leurs parents. Ce jeune homme a reçu une solide éducation, ce qui est tout à l'honneur des Brewster. En plus, il est joli garçon. Je parie qu'un jour il fera un beau parti !

Et maintenant, cher journal, dis-moi : comment dois-je présenter ma requête ? Je reçois les Harmon à dîner vendredi prochain. C'est peut-être l'occasion ? Jack rentrera du Moyen-Orient, il nous régalera d'anecdotes en tout genre. Edith a tout juste assez de jugeote pour garder pour elle ses pensées insipides. J'inviterai Mimsy et Buff Nichols, ils font refaire leur villa dans les Hamptons, aussi seront-ils en ville. Buff est un homme agréable et tant que Mimsy évite de s'extasier sur ses chers jumeaux, tout devrait bien se passer. Seigneur ! Quand on la lance sur le sujet, elle devient soporifique ! Je me moque éperdument de savoir quelle « phase » de leur « développement » ses bambins peuvent bien traverser, et je ne vois pas qu'il y ait lieu d'applaudir un bébé pour la simple raison qu'il s'assied tout seul dans son berceau ou rampe comme un asticot. Des millions de bébés en font autant aux quatre coins du globe à l'heure où j'écris ces lignes ! Si j'avais eu des enfants, je n'aurais pas harcelé mon entourage de récits les concernant. C'est d'un ennui ! Mais il est vrai que Mimsy a attendu longtemps avant d'en avoir : naturellement, elle s'imagine qu'il s'agit de deux prodiges, d'authentiques cadeaux du ciel. Bref, il faudra l'empêcher de nous parler layette, du moins jusqu'au café.

Ensuite, quand Neville servira les liqueurs, je saisirai ma chance. Je me débrouillerai pour coincer Llewellyn Brewster, en l'attirant dans la bibliothèque, par exemple. Je lui présenterai mon manuscrit et lui demanderai de le publier. Je suis certaine qu'il sera enchanté de me rendre ce service, en toute amitié !

D'ailleurs, au fond, c'est moi qui lui rends service. Il ne s'agit pas d'un livre de recettes ordinaire. Le mien est unique. Ses pages vibrent des échos de tous ces pays exotiques où j'ai suivi Neville, la Malaisie, l'Autriche, l'Argentine... Sans compter que j'y ai consigné les recettes secrètes de mère et de grand-mère Lloyd, transmises de génération en génération, et d'autres encore, puisées dans toutes sortes de livres merveilleux...

Jeudi 1er avril

Je ne tiens plus en place. Il me tarde tant d'être à demain ! J'ai chargé Jean-Claude de nous concocter cette divine mousse de saumon dont il a le secret et de l'accompagner d'un bon chablis. Qu'en penses-tu, cher journal ? Si je servais le grand cru Les Preuses que nous avons acheté en Bourgogne, est-ce que j'en ferais trop ? 1970 était une excellente année pour les blancs de Bourgogne... Et il s'agit tout de même d'une grande occasion ! Mais je ne voudrais pas manquer de subtilité. J'en parlerai à Neville. Le vin, c'est son rayon. Il est bien plus raisonnable que moi en la matière.

Avec le vin et le saumon, je ferai servir une salade verte. La vinaigrette de Jean-Claude est exquise, il y ajoute un soupçon de curry, vraiment trois fois rien, mais cela change tout ! Il ne faudrait pas écraser le goût du saumon. En dessert, une dacquoise, évidemment. Mon gâteau préféré ! Quant au reste du menu, je laisse Jean-Claude en décider. Tant qu'il n'oublie pas ses incomparables petits pains autrichiens. Personne à New York ne lui arrive à la cheville pour ce qui est du pain.

Une fois M. Brewster rassasié, il n'en sera que plus réceptif à ma requête. N'est-ce pas, cher journal ? Oh ! Je suis folle d'impatience. Que tout ceci est trépidant !

Samedi 3 avril 1999
Journée à marquer d'une pierre blanche !

Ça y est, mon frêle esquif vogue vers son port ! Je suis tellement excitée, c'est à peine si j'arrive à tenir mon stylo.

Llewellyn a mon précieux manuscrit !

Le cher homme est tombé des nues. Il sirotait son verre de prune quand je lui ai mis entre les mains mes quatre cents feuillets dactylographiés. Mais permets que je te raconte, cher journal.

J'ai attendu que nous ayons terminé de dîner. Les plats étaient parfaits, le vin délicieux, avec juste une pointe d'acidité qui mettait la mousse de saumon en valeur (mon Neville s'y entend, décidément !). Chacun s'est installé avec son digestif. Mimsy, n'y tenant plus, nous a gratifiés d'un nouvel exploit des jumeaux ; une histoire de dents, je crois (je ne vois vraiment pas ce qu'il y a de remarquable à ce que la nature, suivant son cours, fasse pousser des quenottes aux marmots. Mais passons). C'était ma chance ! J'ai volé à la rescousse de Llewellyn et l'ai attiré à l'écart, dans la bibliothèque de Neville. Quand il fut confortablement assis dans le fauteuil en cuir de mon mari, je me suis mise à lui raconter comme moi seule sais le faire l'histoire passionnante des femmes de la lignée des Lloyd. De redoutables cuisinières, et quelles vies elles ont menées, toutes autant qu'elles étaient ! C'étaient des pionnières, des artistes (bien qu'aucune n'ait accédé à la gloire qu'elles méritaient ; elles devaient être en avance sur leur temps), et de vraies beautés pour ne rien gâter ! Bien sûr, je n'ai pas omis de citer mon propre cas, ayant eu l'occasion de sillonner le globe. Bref, Llewellyn, ce cher homme, s'est montré tout à fait affable, bien que l'alcool commençât à le griser un peu. Il a pris mon manuscrit et s'est engagé à le lire.

Oh ! Cher, très cher journal ! Quelle joie ce sera de voir mon texte imprimé ! Il faudra que j'envoie un exemplaire au Chadwicke Club pour leur salle de lecture. J'imagine d'ici la tête que fera Roselynn Watt quand elle ne sera plus le seul membre ayant une publication à son actif. Elle va nous en faire une jaunisse ! En plus, quand on connaît sa plume… Pour le dire gentiment, un peu de concurrence ne lui fera pas de mal.

Qu'il me tarde que Llewellyn appelle !

Lundi 12 avril

Sans nouvelles de Llewellyn. Combien de temps faut-il à cet homme pour lire un tout petit volume de rien du tout, grands dieux ?

Vendredi 16 avril

Une semaine de plus s'est écoulée et Llewellyn ne m'a toujours pas recontactée. J'ai bien essayé de le rencontrer sur le palier mais il semble s'être volatilisé. Or, je sais que les Brewster ne se trouvent pas dans leur résidence secondaire, parce que j'ai croisé le petit Mackenzie. Je me rendais à un concert du Philharmonique cet après-midi et il rentrait de l'école. L'air de rien, je lui ai demandé si son papa et sa maman étaient partis en vacances, mais il m'a détrompée. Je n'ai pas insisté, c'eût été déplacé. J'ai donc pris l'ascenseur et je l'ai laissé à son goûter, ou que sais-je. Quel garçon agréable et bien élevé, vraiment !

Vendredi 23 avril

Bien sûr, presser les gens ne se fait pas. Mais tout de même. Il aurait pu me rappeler, depuis le temps. Et si je lui laissais un mot ? Non, il ne faut pas. Ce serait inconvenant. Il n'empêche que cet homme doit lire plus lentement qu'un élève de maternelle. Comment peut-il travailler dans l'édition, cela me dépasse ! On dit pourtant sa maison très réputée. C'est l'une des plus anciennes de New York, à ce qu'il paraît. Son père était membre du Cortlandt Club, c'est donc forcément quelqu'un de respectable. Mais quel supplice que cette attente, cher journal ! Je me ronge les sangs, si tu savais !

Ce qui me fait penser : il faut que j'appelle l'Institut pour m'assurer que SherriLynn a bien pris mon rendez-vous. Ma manucure laisse à désirer.

Samedi 24 avril

Toujours sans nouvelles.

Dimanche 25 avril

Je hais les dimanches… Il est sans doute vain d'espérer une réponse un week-end.

Lundi 26 avril

Toujours rien. Cette attente me tue !

27 avril

Cher, cher journal, c'est affreux, je suis positivement effondrée ! Je n'en reviens pas. Comment a-t-il pu ?

Lui qui a dîné à ma table, bu mon chablis… j'enrage ! Je pourrais lui cracher au visage ! Je pourrais… Je ne sais même plus de quoi je serais capable tant la fureur m'étouffe !

Mon manuscrit m'est revenu aujourd'hui. Par courrier. J'en étais si émue que je n'ai pas tout de suite défait le paquet. Mon cœur battait la chamade et j'ai chargé Louise de me servir une tasse de thé dans mon boudoir. Puis, je m'y suis enfermée. J'ai bu mon thé. J'ai fait quelques exercices de méditation comme me l'a prescrit le Dr Gupta (qui se sont révélés inutiles, comme toujours). Alors, seulement, j'ai ouvert le colis.

Je n'y ai trouvé qu'une carte brève, aride, que je recopie ici dans son intégralité :

« Henrietta,

Je vous retourne votre manuscrit. Ce genre de texte ne correspond pas à notre ligne éditoriale. Peut-être aurez-vous plus de succès auprès d'autres maisons. Je vous souhaite bonne chance.

Llewellyn Brewster. »

Comment ose-t-il ? Me congédier ainsi, avec ses formules toutes faites et pleines de condescendance… Quel lâche ! Et pas un commentaire sur mon livre à proprement parler ! J'ignore même s'il l'a lu ! Toutes ces fabuleuses histoires que j'y ai retranscrites… Le chapitre où je raconte comment les terroristes ont occupé l'ambassade et où Neville a été retenu en otage pendant dix-sept jours jusqu'à ce qu'on lui fasse parvenir des plans d'évasion dissimulés dans ma fameuse terrine de canard ! Cela ne l'intéresse donc pas de publier ça ? Tant de récits palpitants, et tous authentiques !

Quel toupet ! Il ne manque pas d'air. Oser dîner à ma table, puis refuser mon manuscrit.

J'ai pleuré tout l'après-midi. Que vais-je dire à Neville quand il rentrera ce soir ? J'ai une mine abominable. Il faut que j'appelle SherriLynn pour qu'elle m'arrange un peu avant son retour.

Cher journal, j'en fais ici le serment : aussi longtemps que je vivrai, je ne pardonnerai jamais à cet odieux personnage. Jamais ! Je ne lui adresserai plus la parole de ma vie, ni à sa femme, ni à aucun membre de sa famille.

15

Le carnet glissa des mains de Bridget et tomba sur le tapis. On aurait dit qu'elle venait de recevoir un coup de massue.

— C'est tout ?

Dans la pièce vide, sa voix n'était qu'un murmure.

— Henrietta Willey vouait aux Brewster une haine éternelle parce que le père de Mack avait refusé son manuscrit ? Quand je vais lui raconter ça... C'est fou, quand même, d'en faire une telle affaire.

Organdi se jucha sur ses genoux et Bridget la caressa machinalement, perdue dans ses pensées.

— Henrietta a été bien sotte de se mettre dans un tel état pour un simple refus. En plus, c'était le premier éditeur à qui elle soumettait son travail. Elle aurait dû s'estimer heureuse qu'il lise son manuscrit. Tu n'es pas de mon avis, Organdi ?

Organdi tira sa petite langue rose et entreprit de se lécher la patte. Manifestement, elle partageait l'opinion de Bridget.

— Elle aurait dû savoir que les manuscrits passent souvent entre les mains de dizaines d'éditeurs avant de trouver preneur. Une mondaine comme elle ne pouvait pas l'ignorer. D'ailleurs, si elle avait fait quelques recherches avant de jeter son dévolu sur son voisin, elle se serait aperçue que Harmon & Brewster ne publiait pas de livres de recettes. Quelle idée d'en vouloir ainsi au père de Mack jusqu'à sa mort et même au-delà ! De faire autant d'histoires par vanité, par orgueil mal placé.

Bridget reprit le carnet et en relut les dernières lignes :

J'en fais ici le serment : aussi longtemps que je vivrai, je ne pardonnerai jamais à cet odieux personnage. Jamais ! Je ne lui adresserai plus la parole de ma vie, ni à sa femme, ni à aucun membre de sa famille.

— Que croyait-elle ? Que Llewellyn Brewster lui était redevable ? Qu'il était tenu de publier son ouvrage, juste parce qu'il avait un soir dîné à sa table ? Sans doute. Rien ne résistait à Henrietta. Elle avait l'habitude qu'on lui passe tous ses caprices, qu'on lui accorde des privilèges. D'ailleurs, quand elle a reçu le mot de Llewellyn, pourquoi n'est-elle pas allée lui en parler ?

Bridget connaissait la réponse à cette question. Têtue et imbue d'elle-même, Henrietta ne se serait jamais abaissée à négocier avec quelqu'un qui l'avait offensée.

— J'ai hâte de tout raconter à Mack ! s'exclama la jeune femme.

Un picotement lui parcourut les joues et le nez, comme si elle venait d'avaler de la moutarde.

— Sauf que je serai obligée de lui avouer que j'ai lu le journal d'Henrietta. Tu penses que cela le choquera ?

Organdi redoubla d'affection, et Bridget choisit d'y voir une dénégation. La chatte en aurait sûrement fait autant, à sa place.

En tout cas, Bridget ne regrettait plus d'avoir accepté l'invitation de Mack. Plus du tout.

— J'ai amené les chats. Vous n'y voyez pas d'inconvénient ?

Elle était arrivée à huit heures sonnantes, munie d'un saladier de frites maison.

— Aucun, répondit Mack, qui jonglait avec une bouteille de vin et deux verres à pied tout en lui maintenant la porte ouverte. Je m'en doutais. Entrez.

Bridget avait hâte de lui apprendre la nouvelle, mais elle résolut d'attendre le moment opportun. Résultat, folle d'impatience, elle paraissait encore plus enjouée qu'à l'accoutumée. Mack pensait qu'elle se montrerait froide et distante à son égard, et il s'étonna de lui trouver l'œil vif et les joues roses. Elle pétillait de vitalité. Avec sa jupe fluide aux couleurs éclatantes et son petit haut seyant, elle semblait plus féminine que jamais, et il sentit son cœur cogner dans sa poitrine. Quand elle s'avança dans le vestibule, il sentit le parfum épicé qui émanait de sa chevelure et en perdit un instant toutes ses facultés. Il en oublia les verres qu'il tenait à la main. Il ne reprit ses esprits que lorsqu'elle lui demanda où poser ses frites fumantes.

— Euh, fit-il en agitant ses verres d'un mouvement imprécis. Dehors, sur la terrasse.

Il l'y précéda. La table, déjà dressée, évoquait l'improbable alliance entre un pique-nique informel et un banquet huppé. S'y mélangeaient nappe à carreaux rouge et blanc, serviettes de damas, argenterie repoussée à la main, assiettes en carton, petits pains sous cellophane et coupe en cristal remplie de ketchup avec sa louche d'argent ciselée d'un motif floral étincelant dans l'or du soleil qui se couchait sur l'Hudson River.

Bridget éclata de rire.

— Je n'ai pas réussi à me décider, avoua Mack. J'étais tiraillé entre mon envie de vous impressionner et ma hantise d'en faire trop. Et voilà le résultat.

Il avait préparé les steaks hachés sur une grille, il ne restait plus qu'à les cuire. Il avait même prévu de petites portions pour les chats. Après avoir proposé à boire à son invitée et lui avoir servi du vin, il s'approcha du barbecue. Bridget avait posé les frites sur la table. Des gamelles attendaient Satin et Organdi à côté de celle de Sergent. Les chats commencèrent par explorer la terrasse en quête de cachettes. Ils évoluaient sous l'œil attentif du chien, qui paraissait tout fier de leur montrer sa maison. N'ayant encore jamais reçu de petits camarades, il observait pour l'occasion une conduite irréprochable.

— On dirait qu'ils s'entendent bien, remarqua Mack, devant le gril.

— Comme larrons en foire.

— Comment Satin et Organdi aiment-ils leur viande ? Saignante, à point, bien cuite ?

— À point.

— Et vous ?

— Saignante, presque bleue.

— Comme moi.

Il posa les steaks sur la grille au-dessus des braises rougeoyantes.

— Je vous dois des excuses, dit Mack en surveillant la viande qui grésillait, diffusant un arôme alléchant. Ça m'a tracassé toute la journée. Je n'aurais pas dû vous taquiner à propos de la fugue d'Organdi. Je l'avais remarquée qui s'agitait dans votre cabas, ce matin-là, et, sur le moment, j'avais trouvé ça très amusant. D'autant que vous aviez une tête impayable avec votre air détaché alors que vous étiez visiblement tétanisée.

— C'est vrai que je n'étais pas fière.

— Que s'est-il passé, au juste ?

— Je n'en sais trop rien. Elle a dû se glisser dans mon cabas pendant que j'avais le dos tourné, puis elle s'en est échappée au marché. J'y suis restée une heure, et il semble que la coquine en a profité pour prendre du bon temps. Le plus fou, c'est de l'avoir retrouvée. Elle est revenue exactement au moment où j'allais rentrer. Je suis tombée nez à nez avec elle qui me regardait tranquillement. Elle a bondi dans mon cabas comme s'il s'agissait d'un taxi. Si j'étais partie une minute plus tôt, nous nous serions ratées. Je me serais aperçue de son absence des heures plus tard, à l'appartement. Et comment l'aurais-je retrouvée ? Je n'aurais jamais deviné où la chercher.

— Vous avez toujours autant de chance dans la vie ?

Bridget eut un petit rire :

— Ma grand-mère disait qu'un ange gardien veillait sur moi. En l'occurrence, je lui dois une fière chandelle. Depuis, je me sentais coupable par rapport à M. Kinski. Je n'aime pas mentir.

— Vous vous sentez mieux maintenant que ce n'est plus un secret ?

— Et comment.

Elle leva son verre en une espèce de toast :

— Merci de ne pas avoir vendu la mèche.

Comme il cuisinait et n'avait pas de verre, il brandit sa spatule à la place.

— J'ai un autre secret, lui confia Bridget.

— Vraiment ?

— Oui. Et il vous concerne.

Elle jubilait.

— C'est un secret de taille, ajouta-t-elle.

— Ah ?

Il la considérait, intrigué.

— Oui. Vous ne serez pas déçu.

Mack posa les steaks dans les petits pains, les plaça sur des assiettes et les apporta à la table.

— Je m'assieds, dans ce cas.

— Je pense que ça vaut mieux, en effet.

Elle lui décocha un sourire entendu. Elle ménageait ses effets.

— Je suis assis, observa Mack tout en se délectant de son joli sourire mutin.

Elle prit la louche d'argent, puisa du ketchup dans la coupe de cristal et l'étala sur son sandwich. Puis elle y déposa une rondelle d'oignon cru. Elle referma le petit pain grillé. Changeant d'avis, elle le rouvrit et retira l'oignon. On ne savait jamais ce que la soirée lui réservait.

Elle rit car Mack venait d'imiter son geste.

— Bon, dit ce dernier avant de mordre dans son burger, je vous écoute.

— Je sais pourquoi Henrietta Willey avait une dent contre votre famille.

Sidéré, Mack se figea, le sandwich entre les mains. Et il resta stupéfait pendant tout le récit que lui fit Bridget, son étonnement allant croissant. Enfin, il reposa son burger et reprit contenance.

— C'est incroyable, dit-il, sceptique.

— Incroyable, mais vrai.

— Cela veut dire que, pendant toutes ces années, notre voisine nous a voué une haine farouche simplement parce que mon père avait refusé son manuscrit ? C'est absurde.

Il se leva et alla se poster près de la rambarde, d'où il contempla la rue pendant quelques instants. Puis il leva les yeux vers le ciel, avant de se retourner vers Bridget.

— Nous ne publions pas de livres de cuisine, grommela-t-il avec un geste d'impatience. Elle devait bien le savoir, quand même.

— Le mot de votre père était un tantinet abrupt. Peut-être que s'il avait fait un petit effort de diplomatie, s'il était allé la trouver en personne…

— Cela n'aurait rien changé. Henrietta Willey était une égoïste doublée d'une assistée. Elle était persuadée que sa fortune lui valait des passe-droits.

Malgré elle, Bridget défendit Henrietta :

— Je vous trouve un peu dur. Elle n'avait jamais rien écrit de sa vie. Elle avait sûrement mis beaucoup d'elle-même dans son manuscrit. Il y a de quoi se sentir vulnérable. Chose dont Henrietta n'avait pas l'habitude. Votre père aurait dû le savoir. Et il aurait dû lui dire dès le départ qu'il ne publiait pas ce genre d'ouvrages, au lieu de lui donner de faux espoirs et de la faire poireauter. C'est une véritable torture. Votre père s'est montré cruel.

Mack la foudroya du regard.

— Je ne vous permets pas de parler de lui en ces termes. Vous ne le connaissiez pas. De toute manière, les auteurs n'ont pas besoin qu'on les prenne avec des pincettes. Ils ont l'habitude de la critique et du rejet, cela fait partie du jeu. En plus, sans vouloir vous offenser, Bridget, les livres de cuisine, ça n'est pas franchement de la grande littérature. On publie des textes d'un tout autre niveau chez Harmon & Brewster. Si Henrietta s'était renseignée, elle aurait su que nous n'éditons que des essais. Vous le savez, vous, n'est-ce pas ? Vous ne me demanderiez jamais de publier votre manuscrit. Je ne doute pas qu'il soit excellent, d'ailleurs, et loin de moi l'idée de nier l'utilité des livres de cuisine, mais notre maison place la barre très haut.

— Trop haut pour un vulgaire livre de recettes, c'est ça ? Et c'est une raison pour se montrer grossier envers une personne âgée qui s'est donné du mal pour rédiger un ouvrage qui lui tenait à cœur ?

— Allons, pas de mauvaise foi, la tança Mack. Henrietta Willey n'était pas une mamie gâteau. Elle était coriace. Et elle avait un sacré sale caractère. L'ennui, c'est qu'elle attendait que tout le monde lui obéisse au doigt et à l'œil. Quand mon père ne lui a pas offert le traitement de faveur auquel elle jugeait avoir droit, elle s'est changée en furie. Il ne lui a pas manqué de respect. Il lui a seulement envoyé un mot sans flatterie. Ce n'est pas un crime, que je sache ?

— Eh bien…

— J'en aurais fait autant, à sa place. Je le fais chaque jour. Plusieurs fois par jour, même. Harmon & Brewster renvoie la majorité des manuscrits qui lui sont proposés. En général, ce sont mes employés qui se chargent de rédiger les lettres de refus. Mon père a eu la courtoisie de lui répondre en personne.

— Quel grand seigneur, le coupa Bridget.

Mack luttait pour se dominer, mais la colère sourdait en lui. Que connaissait donc cette gamine au métier de l'édition ? Elle ne comprenait pas les pressions auxquelles il était soumis, entre la demande du marché, la ligne éditoriale, les délais de publication…

Il revint s'asseoir et la fixa. Une minute s'écoula. Dans ses yeux, il lisait tant de choses. De la ténacité. Du dévouement à une cause. Cette femme avait des rêves. Sa détermination offrait un contraste saisissant avec la douceur de sa chevelure dorée qu'embrasait le soleil couchant, avec la courbe gracile de ses épaules et de ses bras nus. Mack regarda ses mains, striées de petites coupures et de brûlures. Était-ce en raison de ces marques, ou de sa moue obstinée ? Quoi qu'il en soit, il éprouva de nouveau le besoin de la protéger et sa colère s'envola aussitôt. Malgré la loyauté qu'il devait à son père, il ne pouvait pas s'attaquer à Bridget.

— Écoutez, lui dit-il avec un calme remarquable, je comprends que vous compatissiez au sort d'Henrietta, même si c'était une affreuse sorcière.

— Ce n'était pas une sorcière.

— Pourtant, si. Elle était incroyablement rancunière et colérique. Oui, elle partageait votre amour de la cuisine et, comme vous, elle avait rédigé un livre de recettes. Je comprends que vous vous identifiiez à elle. Mais mon père n'avait rien à se reprocher et je m'étonne que vous rejetiez la faute sur lui. Je le répète : à sa place, j'aurais fait pareil.

— Ah, vraiment ?

— Oui. Vraiment, répondit-il d'un ton sans réplique, comme pour clore le débat.

Mais Bridget tenait à avoir le dernier mot :

— Eh bien, vous auriez eu tort.

Que dire après pareil échange ? Mack, muselé par son allégeance envers son père, observait un silence guindé. Il se sentait coincé. Peut-être n'aurait-il pas dû accabler la vieille Willey à ce point. Son père avait, il est vrai, le tact d'un rouleau compresseur. Bridget, de son côté, bien qu'outrée par la froideur qu'affichait son voisin, s'en voulait d'avoir défendu une diva capricieuse. Bref, tous deux se creusaient la tête pour trouver un nouveau sujet de conversation, mais ce fut en vain. Aussi finirent-ils en silence leurs hamburgers, campant chacun sur ses positions, quoique furieux et dépités. Leur entêtement mutuel les séparait comme un rideau de fer.

Cependant, quelque chose, les derniers rayons du jour, sans doute, dissipa peu à peu les tensions entre eux. Bridget regardait son assiette. Mack serrait encore les dents. Mais, sous ses dehors intraitables, il se languissait de tenir dans la sienne la main de Bridget, de caresser son éclatante chevelure, de sentir battre ses longs cils contre sa joue.

Laissant vagabonder ses pensées, il picorait des frites, les trempait dans le ketchup et se léchait les doigts, au mépris des bonnes manières.

Bridget était gagnée par l'ambiance, elle aussi. Un frisson envahit ses bras, courut le long de son dos et lui chatouilla les orteils, au point qu'elle redouta de faire un nouveau malaise. Elle n'avait qu'une envie, tendre le bras (en évitant de renverser le ketchup et les oignons) et glisser les doigts dans les cheveux de Mack, suivre l'arc de ses sourcils, tracer l'angle de sa mâchoire, effleurer ses lèvres.

Mais ils achevèrent leur dîner en silence.

Quand ils eurent terminé, elle proposa par réflexe de l'aider à débarrasser.

— Non, merci, je vais me débrouiller, lui rétorqua-t-il.

— Très bien, dit-elle en se levant.

Et elle sortit si précipitamment que les chats durent courir pour la rattraper.

Mack se retrouva seul à considérer sa porte d'entrée.

— J'avais raison, hein ? Hein, Sergent ? marmonna-t-il.

Le chien, comme exaspéré, quitta la pièce.

Chez elle, Bridget s'effondra sur le canapé, inconsolable, et serra Organdi contre son cœur.

— Quelle tête de mule. Il se trompe complètement. Tu n'es pas d'accord ?

Organdi ne daigna pas lui répondre. Mais elle ne pouvait qu'approuver. Quoique…

— Sur un sujet, Mack avait raison. Henrietta avait le même rêve que le mien. La coïncidence est troublante. Drôle de hasard, tout de même, que ce soit précisément moi qui sois en charge de prendre soin de toi et de Satin, tu ne trouves pas ? Et mon livre s'inspire, comme le sien, de recettes familiales, transmises de génération en génération. Tu crois que c'est un signe ?

Organdi se roula en boule sur ses genoux et Bridget resta seule à ressasser ses pensées.

Lesquelles se détournèrent bientôt d'Henrietta pour se tourner vers quelqu'un d'autre. Quelqu'un à la mâchoire prononcée, aux cheveux noirs ondulés, à la haute stature. Quelqu'un qui portait un pantalon de toile et une chemise bleu ciel et agitait gaiement une spatule.

16

À son bureau, Mack broyait du noir. Cela faisait plusieurs jours qu'il était d'une humeur de dogue et aboyait après quiconque avait le malheur de croiser son chemin. Ce matin-là, sa grogne ne retombait pas. Helen et les autres employés l'évitaient, nerveux, attendant que l'orage se dissipe.

Renonçant à traiter les dossiers qui s'empilaient devant lui, il abattit furieusement son stylo sur le bureau, ulcéré, et appela Helen à l'interphone.

— Helen ! hurla-t-il, aussi péremptoire qu'un instructeur militaire.

— Oui, monsieur Brewster ? répondit son assistante.

Derrière son calme apparent, elle se préparait dans l'angoisse à parer un nouveau coup. Elle fit une grimace à l'intention de Janet Warensky, qui déposait justement les rapports des ventes sur son bureau. Celle-ci la gratifia en retour d'un sourire compatissant.

— Helen, je veux que vous me retrouviez un dossier qui date du printemps 1999. Une certaine Mme Willey nous aurait soumis un manuscrit.

Il lui épela le nom et précisa :

— Mon père dirigeait encore la maison. Il doit y avoir dans le dossier une lettre signée de sa main. C'est cette lettre que je recherche. Elle a dû être classée au mois d'avril ou de mai de cette année-là. Faites au plus vite.

— Mais, monsieur Brewster, je vais devoir me rendre aux archives, cela risque de prendre un moment, l'avertit son assistante en marchant sur des œufs.

— Alors qu'attendez-vous pour vous y mettre ?

Mack coupa brutalement la communication.

Il demeura longtemps assis à fusiller du regard le grand portrait de son père qui ornait le mur de son bureau. Depuis son cadre, Llewellyn Brewster lui retournait un regard peu amène.

Mack éprouvait un sentiment désagréable, où se mêlaient colère, méfiance et culpabilité. Il lui semblait que quelque chose en lui bouillonnait et menaçait d'exploser à tout instant. Quoi ? Mystère. Mais il s'agissait de quelque chose d'important, et Mack ne parvenait pas tout à fait à le refouler. En homme d'action et d'autorité, il ne tenait pas en place. Il savait qu'il lui fallait entreprendre une démarche, mais il ignorait laquelle. Il se trouvait dans une impasse.

Il desserra son nœud de cravate, se passa la main dans les cheveux et les ébouriffa. Il se leva et fit les cent pas dans son bureau. Se rassit. Remua les papiers qui s'entassaient devant lui. Non, décidément, il n'arriverait pas à se concentrer. Cette chose non identifiée qui l'obsédait le rendait complètement fou.

Pendant ce temps-là, à la cour des successions de New York, l'audience concernant l'affiliation d'Afton Morley à Henrietta Willey s'apprêtait à commencer. Le juge, un certain Gilbert Forsgren, présidait la longue table de conférence qui rassemblait toutes les parties concernées. Afton était là, flanqué de sa Mumu et de leur avocat, Bryan Lelard. En face, Gerald Kinski attendait, les mains jointes, qu'on déclare la séance ouverte. À ses côtés se trouvaient différentes personnalités juridiques, notamment un mandataire et un représentant du comté, ainsi qu'Harold Maudsley, le président de l'assemblée des copropriétaires du 612, Park Avenue. Tous les avocats étaient vêtus de costumes anthracite et chacun avait à ses pieds un attaché-case bourré à craquer. On les aurait crus en uniforme. Un micro relié à un enregistreur numérique se dressait devant chaque participant.

Bridget était là, elle aussi. Gerald Kinski l'avait invitée à assister à l'audience. Sur une chaise à l'écart, les nerfs à vif, elle appréhendait cette séance qui devait décider de son sort. La pauvre n'avait pas fermé l'œil de la nuit, ni réussi à avaler de petit déjeuner, et elle peinait à conserver une mine professionnelle et détachée. Mais elle resterait calme et discrète, elle se l'était promis. Heureusement qu'elle était assise car elle avait les genoux qui tremblaient. Debout, elle aurait vacillé et elle tenait à préserver sa dignité. Elle avait revêtu pour l'occasion un tailleur en laine bouclette très sobre, dont la couleur rouille rappelait la teinte de ses cheveux et faisait ressortir ses beaux yeux verts. Derrière elle, une immense fenêtre montait jusqu'au plafond. Bien qu'elle fût encrassée de poussière et de pollution, elle filtrait les rayons matinaux, adoucissant un peu la lumière crue des néons. Depuis son poste, Bridget avait une vue d'ensemble sur tous les participants et les examina.

Mumu n'en menait visiblement pas large. Elle avait pourtant fait des efforts d'élégance et portait un tailleur de polyester mauve mal ajusté. Les pieds fermement posés sur le plancher, les genoux bien serrés, elle ne cessait de rectifier sa position sur son siège, comme si l'assise de sa chaise était trop étroite.

Ses mains s'agitaient dans tous les sens, tripotant ses frisettes, tirant sur sa jupe qui lui remontait sur les cuisses. Elle fuyait le regard des autres mais lançait des coups d'œil soupçonneux à son micro, dont elle semblait craindre qu'il ne lui saute à la gorge. Elle sortit de son cabas en paille un épais dossier, en ôta des trombones, les remit en place, feuilleta nerveusement les documents pour vérifier qu'elle n'avait rien oublié.

Son voisin Afton, la veste ouverte sur une chemise à carreaux dont sa panse éprouvait rudement les boutons, se reposait contre son dossier. Son ventre pendait par-dessus sa ceinture et, contrairement à sa femme, il semblait tout à fait détendu. Il ne retira pas son chapeau de toute l'audience. À l'évidence, il ne doutait pas un seul instant d'obtenir gain de cause. Son attitude, ajoutée à l'énorme dossier compilé par sa femme, n'était pas de nature à rassurer Bridget.

L'avocat des Morley, Me Lelard, était l'incarnation vivante de son nom. Petit et gras, doté d'un triple menton et de grosses joues rubicondes dans lesquelles s'encastraient ses lunettes à monture également ronde, il portait un costume anthracite, des souliers cirés à l'extrême et une cravate noire. Il arborait l'air guilleret des avocats dont les clients s'apprêtent à devenir très riches.

En face, Gerald Kinski et les autres échangeaient les dernières nouvelles ainsi que quelques anecdotes en attendant qu'on ouvre la séance.

Le juge semblait un homme très ordonné. Il avait de longues mains fines et son port n'était pas dépourvu d'une certaine grâce. Bridget nota son costume bleu marine, très classique. Il ouvrit une pochette, parcourut rapidement la première feuille qu'elle contenait et déclara :

— Mesdames, messieurs, tout le monde est prêt ?

Et il lança l'enregistrement.

— Affaire numéro 1307, dicta-t-il machinalement.

Visiblement, il avait déjà fait cela un bon millier de fois.

— Afton Morley, prétendant à la succession de Mme Henrietta Willey.

Il lista les noms des personnes présentes avec leurs titres respectifs, sans oublier Bridget, dont il précisa le statut d'observatrice extérieure.

— Maître Lelard, dit-il enfin avec une pointe d'accent jamaïcain, nous vous écoutons.

L'avocat des Morley extirpa de son cartable plusieurs liasses de papier qu'il distribua aux avocats. Il en remit aussi un exemplaire à Bridget.

— Comme ça, vous pourrez suivre, dit-il.

Bridget n'avait encore jamais vu pareil document. Il se dépliait, semblait-il, à l'infini. La jeune femme ne parvint pas à l'ouvrir en entier sur ses genoux. Elle vit seulement qu'il s'agissait d'un arbre généalogique qui s'étalait à l'horizontale sur une distance considérable, la feuille devait mesurer au moins deux mètres de long. Bridget, qui ne disposait pas d'autant d'espace, l'entrouvrit. Une profusion de cases remplies de noms et de dates de naissance, de mariages et de décès noircissait le document. Des lignes représentant les liens de filiation reliaient ces cadres entre eux. Le nom Lloyd revenait souvent.

— Ceci, commença Me Lelard, est l'arbre généalogique d'Afton Lloyd Morley, et prouve qu'il est cousin arrière-issu de germains de la défunte Henrietta Lloyd Caswell Willey.

Son ton ne trahissait pas la moindre émotion. Lui non plus n'en était pas à sa première affaire de filiation.

Afton afficha un sourire complaisant. Mumu pinça les lèvres, comme pour mettre quiconque au défi de contredire l'avocat. À eux deux, ils étaient l'incarnation de la fatuité, et Bridget eut envie de les gifler.

Me Lelard procéda à une nouvelle distribution avant de s'adresser au juge :

— Mme Morley, ici présente, a rassemblé ces preuves afin d'étayer les revendications de mon client. Avec votre permission, je souhaiterais lui céder la parole. Elle nous présentera chaque document et nous expliquera les liens de parenté mis en évidence par cet arbre généalogique.

— Accordé, dit le juge. Madame Morley, vous avez la parole.

Avec l'aide de son avocat, Mumu déroula le document dans son intégralité. Il occupait tout un pan de la table. Me Lelard et Afton Morley se décalèrent pour laisser la place à Mumu d'aller et venir à sa guise d'un bout à l'autre de l'arbre pour illustrer sa présentation. Au début, elle s'exprima d'une voix un peu chevrotante et elle tirait constamment sur sa veste dans le vain espoir de couvrir ses hanches, puis elle prit peu à peu confiance car elle maîtrisait son sujet. Sa voix et ses mains cessèrent de trembler et sa nervosité parut s'évaporer à mesure qu'elle narrait les événements relatifs aux différents encadrés, retraçant patiemment l'histoire du clan des Lloyd.

— Voici Josiah Lloyd, le grand-père d'Afton, dit-elle en écrasant son index replet sur une case au sommet de la feuille.

Elle désigna ensuite le parchemin jauni et son sceau de cire verte que le juge Forsgren avait entre les mains :

— Ce document, c'est l'extrait de naissance établissant que Josiah est né le 17 mars 1866.

Elle patienta le temps que le juge l'examine et le classe sous le titre de Pièce à conviction numéro un.

— En janvier 1884, reprit Mumu, alors qu'il avait près de dix-huit ans, il a épousé Lydia Mack.

Son index glissa vers la case voisine.

— Leur acte de mariage se trouve au sommet de cette pile. À l'époque, l'État de l'Idaho ne faisait pas encore partie de l'Union, et c'était l'Église qui faisait office d'état civil.

Le juge Forsgren reposa l'extrait de naissance de Josiah et souleva délicatement son acte de mariage, qui tombait en lambeaux. Il nota que l'union avait été célébrée le jour du seizième anniversaire de la jeune Lydia.

— Nous avons retrouvé ce papier entre les pages de notre bible, dit Mumu. Je vous prierais de le manipuler avec soin, Votre Honneur. Il est déjà en piteux état, or c'est un de nos trésors de famille.

— Bien sûr, madame Morley. Nous avons l'habitude de manier des documents fragiles. Mon assistant le plastifiera pour plus de sûreté.

Mumu renifla. Pour sa part, elle n'aurait pas chargé d'une telle mission un vulgaire assistant.

— Où en étais-je ? Oui. Comme vous le voyez, Lydia avait seize ans lorsqu'elle s'est mariée. Son acte de naissance figure aussi dans le dossier. Elle a donné quatorze enfants à Josiah. Voyez sur la ligne suivante.

Elle décala son doigt.

— Seuls deux ont survécu : l'aîné, Jason Lloyd, né en décembre 1884, peu avant le dix-septième anniversaire de Lydia…

Elle plaça son index tout au bout de la ligne.

— … et la benjamine, Patience Lloyd, née en 1910. Patience Lloyd était la mère d'Afton.

Bridget réfléchissait à toute allure. Elle avait bien essayé de suivre le discours de Mumu sur son exemplaire de l'arbre généalogique, en le dépliant et en le repliant au fur et à mesure, mais c'était peine perdue, il était trop volumineux. Aussi l'avait-elle rangé en formant la résolution de l'étudier plus tard. En attendant, elle écoutait, captivée. Mumu relatait les faits d'un ton neutre, mais que de drames cachaient ces petits encadrés sur le papier ! La pauvre Lydia, mariée à seize ans, avait donné le jour au cours des vingt-six années qui avaient suivi à pas moins de quatorze enfants, dont presque tous étaient morts de son vivant. Elle en avait perdu trois en une seule et même année. Quels terribles accidents, quelles épidémies les avaient ainsi décimés ? Lydia avait accouché de sa petite dernière à l'âge de quarante-deux ans. Même de nos jours, avec la technologie dont on disposait, il pouvait être compliqué d'enfanter à cet âge. Cette grossesse avait dû mettre la vie de Lydia en danger. Quel courage ! Bridget en conçut pour la pionnière une immense admiration. Par comparaison, ses soucis à elle lui parurent soudain bien dérisoires.

Mumu continuait :

— Jason, dit-elle en plantant son index sur la case correspondante, a épousé une femme plus âgée : Martha Hansen, née en 1874. Elle avait vingt-huit ans et quatre enfants quand son mari, Heber, mourut. Jason n'avait que dix-huit ans mais il les a tous adoptés et leur a donné son nom, Lloyd. L'aîné d'entre eux, Henry, le grand-père d'Henrietta Willey, avait douze ans quand Jason épousa sa mère, en 1902. Toutes les preuves sont classées dans le dossier.

Pour la première fois de la matinée, Afton prit la parole d'un ton péremptoire :

— Mon avocat, Me Lelard, dit que les enfants adoptés ont les mêmes droits que les autres.

— C'est exact, confirma le juge. De même que les demi-frères et demi-sœurs, et que les enfants nés hors mariage. Tous sont à prendre en compte dans l'établissement du degré de consanguinité, ou de parenté, si vous préférez.

— Je sais ce que c'est que la consanguinité, se rebiffa Afton en butant sur le mot. Me Lelard m'a expliqué.

Il avait l'air prêt à en découdre et semblait défier quiconque de le provoquer.

— Je vois, répondit gentiment le juge.

— Et les cousins au troisième et au quatrième degré, hein ?

— Tout à fait, monsieur Morley. Dans l'État de New York, tous les cousins issus de germain constituent des héritiers potentiels au regard de la loi.

Afton se détendit, satisfait. Son avocat plissa les lèvres, mécontent. Son client doutait-il donc de lui ?

— Une veine qu'elle ait pondu autant de gosses, la Martha, lâcha encore Afton. Et que ma Mumu soit toquée de généalogie. Elle a fait du bon boulot, pas vrai ?

— Absolument, monsieur Morley.

Mumu rougit jusqu'à la racine de ses cheveux gris et, pour se donner une contenance, reprit ses explications :

— Passons à présent à la lignée d'Afton.

Elle pointa du doigt la case qui encadrait le nom de Patience Lloyd.

— Patience était la mère d'Afton. Née en 1910, elle ne s'est pas mariée avant ses trente-huit ans. En 1948, elle a épousé Theron Morley, le père d'Afton. Mais Afton n'est né qu'en 1952 : Patience avait alors quarante-deux ans, l'âge de sa mère à sa propre naissance. Theron, de onze ans son aîné, avait cinquante-trois ans à la naissance d'Afton, qui est resté enfant unique.

À nouveau, Bridget se laissa emporter par son imagination. Elle songeait à cette Patience, mariée sur le tard à un homme plus âgé, au vieux couple élevant ce fils unique. La jeune femme tissait toutes sortes de scénarios pour expliquer le tempérament ombrageux et sanguin d'Afton Morley.

Cependant, l'index de Mumu repassait inexorablement du côté de Jason.

— Jason et Martha Hansen ont eu ensemble plusieurs enfants, mais le seul à avoir survécu, c'était Henry, ce garçon qu'avait adopté Jason. Henry a épousé Catherine Morton en 1910. Ensemble le couple a eu deux filles. Emily, l'aînée, née en 1911, a épousé en 1928 Marshall Caswell. Elle avait dix-sept ans.

L'index de Mumu descendit jusqu'à la dernière rangée du document, une case solitaire y avait été surlignée d'un trait épais à l'encre noire.

— En 1929, dit Mumu, triomphante, comme elle parvenait à sa conclusion, ils eurent une fille, qui devait rester leur unique enfant. J'ai nommé Henrietta Lloyd Caswell, future épouse de Neville Willey.

Tous les yeux se braquèrent sur cette case qui contenait le nom d'Henrietta Willey, le nœud de toute l'affaire. Le cœur de Bridget se serra. Les documents semblaient authentiques. Mumu avait conduit ses recherches scrupuleusement. Sa conclusion était irréfutable. Et les rêves de Bridget Berrigan tués dans l'œuf.

— Donc, ânonnait Mumu en suivant du doigt les lignes respectives, ceci relie Henrietta à Jason, Jason à Josiah, et Josiah à Patience, prouvant qu'Afton est bien le cousin issu de germain au troisième degré d'Henrietta Willey, ce que nous ignorions jusqu'à la parution de cet article dans le *Times-News*.

Elle balaya du regard l'assistance, avec sur le visage un éclatant « Je vous l'avais bien dit ! ». Puis elle s'assit sur le rebord de sa chaise, fière de son œuvre et soulagée de pouvoir s'en remettre à présent, pour les questions à venir, à Me Lelard.

Bridget, pour sa part, voyait ses projets d'avenir voler en éclats et se répandre, brisés, à ses pieds. Elle allait devoir regagner les cuisines étouffantes de quelque restaurant et se remettre à porter des sacs de pommes de terre. C'était irrémédiable.

Dans son bureau, Mack Brewster tournait comme un lion en cage. Il se posta un instant à la fenêtre. Puis il tenta d'envoyer des e-mails, mais il avait l'esprit ailleurs, ses pensées divaguaient. Helen n'était pas encore revenue de la salle des archives. D'ailleurs, ce n'était pas le dossier Willey qui le tourmentait, et il le savait pertinemment.

Ce qui le tourmentait, c'était son père dont le portrait semblait le toiser.

Son père, et Bridget, et tout ce qu'elle lui avait dit l'autre soir.

Mack avait l'impression qu'ils s'affrontaient, la frêle jeune femme rousse et le terrifiant patriarche. Oui, ils luttaient dans sa tête. D'abord, le jeune homme avait essayé de se persuader que Bridget n'avait rien compris, qu'elle se trompait du tout au tout. Elle se laissait aveugler par son propre intérêt, son jugement ne pouvait qu'être biaisé. Mais une ribambelle d'images s'était mise à défiler dans son esprit, comme au milieu d'un film : Bridget sur sa terrasse, les cheveux au vent, le soleil semant de l'or dans ses boucles. Bridget en train de faire un footing à Central Park, les joues rosies par l'effort. Bridget assise sur un rocher en train de déguster une glace comme une petite fille. Bridget pelotonnée avec les chats sur le canapé. Bridget aux fourneaux, entourée de divins fumets…

— Assez ! rugit Mack, excédé. Il faut que je sorte d'ici.

Il quitta en trombe son bureau, claquant la porte derrière lui et se dirigea vers le parc. Sans une longue promenade pour se défouler, il allait devenir fou.

Au même instant, le juge Forsgren dictait sa conclusion à l'appareil d'enregistrement numérique.

— Ayant entendu le témoignage des parties concernées et s'étant vu remettre par Me Lelard des documents attestant prétendument des revendications de son client, la cour va se retirer afin de passer en revue les preuves et rendra son jugement à une date ultérieure.

Il fit un rapide tour d'horizon afin de s'assurer que nul n'avait rien à ajouter. Alors, il prononça solennellement la formule consacrée :

— Je déclare la séance close.

Et il coupa l'enregistrement.

17

— Arrête de jouer avec ta nourriture, gronda Marge. Tu me stresses.

— Marge, cette histoire me coupe l'appétit.

Bridget avait retrouvé son amie chez Gilligan's, un établissement réputé pour la taille de ses steaks. Un seul d'entre eux aurait pu nourrir une famille indienne pendant plusieurs semaines. Bridget, déprimée, n'avait commandé qu'une salade et elle y avait à peine touché. Elle se contentait de repousser du bout de sa fourchette les feuilles de roquette et de faire des petits tas de tomates cerises et de champignons de Paris au centre de son assiette.

— Je t'envie, observa son amie. Moi, quand j'ai le moral à plat, j'engloutis des litres de glace.

— Moi, j'envie les Morley, maugréa Bridget. Une chance pareille, c'est écœurant.

Elle fit la grimace.

— Afton et Mumu vont tout empocher.

Elle grignota un morceau de pain.

— Mumu ! cracha-t-elle soudain en grimaçant comme si elle venait de mordre dans un citron. Qui se laisse affubler d'un surnom pareil ? Si mon mari s'avisait de m'appeler comme ça, je l'assommerais à coups de poêle de frire.

— À qui le dis-tu, renchérit Marge.

Elle rit et ajouta :

— Mais raconte-moi l'audience. Comment ça s'est déroulé ? Qu'est-ce qu'il s'y est dit ?

Bridget lui résuma les événements de la matinée.

— Mumu avait fait des tas de recherches. Elle a sorti une montagne de documents officiels qu'elle a alignés en rang devant elle. Je n'y connais pas grand-chose, mais tout m'avait l'air authentique. Si c'est bien le cas, les Morley vont tout prendre. Et ni Mack, ni le syndic n'y pourront rien. Quant à moi, je me retrouverai à la rue, et les chats aussi.

— Dire que rien de tout cela ne serait arrivé si le père de Mack avait publié le livre d'Henrietta.

— Ou s'il ne l'avait pas refusé de façon aussi brutale. La querelle aurait pu être évitée. Il aurait suffi d'un zeste de tact et de diplomatie de la part de Brewster père.

— Tu sais, Bridget, dit Marge, j'ai réfléchi à cette histoire de manuscrit. Publié sous forme de feuilleton, il ferait un tabac chez *Lady Fair*. Tu ne sais pas ce qu'il est devenu ?

— Je n'en ai aucune idée. J'imagine que, découragée, Henrietta a dû s'en débarrasser. Sans doute l'a-t-elle brûlé dans un accès de dépit ou de rage.

— Pas forcément, dit Marge en pesant ses mots.

Son flair s'activait. L'idée d'une chronique basée sur des recettes transmises de mère en fille et enrichies par des années de voyages exotiques dans un cadre raffiné l'inspirait. Elle aurait volontiers offert une rubrique à Henrietta Willey dans son magazine glamour. Décidément, Bridget avait piqué son intérêt et son enthousiasme allait croissant :

— Je doute qu'elle l'ait brûlé. Elle n'aurait pas pu. Pas après s'être autant démenée, autant livrée. Si tu veux mon avis, elle l'a caché quelque part dans l'appartement, comme son journal intime.

— Tu crois ?

Bridget envisagea quelques instants cette éventualité. Oui, peut-être Marge avait-elle raison.

— C'est possible, en effet. Ce serait fabuleux. Si j'arrivais à mettre la main dessus.

— Ce serait génial, s'écria Marge, qui ne se sentait plus d'excitation. Alors, on la fait, cette chasse au trésor ?

Elle agitait les mains dans tous les sens, ses ongles lançaient des éclairs.

— Euh, fit Bridget.

— Allez, je te rejoins chez toi ce soir et on écume l'appartement, toutes les deux. On se commandera des pizzas et on fera du pop-corn, comme quand on était ados.

— C'est que…

— Dis oui. On va bien s'amuser. J'apporterai une bouteille et on fouillera dans tous les coins. C'est exactement ce qu'il te faut pour te changer les idées.

— Dans ce cas…

— C'est entendu. Je serai là à dix-neuf heures.

Pendant ce temps, dans les allées de Central Park, Mack traînait toujours ses démons. Pas moyen de les semer, ils le suivaient comme son ombre. Lorsque le malheureux essayait de démêler ses sentiments embrouillés, ils se jetaient sur lui de plus belle pour l'en empêcher.

La loyauté comptait parmi ses grands principes. Mack était aussi loyal qu'il était grand ou brun, cela faisait partie de lui, il n'y pouvait rien. Et appliquer ses principes lui venait aussi naturellement que de se brosser les dents. En vertu de cela, il se serait coupé la main plutôt que de laisser quelqu'un médire de son père.

Mais il était bien placé pour savoir que son paternel était parfois hautain et méprisant. Il fallait avoir les nerfs solides pour le côtoyer. Jour après jour, Mack avait dû lutter pour sortir de son ombre et de son écrasante personnalité. Llewellyn Brewster s'était toujours opposé à chacun de ses choix, de sorte que, plus d'une fois, ils avaient failli en venir aux mains. Il savait tout mieux que tout le monde et le pire était qu'il avait toujours raison. Depuis que Mack était tout petit, il avait donc oscillé entre deux pôles : d'une part, son père lui inspirait une immense fierté, mais, de l'autre, il avait le don de le faire sortir de ses gonds. Llewellyn Brewster avait toujours eu une volonté de fer. Mack avait dû s'en forger une en acier trempé pour pouvoir lui tenir tête lorsque cela s'imposait.

Qu'est-ce que Bridget s'imaginait ? Que c'était facile d'honorer un père tout en se défaisant de son emprise ?

Bridget.

Ce prénom le taraudait comme un caillou dans une chaussure. Il en devenait fou.

Justement, il donna un coup de pied dans un caillou. Le caillou disparut dans un buisson. Mack fronça les sourcils.

Bridget.

Pourquoi avait-elle pris autant de place dans sa vie ? Qu'avait-elle de spécial ? Mack en avait connu, des filles, avant elle. Mais pas une n'avait colonisé ainsi ses pensées. Pas une n'avait ainsi établi ses quartiers en son cœur.

Elle, si. Sans crier gare.

Tel un esquif à la dérive, elle avait fait irruption dans sa vie avec ses chats, ses gâteaux et ses ragoûts, sa crinière de feu et son odeur de cannelle, son corps gracile et ses faux airs de gamine. Et Mack en avait perdu tous ses repères. Il n'osait même plus se fier à ses bons vieux principes, à ceux qu'on lui avait inculqués.

Pourquoi ne parvenait-il pas à chasser cette distraction d'un revers de la main ? Bridget avait réduit à l'état de guimauve sa volonté d'acier. Et voilà qu'il se mettait à envisager l'impensable.

Car une pensée avait germé dans son esprit, comme une flamme, minuscule mais tenace.

Et si son père avait eu tort ?

L'idée lui paraissait à peu près aussi vraisemblable que celle de voir soudain la terre s'ouvrir sous ses pieds.

Mais il ne pouvait plus le nier. Mack allait devoir affronter son père pour de bon.

Il inspecta les environs, espérant voir surgir une personne amie. Une fille mangeait une glace perchée sur un rocher. Elle ne ressemblait même pas à Bridget, elle était brune, petite et un peu boulotte. Pourtant, cette vision raviva dans sa mémoire un épisode cher à Mack. Son cœur se serra.

Bridget avait su s'infiltrer dans son esprit et bouleverser toutes ses certitudes, et voici qu'elle voulait l'obliger à regarder en face le souvenir de son père. Pour retirer le piédestal sur lequel Mack l'avait placé et lever le voile que sa mémoire, trompeuse, avait jeté sur lui.

Le jeune homme s'assit sur un banc, regrettant qu'elle ne fût pas à ses côtés.

Un petit garçon passa sur son tricycle. Imitant le bruit d'un moteur, il pédalait de toutes ses forces en criant « vroum vroum ». Un vieil homme très digne, sans doute son grand-père, le suivait à quelque distance, la veste au bras.

Llewellyn Brewster avait rêvé d'en faire autant. D'avoir des petits-enfants. De les accompagner au parc.

Elle t'aurait plu, papa, pensa Mack. *Et tu sais quoi ? Elle aurait su te tenir tête. Peu de gens pouvaient s'en targuer.*

La petite brune sur son rocher finit sa glace et tourna son visage face au soleil.

Mack n'arrivait pas à se sortir Bridget de la tête.

Qu'est-ce qui la rendait si unique à ses yeux ?

Pourquoi tenait-il tant à son approbation ? Pourquoi ne pouvait-il souffrir de la peiner ? Pourquoi s'inquiétait-il autant de son sort ?

Des forces obscures déferlaient en lui et il avait la très nette impression qu'on lui passait le cœur au presse-agrumes.

Il consulta sa montre.

Helen avait dû retrouver le fameux dossier.

Il se leva de son banc et, à contrecœur, reprit le chemin du bureau.

Le dossier n'était pas bien épais. Mack considéra les quelques pages étalées sur son bureau.

Il les relut.

Une fiche identifiait le manuscrit d'Henrietta Willey. Un lecteur avait rédigé un commentaire, daté du 29 avril 1980.

« Un angle intéressant. Certaines des recettes s'appuient sur des histoires de qualité, à moins que ce ne soient les recettes qui servent d'illustrations aux récits de voyage et aux épisodes de cette saga familiale. Le nom de l'auteur peut faire vendre. La plume, en revanche, laisse à désirer. L'ensemble nécessite un gros travail de réécriture. Il faudrait également engager un photographe et quelqu'un pour tester les recettes. En somme, l'ouvrage nécessiterait un investissement important. Cela ne convient pas, à mon sens, à Harmon & Brewster. Dois-je en aviser l'auteur ? »

En bas de la page, Mack reconnut l'écriture incisive de son père. De quelques traits vifs et appuyés, il avait griffonné dans un coin : « Non, je m'en charge. »

Mack tenait entre les mains une copie de la lettre de refus, qui figurait aussi dans le dossier :

« *Henrietta,*

Je vous retourne votre manuscrit. Ce genre de texte ne correspond pas à notre ligne éditoriale. Peut-être aurez-vous plus de succès auprès d'autres maisons. Je vous souhaite bonne chance.

Llewellyn Brewster. »

Mack lut et relut les quelques lignes. Il lui semblait entendre son père les dicter de sa voix de stentor, abattant cette corvée avant de reprendre le cours de sa journée, sans une pensée de plus pour la pauvre Henrietta. La pauvre…

Puis il lui vint une autre idée.

Le manuscrit avait peut-être du potentiel, tout compte fait. Pas en tant que livre de recettes, mais en qualité de mémoires familiaux, de témoignage historique et social. En tout cas, l'ouvrage aurait mérité une seconde lecture. D'ailleurs, qu'était-il devenu ? Mack l'aurait volontiers feuilleté. Il leur avait causé tellement d'ennui. Où pouvait-il bien être, à présent ?

Il relut la lettre pour ce qui devait être la sixième fois. Henrietta avait dû la trouver très sèche. Les auteurs aguerris avaient l'habitude de recevoir ce genre de mot, abrupt et expéditif, mais pas Henrietta. Elle avait peut-être sillonné le globe et fréquenté des célébrités, mais en tant qu'auteur, elle débutait et devait se sentir aussi effarouchée qu'une adolescente. D'autant que, toute sa vie durant, Henrietta avait été très couvée. On s'était toujours empressé de satisfaire le moindre de ses désirs, de la choyer. Rien ne l'avait préparée à essuyer pareil rejet. Et elle avait dû le vivre comme une gifle.

Franchement, Papa, tu aurais pu la ménager un peu. Qu'est-ce que cela t'aurait coûté d'étoffer ta réponse ? Tu la connaissais, bon sang. Elle t'avait invité sous son toit. Tu aurais pu te fendre d'une lettre un peu moins impersonnelle, lui prodiguer quelques encouragements, au lieu de la snober avec tes formules toutes faites. D'ailleurs, tu aurais dû aller lui parler. Tu étais tout de même son voisin de palier.

Mais ce n'était pas le genre de son père. Llewellyn Brewster ne prenait pas de gants avec les gens et il n'avait que mépris pour la « sensiblerie », comme il disait. Il n'avait pas de temps à perdre. Le temps, c'était de l'argent. Son fils était bien placé pour le savoir.

Mack pianotait sur son bureau du bout de son crayon.

Et Bridget ? Elle allait tenter de faire publier son livre, elle aussi. S'exposerait-elle au même traitement ? Llewellyn l'aurait-il rabrouée de façon aussi cavalière ?

Mack pianotait de plus en plus vite. Soudain, il jeta son crayon et referma le dossier, il avait pris une décision.

Papa, on va avoir une petite conversation, toi et moi.

— Helen, dit-il à l'interphone. Je m'en vais, j'ai à faire. Bonne soirée, à demain.

À la dernière minute, il ajouta :

— Merci pour le dossier.

Dans l'ascenseur qui le ramenait au niveau de la rue, son cœur battait la chamade.

18

Il faisait sombre dans le salon, à l'exception d'un unique rayon de soleil reflété par une façade qui filtrait entre les rideaux. Le rai d'or éclairait le portrait d'Henrietta et le nimbait de mystère.

Bridget pila et posa la main sur le bras de Marge.

— Crois-tu que ça la dérange que l'on retourne toutes ses affaires ?

Marge n'hésita qu'une fraction de seconde, le temps de porter sur le tableau un regard scrutateur.

— Au contraire, elle n'attend que ça, que quelqu'un remette la main sur son précieux manuscrit, affirma-t-elle tranquillement. C'est le ciel qui t'envoie, Bridget. Tu es la personne idéale pour mener à bien cette mission. Bon, où a-t-elle pu le cacher ?

Marge n'était pas d'humeur à se préoccuper d'éthique. Déjà, elle pénétrait dans la pièce suivante. La soirée prenait des allures d'aventure et il lui tardait de commencer.

— Allez, viens ! s'impatienta-t-elle. Le manuscrit est là, quelque part, je le sens. Mon flair éditorial ne me trompe jamais.

Bridget leva les yeux vers le portrait une dernière fois. Le rayon d'or prêtait aux yeux d'Henrietta un éclat singulier. Mais fallait-il y lire un avertissement, ou une bénédiction ? Les deux amies allaient-elles réellement retrouver le manuscrit dans l'immensité de l'appartement ? Ou bien perdraient-elles leur temps à fourrer leur nez dans les affaires d'autrui ?

En Bridget, sommeillait toujours la petite fille sommée de ne pas faire de bêtises. Elle était pourtant incapable de résister à l'appel de sa curiosité.

— D'accord, mais pas de désordre, lança-t-elle en se hâtant de rejoindre Marge dans la chambre à coucher de Neville.

— Tu me connais, répliqua son amie. Je ferai très attention.

Déjà, elle pétrissait les oreillers et plongeait ses mains sous le matelas.

— Mieux vaut se répartir le travail. Je commence par cette pièce. Toi, va chez Henrietta.

Elle replaça les oreillers et en lissa les housses de satin.

— Et procédons avec méthode, ajouta-t-elle. On part du plafond et on fouille tous les placards, en commençant par les étagères du haut, pour finir au ras du sol. N'oublie rien, les recoins, les fonds de tiroir, sous les lits et les fauteuils, l'arrière des livres… Le manuscrit doit être assez épais, ou je me trompe ? Dans les quatre cents pages, c'est bien ce que tu m'as dit ?

— Oui, sauf si elle a caché les chapitres séparément.

— Peu importe, on le reconnaîtra quand on le trouvera. Même si elle l'a découpé en tranches comme une miche de pain.

Marge ôta ses mocassins, tira à elle un fauteuil crapaud et s'y jucha pour inspecter le sommet d'une armoire géorgienne. Elle tâtonna dans la poussière, à l'aveugle, mais revint bredouille. Elle s'épousseta sur son jean.

— Eh bien, que fais-tu là ? Allez, file. Au travail. D'abord la chambre d'Henrietta, puis son boudoir, ça doit regorger de cachettes, là-bas.

Bridget avait encore des scrupules. Elle s'attarda dans l'embrasure de la porte. Il lui semblait qu'elles cherchaient les ennuis.

— J'ai un mauvais pressentiment, bredouilla-t-elle, mal à l'aise. Il y en a pour des jours et des jours. Entre les chambres d'amis, les quartiers de la bonne, la buanderie... Il y a dix-huit pièces en tout.

— Dix-sept, quand j'aurai fini d'examiner celle-ci, et plus que seize quand tu auras passé au peigne fin celle d'Henrietta. En revanche, si tu ne bouges pas, il est sûr que nous n'avancerons pas.

Elle descendit de son fauteuil et le replaça près des rideaux de velours. Elle glissa la main sous le coussin, puis, n'y ayant rien trouvé, en lissa l'assise.

— Je sais, dit Bridget, qui n'avait pas bougé. Je recule pour mieux sauter. Mais la tâche m'intimide.

Marge fit volte-face et, les poings sur les hanches, haussa le ton :

— Maintenant, Bridget Berrigan, tu vas m'écouter. Cette chère Mme Willey ne rêve que d'une chose, que tu trouves son bouquin. Je le sais. Je le sens. Je côtoie des auteurs tous les jours et je les connais par cœur. Alors arrête de tergiverser et lance-toi.

— C'est bon, c'est bon, j'y vais.

Et elle s'exécuta.

— Mais pour information, dit-elle par-dessus son épaule, tout ça ne me dit rien qui vaille.

Bridget explora tous les coins et recoins de la chambre d'Henrietta. Elle retourna les coussins, vida les tiroirs, palpa chaque repli de tissu et fouilla même parmi la poussière. Elle se faufila sous le lit pour en tâter le sommier et alla jusqu'à inspecter le rebord de la fenêtre, comme si elle allait y trouver le fameux manuscrit suspendu au-dessus du vide.

Sans résultat.

Dans le dressing, elle ouvrit les housses à vêtements, éventra les boîtes à chapeau, retourna le meuble à chaussures, fouilla les manches des fourrures et vida consciencieusement les cartons de tenues de ski.

Rien.

Pendant ce temps, Marge achevait de ratisser la chambre de Neville et s'attaquait à sa salle de bains. Elle y perquisitionna chaque placard, chaque étagère, dérangeant la collection de brosses à cheveux, le rasoir à l'ancienne, le pot de mousse et le blaireau, bien qu'ils fussent trop petits pour receler un manuscrit. Puis elle passa à son dressing. Là, elle tira l'une après l'autre de son compartiment chaque boîte à chaussures et défit des piles de pulls, de cravates et de chemises.

Toujours rien.

Satin et Organdi faisaient des allers-retours entre les deux filles comme pour les encourager. Ils miaulaient, excités par ce remue-ménage, et jouaient les mouches du coche.

Une heure s'écoula de la sorte. Marge et Bridget étaient pieds nus, débraillées et frustrées de n'avoir toujours rien trouvé. Marge s'était cassé un ongle et Bridget pincé les doigts en ôtant une caisse d'un rayonnage. Une pause s'imposait. Dans la cuisine, Bridget versa du soda dans des verres et ouvrit un sachet de chips. Les chats traînaient toujours dans leurs jambes, frottant leurs moustaches contre leurs mollets.

— Tout ça me rend nerveuse, dit Bridget en se laissant tomber sur son siège de bureau. J'ai l'impression d'être un pilleur de tombes cerné de fantômes. Pour un peu, je les entendrais hululer.

— Tout à fait, renchérit Marge. Et c'est follement excitant !

Elle s'était assise sur le comptoir et semait des miettes de chips en gesticulant.

— Moi, j'ai l'impression d'être Miss Marple, poursuivit-elle en agitant les orteils. Je parie que le manuscrit est caché sous notre nez, dans cette cuisine, tiens. Ça me rappelle ce jeu auquel on jouait quand on était petites, tu sais ? « Tu chauffes », « Tu brûles »... Tes fantômes me disent qu'on est près du but.

— Impossible, la détrompa Bridget. Je passe mes journées ici, j'ai déjà exploré la pièce de fond en comble. Si le manuscrit s'y trouvait, je le saurais.

— Alors, il est dans le boudoir. Le sanctuaire d'Henrietta. C'est là qu'elle avait caché son journal, non ?

— Non, dit Bridget. Je pense qu'on le dénichera plutôt dans la bibliothèque. Ce serait sa place, tu ne penses pas ?

— Bon, je n'y tiens plus, annonça Marge en bondissant de son siège.

Elle chassa quelques résidus de chips et déclara :

— On s'y remet. En avant toute !

— Chef, oui, chef, dit Bridget avec un entrain quelque peu forcé. Allons-y avant que le stress ne m'achève.

Deux heures s'écoulèrent et toujours pas de manuscrit.

Il n'était ni dans la cuisine, ni dans le boudoir, ni même dans la bibliothèque. Marge avait passé au crible le vestibule et le salon et abordait la salle télé.

Bridget, pour sa part, replaçait les serviettes-éponge dans les étagères du placard à linge de la buanderie quand son amie poussa un cri strident :

— Oh, mon Dieu ! Viens vite, Bridget ! *Bridget !*

Bridget lâcha ses serviettes et accourut. Au bout du couloir, dans la salle télé, Marge était assise par terre, un carton plein de souvenirs, de papiers et d'objets divers entre les jambes. Ses cheveux étaient emmêlés mais sa mine extatique. Elle brandissait triomphalement une liasse de papiers. À en juger par son expression, il aurait aussi bien pu s'agir d'un lingot d'or.

— Je l'ai trouvé ! Je l'ai, Bridget ! Bon sang, je n'en reviens pas ! Il est là ! On le tient ! J'avais raison !

La jeune femme en avait le teint écarlate.

— Elle ne l'a pas brûlé. Il était là, dans ce buffet, derrière cette pile d'albums de photos, à attendre qu'on le tire de l'oubli. Je n'y crois pas, je rêve, c'est formidable !

Un frisson parcourut Bridget comme un courant électrique. Elle en avait la chair de poule et des picotements dans la nuque.

— Fais voir, dit-elle en s'asseyant auprès de son amie.

Et elle s'empara du document.

Marge ne s'était pas trompée. Sur la page de garde, on lisait :

La divine cuisine d'Henrietta Lloyd Caswell Willey

Bridget tenait entre les mains le fameux manuscrit, celui qui avait été la cause de tant de désagréments. Il consistait en quatre cents pages tapées à la machine et jaunies par les ans. Mais le doute n'était pas permis, il s'agissait bien du livre de recettes de cette chère Henrietta. Un ruban rose un peu passé entourait les pages volantes, et l'auteur y avait fané une carte, tracée de son écriture flamboyante, reconnaissable entre toutes :

Ils m'ont tous abandonnée. Ceci était mon bébé, mon unique enfant, mort avant d'avoir vu le jour.

La carte tremblait dans les mains de Bridget.

— Je la plains. Elle avait tant travaillé, tant espéré. Et le père Brewster a piétiné ses rêves avec sa lettre de refus. Elle a dû être atrocement déçue.

Cependant, la jeune femme ne put se retenir d'ajouter :

— N'empêche qu'à sa place je ne me serais pas laissé décourager aussi facilement. Je me serais battue.

— Je te reconnais bien là, applaudit son amie en lui reprenant le paquet. Mais, tu sais, j'ai vu des auteurs tellement anéantis par un refus qu'ils retournent leur rage contre leur propre ouvrage. Certains y mettent le feu sans autre forme de procès.

— Heureusement qu'Henrietta n'a pas suivi cette voie, se félicita Bridget.

Elle tirait sur le manuscrit et finit par réussir à l'arracher aux mains de Marge.

— D'un autre côté, elle s'est vengée sur les Brewster. Sa déception, sa vexation, elle les a passées sur Llewellyn, sa femme et son fils. Quel gâchis ! Comme si Harmon & Brewster était la seule maison d'édition au monde. Quelle folie…

Bridget dénoua le ruban. Elle feuilleta les premières pages du manuscrit, lisant en diagonale, s'attardant çà et là sur un paragraphe qui retenait son attention. Plusieurs des anecdotes qui étayaient les recettes étaient hautes en couleur et le style fleuri d'Henrietta leur prêtait une grande vivacité. Quant aux recettes à proprement parler, elles étaient sophistiquées et attestaient d'une grande expérience culinaire. Certes, d'un point de vue strictement littéraire, il s'agissait d'un travail d'amateur, mais le manuscrit était prometteur. Il avait du potentiel et trouverait aisément son lectorat.

Bridget en était consternée. Non, mais quelle bourrique cette Henrietta Willey. On n'abandonnait pas la partie au premier revers, bon sang ! Surtout pour s'enfermer dans une rage autodestructrice, par fierté mal placée. Avec un peu de combativité, la vieille dame aurait pu se remettre en selle. Au lieu de quoi, elle avait choisi de vouer aux Brewster une haine éternelle.

La jeune femme jeta un coup d'œil en direction du salon. Il était à présent baigné d'obscurité. Les ténèbres avaient englouti le portrait.

Bridget se remémora les propos de Mack : « À sa place, j'aurais fait pareil. »

Vraiment ? Aurait-il été aussi brusque que son père ? Aurait-il foulé aux pieds les rêves d'une vieille dame vulnérable ?

Cela faisait maintenant des heures que Mack arpentait à grands pas les rues de Manhattan. Il ne regagna son appartement que vers vingt-deux heures. Dans l'intervalle, il avait pris plusieurs décisions.

Une fois dans son salon, il alluma toutes les lumières, ôta sa veste et déboutonna le col de sa chemise. Il s'affala dans un fauteuil club et, un air de farouche détermination peint sur son visage, il plaça le portrait de son père en face de lui sur la table basse. Il retroussa les manches de sa chemise et, les coudes en appui sur les genoux, il se pencha vers lui. L'homme sur la photo soutenait son regard depuis son cadre d'argent. Le père et le fils, aussi semblables par leurs traits que par leur attitude, paraissaient sur le point de s'engager dans une lutte acharnée.

Mack se concentra avant d'affronter son père.

— Papa, se lança-t-il soudain d'un ton ferme, nous allons avoir une petite conversation, toi et moi.

Il se passa la main dans les cheveux, faisant onduler leur masse sombre. Cela n'allait pas être facile.

— Quand tu es mort, j'ai pensé que c'en était fini de nos conflits permanents. Mais il semble que nous ayons un dernier round à disputer. Tu as toujours été un dur à cuire, papa. Tu n'as jamais pris en compte les sentiments ou l'avis de ton entourage. Mais, où que tu sois à présent, peut-être seras-tu un peu plus à l'écoute que de ton vivant. J'ai des choses à te dire. J'ai toujours eu pour toi le plus profond respect, tu le sais. Et j'ai toujours suivi les règles que tu m'as enseignées. Tu m'as appris à chérir l'honneur et la loyauté. Tu m'as appris à être fort et sûr de moi, travailleur et autoritaire. Tu as fait de moi un leader. Tu m'as également transmis l'amour de notre métier, l'édition. Tu m'as aidé à en comprendre la valeur, et tu as fait de moi un patron efficace et intransigeant en ce qui concerne la qualité des textes que nous publions.

Mack marqua un temps d'arrêt. Il se frotta la joue et, choisissant ses mots avec soin, reprit :

— Je t'entends d'ici me répliquer que ces règles sont excellentes et que nul n'a jamais eu à regretter de les avoir appliquées. Tu n'as pas entièrement tort. Moi-même, j'ai fait miens ces préceptes. Mais j'ai découvert quelque chose. Parfois, la force peut se muer en cruauté. Je ne t'accuse pas de t'en être rendu coupable délibérément, ni même consciemment. Tes valeurs ne t'y auraient jamais autorisé. Mais prenons le cas d'Henrietta Willey. Tu te souviens ? Elle t'avait confié son manuscrit pour avis, et tu l'as refusé. C'était ton droit le plus strict. Harmon & Brewster n'édite pas de livres de cuisine, je le sais aussi bien que toi. Mais, papa, j'ai lu le mot que tu lui as envoyé. Tu n'as vraiment pas été à la hauteur. Ta lettre était d'une brutalité sans nom. Cette pauvre femme avait investi du temps et des efforts dans ce texte. Elle t'avait invité à dîner. Certes, elle s'attendait probablement à recevoir un traitement préférentiel. Mais tu la connaissais, après tout, et tu aurais pu prendre des gants. Cela aurait été si difficile de lui faire un petit compliment, au lieu de lui opposer une fin de non-recevoir sans même un mot gentil ? Il t'en aurait tant coûté de lui témoigner un peu de bienveillance ? Je sais, elle était irascible et butée. Mais toi aussi. Tu étais un véritable âne bâté, comme Henrietta. Résultat, nos deux familles ont été en guerre pendant des années et cette histoire d'appartement a viré à l'obsession. Parce que, soyons honnêtes, papa, je n'ai aucun besoin de dix-huit pièces supplémentaires. C'est absurde. Je n'ai même pas de famille.

Mack s'interrompit, emporté par une rêverie.

— Du moins, pas encore.

Mais il se reprit.

— Revenons à nos moutons. Je t'informe que j'ai l'intention de mettre en place quelques changements chez Harmon & Brewster. Promis, je ne nous mènerai pas au naufrage, je vais simplement adopter un style managérial plus… humain.

Mack s'adossa, satisfait. Il avait mené son discours à sa conclusion.

— Tu peux me faire confiance, dit-il pour clore sa tirade.

À peine eut-il proféré ces mots qu'il sentit se dissiper la tension accumulée en lui au cours des derniers jours. En affrontant son père, il avait enfin chassé ses démons et, pour la première fois depuis longtemps, il se sentait serein et les idées claires.

Décidément, il était plus aisé de remporter une dispute avec son père depuis que ce dernier n'était plus de ce monde.

Mack se leva, se rendit à la cuisine, se prépara un sandwich au beurre de cacahuète, se servit un verre de lait et retourna au salon.

La poussière de la confrontation retombait. Le moment était venu d'aborder le second point à l'ordre du jour.

À l'époque, Mack aimait discuter affaires avec son père. Il l'avait toujours considéré comme un partenaire et un conseiller dont il estimait l'opinion. Aussi s'adressa-t-il à lui comme s'ils se trouvaient tous deux en salle de réunion, au bureau, et qu'ils traitaient d'un sujet purement professionnel.

— Passons au point numéro deux.

Il mordit dans son sandwich à belles dents et, la bouche pleine, se mit à parler avec engouement.

— Papa, j'ai rencontré quelqu'un. Une fille. Je t'en dirai plus la prochaine fois.

Il avala sa bouchée et but un peu de lait.

— Voilà, elle écrit un livre, elle aussi. Pas le style de ceux qu'on publie, j'en ai peur. Plutôt celui du manuscrit d'Henrietta Willey, que tu as si délicatement refusé. Bref, j'ai bien réfléchi et… il me semble qu'il pourrait intéresser Harmon & Brewster. Ne t'énerve pas tout de suite, laisse-moi t'expliquer. Il ne s'agit pas d'un livre de recettes ordinaire. Celui-ci a de la valeur en tant que saga familiale. Et ça m'a donné une idée. Je voudrais créer une nouvelle collection, une série consacrée aux femmes. Il s'agirait de s'intéresser aux femmes à travers les âges en tant que groupe social, dans une perspective historique. Pour créer des sortes d'archives. La série comprendrait des mémoires, des journaux intimes, des manuels de ménagères... Bien sûr, elle aurait sa propre identité visuelle. Il faudrait des photos de qualité.

Inspiré, il se mit à égrener tout un chapelet d'idées novatrices.

Dans l'appartement voisin, assises en tailleur sur le tapis de la salle télé, Bridget et Marge parcouraient ensemble le manuscrit d'Henrietta Willey, complètement indifférentes au fouillis qui les entourait.

— Ce n'est pas mal du tout, commenta Marge, rêveuse.

Elle avait sorti de son sac ses lunettes de vue en écaille et incarnait un croisement de femme d'affaires et de hippie hirsute. Elle scrutait attentivement les quelques chapitres qu'elle avait réussi à reprendre à Bridget :

— Avec un peu de réécriture...

— Oui.

— Je ne plaisante pas, dit Marge en ôtant ses lunettes pour darder sur Bridget un regard solennel.

— Moi non plus.

— Tu n'y es pas, insista Marge, dont l'excitation faisait place au professionnalisme. Chez *Lady Fair*, on pourrait exploiter cette matière. Il suffit qu'on rachète les droits aux ayants droit de Mme Willey. J'appelle le service juridique demain pour qu'ils prennent contact avec les Morley. Bien sûr, on fera une double page sur l'appartement, cela me semble la moindre des choses.

— Hé, pas si vite.

— Pourquoi pas ? Allez, viens, on range.

Elle désigna d'un geste tout ce qui jonchait le sol : photos de famille, cartes postales, bibelots sans valeur, souvenirs de voyages, vieux jouets d'enfants et babioles en tout genre. Tout ce que contenait le buffet où Marge avait trouvé le manuscrit et qu'elle avait disséminé autour d'elle dans sa frénésie.

— On remet tout en place et on court dans un centre de reprographie.

Bridget entreprit de rassembler les objets épars tandis que Marge reclassait dans l'ordre les pages du manuscrit et rattachait le ruban autour du paquet.

— Il me faudrait des élastiques, pour plus de sûreté, dit-elle.

Elle n'en voyait pas dans le capharnaüm environnant.

— Tu peux jeter un coup d'œil dans la bibliothèque ? demanda-t-elle à Bridget.

Bridget ne répondit pas.

— Bridget ?

Toujours pas de réaction. Marge la dévisagea.

À genoux, livide, Bridget fixait, comme hypnotisée, un petit coffret de bois qu'elle tenait entre ses mains. Il avait environ la taille d'un moule à pain.

— Qu'est-ce qu'elle fait là ? bredouilla-t-elle d'une voix incertaine.

Elle semblait en état de choc.

— Quoi donc ? demanda Marge en resserrant le nœud du manuscrit.

— Ma Merrill Box.

Marge jeta un œil au coffret et à sa petite plaque de laiton. Elle reconnut la fameuse boîte de son amie, vieille, rayée par endroits, et marquée du nom de Merrill. Pourquoi sa vue plongeait-elle Bridget dans un tel désarroi ?

— Je ne comprends pas, dit Marge.

— Elle est rangée dans la cuisine, murmura Bridget d'une voix blanche. Je ne l'en ai jamais sortie. Comment a-t-elle atterri ici ?

Il est vrai que le coffret n'avait rien à faire au milieu des souvenirs d'Henrietta Willey, dans un buffet de la salle télé.

— Alors là, tu me poses une colle. Un coup de nos chers fantômes, sans doute, badina Marge.

— Arrête, ce n'est pas drôle.

Bridget était d'une pâleur frisant la transparence.

— Une femme de ménage l'aura déplacée, suggéra Marge. Respire, Bridget. Tu as une mine épouvantable. Tu ne te sens pas bien ?

Bridget se leva péniblement et, sans un mot, elle quitta la pièce, le coffret à la main.

Un instant plus tard, elle était de retour. Elle avait encore blêmi. On distinguait des veinules bleues à travers sa peau. Elle jeta à son amie un regard désespéré.

Puis, toujours en silence, elle lui tendit deux coffrets identiques.

19

Marge et Bridget fixaient les coffrets.

— Mince, alors, lâcha Marge dans un souffle.

Bridget n'y comprenait rien. Ses mains tremblaient. Peu à peu, une théorie inconcevable prenait forme dans son esprit, mais les mots lui manquaient encore pour la formuler à voix haute.

— Assieds-toi, lui ordonna son amie. Tu vas t'évanouir.

Bridget se laissa tomber sur le plancher.

— Je vais te chercher un verre d'eau.

Marge se rua dans la salle de bains la plus proche, attrapa un verre à dents et le remplit au robinet. Quand elle revint, Bridget examinait les coffrets.

C'étaient des copies conformes. Tous deux étaient vieux et usés. Les charnières et le loquet de métal étaient ternis par les ans. Ils portaient tous deux la même plaque de laiton, gravée du même nom : Merrill.

Marge posa précautionneusement le verre par terre et prit les coffrets. Bridget les lui céda à contrecœur.

— Bois, commanda Marge.

Bridget s'exécuta, docile. Après quelques gorgées, elle leva les yeux vers son amie.

— Qu'est-ce que cela signifie, Marge ? lui demanda-t-elle d'une voix d'outre-tombe.

Marge secoua la tête. Elle pâlissait un peu, elle aussi.

— Je n'en sais rien.

Elles restèrent donc assises, muettes, à scruter les coffrets.

Enfin, chuchotant comme si elle craignait le son de sa propre voix, Marge rompit le silence.

— Il faut que tu l'ouvres.

Bridget hocha la tête presque imperceptiblement.

— Je sais, souffla-t-elle sans détacher son regard des coffrets.

— Tu veux que je le fasse à ta place ? suggéra Marge.

Bridget réfléchit quelques secondes et releva le menton.

— Non. Merci.

Elle ne risquait pas de confondre les boîtes, elle connaissait par cœur l'emplacement exact de chaque égratignure de sa Merrill Box. Elle tendit vers l'autre une main incertaine et en releva le loquet, prudemment, comme si elle risquait ce faisant de libérer un serpent.

Mais rien ne jaillit de la boîte. Elle ne contenait qu'un paquet de fiches cornées et tachées qui, manifestement, avaient beaucoup servi. Au premier coup d'œil, Bridget devina qu'il s'agissait de fiches de cuisine. Évidemment. De même, elle sut d'instinct qu'elle y trouverait des copies de ses propres fiches.

Elle frissonna.

Ses doigts se mirent en mouvement sans qu'elle en ait conscience ; ils se sentaient en terrain familier. Elle extirpa du coffret les cartes les plus anciennes, celles qui étaient le plus jaunies et le plus abîmées.

Comme prévu, elle y trouva des recettes d'un temps révolu, rédigées naguère par l'arrière-grand-mère de sa grand-mère. Bridget reconnut sur ces fiches tous les secrets de Jane Merrill qu'elle chérissait depuis tant d'années.

Il y avait la recette du fromage de tête. Celle des pieds de porc en marinade et du mélange d'épices qu'elle concoctait elle-même spécialement pour ce plat. Celle de la tourte au lapin, de la tarte au caillé de lait, des barquettes aux airelles. Celle du gâteau indien, du pudding, du blanc-manger, des beignets à l'eau de rose ou à l'eau-de-vie de citron.

— « S'il vous manque un œuf, ajoutez quatre onces de lie de bière », lut Bridget.

— Quatre onces de quoi ? s'enquit Marge.

— De lie de bière. On s'en servait autrefois pour remplacer la levure, dit Bridget machinalement sans interrompre sa lecture.

Suivaient les recettes du tourteau aux carottes, du gâteau de semoule, des pommes au four (« Ne point laisser brûler la cassonade »), et même celle du savon artisanal. Mais encore des instructions détaillées pour nettoyer des gants de chevreau à l'aide de crème de tartre, ainsi que la formule de quelques remèdes, et les ingrédients de la gelée de bergamote au sucre et à la liqueur.

Ils étaient tous là, tous les trucs et astuces de Jane Hamilton Merrill, toutes ses recettes élaborées au début du XIXe siècle. Mais par quel prodige ?

— Bridget... murmura Marge. J'ai la chair de poule. Regarde.

Elle lui montra son bras, mais Bridget l'ignora. Cette histoire lui faisait froid dans le dos à elle aussi, néanmoins, bravant sa peur, elle poursuivit son investigation. Elle passa la main dans le fond du coffret et y trouva, comme elle s'y attendait, un morceau de parchemin. La jeune femme aurait pu réciter par cœur le texte qui y était écrit :

Pour ma fille chérie à l'occasion de son mariage, et pour toutes ses filles. Puissiez-vous toujours connaître la joie de la bonne cuisine, savourer le confort d'un ménage bien tenu et récolter les fruits d'un travail honnête.

Un second paragraphe ajoutait :

Henrietta, ma chérie,
C'est ton arrière-arrière-grand-mère, Jane Hamilton Merrill, qui a rédigé ces quelques mots de bénédiction il y a de cela des années. Selon la tradition familiale, nous nous les transmettons de mère en fille, avec ses recettes. Reçois-les à ton tour en ce jour béni. Je vous souhaite une longue et heureuse union à toi et à ton cher Neville.

En lisant le nom de sa propre aïeule, Bridget poussa un cri et son cœur fit un bond dans sa poitrine. Quand elle reprit la parole, sa voix était comme étranglée.
— Marge, lis ça.
Elle lui tendit le parchemin.
— Et regarde.
Elle ouvrit son propre coffret, qui renfermait un papier similaire, et le remit également à son amie. On y lisait :

Pour ma fille chérie à l'occasion de son mariage, et pour toutes ses filles…

Marge compara les deux textes. Son regard passait de l'un à l'autre, encore et encore.

— Je ne comprends pas, balbutia-t-elle. C'est de la sorcellerie.

— Je sais, opina Bridget. Ma mère a reçu le coffret le jour de son mariage, et regarde ce que sa mère y avait inscrit.

Elle indiqua un paragraphe au bas du parchemin :

Ma très chère Mary,

C'est Jane Hamilton Merrill, ton arrière-arrière-grand-mère, qui a inauguré cette tradition il y a des années de cela. Aujourd'hui, c'est avec une joie immense que je te transmets ce coffret, avec toutes mes félicitations pour ton mariage. Je joins ma bénédiction à la sienne, et espère que vous vivrez heureux, Kieran et toi.

— Kieran et Mary, murmura Bridget. Mon père et ma mère…

— On a glissé dans une faille de l'espace-temps, ou quoi ? s'exclama Marge. C'est fou, comme coïncidence !

— Oui. C'est dément.

Elles contemplèrent, interloquées, les parchemins et les fiches qui s'étalaient devant elles parmi les piles de lettres et de vieilles photos. Au milieu trônaient les deux coffrets.

— J'ai peur, dit Marge.

— Je sais, chuchota Bridget. Moi aussi.

Le silence était abyssal. Le sens de ce qu'elles venaient de découvrir commençait lentement à se faire jour dans leurs esprits. Enfin, Bridget parut sortir de sa transe. Elle considéra la pièce et le chaos qui y régnait.

— Et si on passait en revue ces documents ? On y trouvera peut-être des indices.

Ne faisant ni une, ni deux, Marge s'attela à la tâche.

— Tiens, de vieilles photos de mariage, dit-elle en amassant des clichés. Peut-être nous apprendront-elles quelque chose ?

Elle les tendit à Bridget. Délicatement, pour ne pas endommager le papier qui s'effritait déjà par endroits, celle-ci les examina. Au centre de la première se trouvait la mariée, mince, jolie, vêtue d'une robe d'un autre temps, une longue traîne déployée autour de ses pieds. Un simple bandeau à rosettes ornait sa chevelure claire et un rien rebelle ; un voile encadrait ses traits fins. Le marié, un homme grand et séduisant en costume rayé et queue-de-pie, tenait la mariée par la main. De part et d'autre s'alignaient les demoiselles d'honneur. Bridget retourna la photo. Au dos, on pouvait lire : « Caroline et Colum le jour de leurs noces, avec Emily et les autres demoiselles d'honneur. »

Le regard de Bridget se perdit dans le vague, comme si un épais brouillard venait de se lever sur le passé.

— Caroline, c'était le prénom de ma grand-mère maternelle, articula-t-elle à grand-peine. Elle a épousé un certain Colum Connors. Elle est morte avant ma naissance et je n'ai jamais connu son nom de jeune fille. Après l'accident qui a tué mes parents, je suis allée vivre dans la famille de mon père, comme tu le sais. Là-bas, on l'évoquait sous le nom de Mamie Connors.

Toutes ses forces l'avaient abandonnée. Les chats vinrent se frotter à elle. Organdi joua un instant avec le cliché, que Bridget posa hors de sa portée de manière automatique, sans même y songer.

Marge dévisageait son amie comme s'il venait de lui pousser des cornes. Elle lui tendit quelques lettres pliées en quatre. D'une voix méconnaissable, elle murmura :

— Lis ça…

Bridget déplia les lettres qui se fendirent un peu au niveau de la pliure. L'encre était presque effacée. Redoublant de prudence, la jeune femme déchiffra à voix haute les caractères arachnéens :

Ma très chère Emily,

À la suite d'une terrible dispute, ton père n'adresse plus la parole à Caroline. J'ai tout essayé, il n'en démord pas. Il soutient qu'à ses yeux elle est morte et enterrée. Colum est bien décidé à repartir pour l'Irlande ; il va de soi que Caroline l'accompagnera. Or, elle dit que, une fois partis, elle et son mari couperont définitivement les ponts avec nous. Je t'en conjure, écris-lui, tâche de la faire changer d'avis. Peut-être t'écoutera-t-elle. Malgré votre différence d'âge, tu restes sa sœur. Tu es notre seul recours. Ton père (j'ose à peine l'écrire) affirme que Caroline n'est plus sa fille et qu'il ne prononcera plus jamais son nom. Ma chérie, si tu savais combien je souffre de cette situation ! Je suis contrainte de me ranger à l'avis de ton père. Mais faut-il vraiment qu'on laisse de sottes querelles nous séparer à jamais de ceux qui nous sont chers ?

Ta mère éplorée.

Bridget demeura un instant interdite, la lettre à la main. Elle la relut plusieurs fois en silence, touchée au plus profond de son âme par la peine qui s'en dégageait.

— Cette rupture est sans doute la raison pour laquelle la famille de mon père n'a jamais connu le nom de jeune fille de Mamie Connors, murmura-t-elle.

Marge haussa les épaules, un peu perdue.

— S'il s'agit bien de la même Caroline Connors, c'est possible.

Elle pointa du doigt la seconde feuille.

— Et celle-ci, que dit-elle ?

Bridget l'ouvrit.

Emily. C'est le cœur gros que je t'écris ces quelques mots. J'ai bien reçu ta lettre. Je dispose de peu de temps. Que te répondre ? Sinon que nos valises sont faites et que nous sommes sur le départ. Tes propos m'ont touchée au vif et ne m'inspirent qu'une seule pensée : dans ton grand âge, tu as dû oublier ce que c'est que d'aimer un homme par-dessus tout, davantage, même – oserais-je l'écrire ? –, que ses propres parents. Je suis morte à leurs yeux ? Ainsi soit-il. Nous autres Lloyd sommes d'un tempérament tenace, nous avons cela dans le sang et, pour l'affaire qui nous occupe, je serai, moi aussi, tenace. Adieu, Emily, ceci sera ma dernière lettre.

Ta sœur néanmoins,

Caroline Connors.

Bridget fixa les caractères pâles pendant un long moment, perdue dans ses pensées. Soudain, le sang afflua de nouveau dans ses veines et ses yeux s'écarquillèrent. Elle replia soigneusement les lettres, les rendit à Marge et se leva d'un bond.

Elle gagna en courant la cuisine, où elle avait laissé son sac, fouilla frénétiquement dans son contenu, écartant de vieux plans de métro, le ticket de caisse de trois paires de chaussettes et une grille de mots croisés du *New York Times* à moitié remplie. Enfin, elle en sortit le gigantesque arbre généalogique qu'on lui avait remis pendant l'audience. Toujours au pas de course, elle retourna dans la salle télé. Marge, sidérée, n'avait pas bougé d'un pouce. Bridget étala par terre l'immense document et s'installa à quatre pattes pour le consulter. Du doigt, elle suivit les lignes qui reliaient Henrietta Willey à Emily Lloyd, Emily Lloyd à Catherine Morton, la grand-mère d'Henrietta, puis à son mari Henry Lloyd. Catherine et Henry avaient eu deux filles, mais Mumu ne s'était intéressée qu'à Emily, leur aînée, la mère d'Henrietta.

— Regarde, s'exclama Bridget en désignant la case suivante sur la même rangée. Le voilà !

Elle joignit le geste à la parole :

— Emily avait une petite sœur, qui s'appelait Caroline.

— Mais alors...

Marge n'acheva pas sa phrase. Pour la première fois de sa vie, elle était sans voix.

— Oui, reprit Bridget. Si les deux Caroline n'étaient qu'une seule et même personne, alors...

Elle frémit et énonça l'impossible :

— Alors, la sœur d'Emily et ma mamie Connors ne faisaient qu'une.

Marge se taisait toujours. Elle observait Bridget, les yeux ronds comme des billes de loto.

— Bridget, ma chérie, j'ose à peine formuler cette idée mais...

Marge prit un petit temps de réflexion et se lança :

— Cela signifie que toi et Henrietta...

— Mais non. C'est impossible. Ce sont des noms courants, Marge. Comment se pourrait-il que...

Elle laissa sa phrase en suspens. Marge refit un essai :

— Henrietta et toi, vous seriez...

— Apparentées. Mais par quel lien ?
— Vous seriez cousines, pour schématiser.
— Mince.
— Je crois qu'exceptionnellement tu pourrais être plus grossière. Que vas-tu faire ?

Bridget garda le silence. Puis elle se redressa.

— Je vais téléphoner à M. Kinski. Il démêlera l'affaire à ma place.

— Avec un peu de chance, les Morley…

— Tais-toi, tu vas nous porter malheur. Et passe-moi le téléphone.

Marge retint son souffle pendant que son amie composait le numéro. Elles patientèrent toutes deux. La tonalité retentit plusieurs fois. Enfin, on décrocha.

— Bonsoir, monsieur Kinski, dit Bridget. Je sais qu'il est tard, mais il fallait absolument que je vous parle. Sinon, je ne vais pas fermer l'œil de la nuit.

Marge se lova dans un fauteuil moelleux et écouta son amie raconter à son avocat les derniers rebondissements : la recherche du manuscrit disparu, la découverte du coffret dont Bridget possédait le double, les lettres, les photos, les dates qui concordaient, en somme toute l'improbable affaire.

— Maintenant ? s'étonnait Bridget. Mais il est près de minuit. Je pensais…

S'ensuivit un long silence pendant lequel Bridget écoutait la réponse de Gerald Kinski.

— En effet, concéda-t-elle. Pour soixante-dix millions de dollars, on peut bien faire une exception. Si vraiment vous n'y voyez pas d'inconvénient. Entendu, monsieur Kinski. À tout de suite.

Elle raccrocha, les joues rosies par l'excitation.

— Qu'a-t-il dit ? lui demanda Marge aussitôt.

— Il veut que nous lui apportions tous les documents immédiatement à son cabinet. Il veut les examiner pour lancer l'authentification demain à la première heure. D'après lui, ses équipes ne devraient pas avoir de mal à retrouver les extraits de naissance, les certificats de mariage et les autres justificatifs. Marge, j'ai les mains qui tremblent.

Elle porta la main à sa poitrine.

— Et j'ai le cœur qui bat la chamade. Je vais faire une crise cardiaque.

— Ah, non, pas maintenant ! On a du pain sur la planche.

Marge était déjà par terre en train de rassembler les documents et de les ranger dans un carton.

— Je peux t'accompagner ? demanda-t-elle.

— Tu plaisantes ? Tu n'as pas intérêt à me lâcher.

Moins de dix minutes plus tard, elles avaient tout empaqueté, mis de l'ordre dans la salle télé et étaient prêtes à filer.

Bridget ne pensait pas que la soirée pût lui réserver d'autres surprises, et pourtant... En ouvrant la porte, elle découvrit Mack sur son paillasson, la main levée, prêt à toquer.

— Bridget ? s'exclama-t-il, stupéfait. Je sais qu'il est tard mais je ne trouvais pas le sommeil. J'ai vu de la lumière dans votre cuisine. Il faut que je vous parle.

Alors seulement Mack remarqua le gros carton que traînait sa voisine. Ainsi que la présence de Marge.

— Oh, pardon, je vous croyais seule.

Le pauvre devait effectivement manquer de sommeil ; il avait l'air hagard, les cheveux emmêlés et le regard fébrile. Tout ça ne lui ressemblait guère. On aurait dit qu'il venait de traverser un ouragan. Une barbe naissante recouvrait ses joues et il avait apparemment enfilé les premiers vêtements qui lui étaient tombés sous la main, un jean, un T-shirt et des mocassins bateau sans chaussettes.

Bridget, qui venait elle aussi de traverser un ouragan, et à qui la tête tournait, accueillit son voisin avec soulagement. Elle se rappelait vaguement avoir résolu de ne plus jamais lui adresser la parole, mais sa colère venait de retomber comme un soufflé. Elle qui avait l'impression de dériver, elle trouvait en lui un roc, solide et rassurant, pour l'amarrer à la réalité. Elle plongea son regard dans ses yeux noirs et s'aperçut qu'elle n'avait qu'une envie, lui raconter le coup de théâtre qu'elle vivait. D'ailleurs, c'était plus qu'une envie. C'était un besoin.

— Je vous présente mon amie Marge Webster, dit-elle.

Marge, jaugeant rapidement la situation, s'était faufilée entre Mack et Bridget pour aller les attendre un peu plus loin, près de l'ascenseur.

— Vous devez être le fameux Mack, dit-elle avec un sourire malicieux. Mack, le charmant voisin.

Elle le reluquait effrontément, notant sa carrure athlétique, son visage séduisant, sa barbe de trois jours et son look décontracté.

— J'ai entendu parler de vous, ajouta-t-elle.

Elle décocha un regard entendu à Bridget, qui s'empourpra violemment et lui retourna une moue sévère.

— Euh… vraiment ? répondit Mack, qui rougit à son tour.

Pour faire diversion, il se tourna vers Bridget :

— Donnez-moi ça, je vais le mettre dans l'ascenseur.

Il prit le carton. Il hésita, cherchant ses mots, décontenancé par la présence inattendue de Marge. Mais il avait tant de choses à dire à Bridget qu'il ne put se résoudre à attendre un moment plus opportun.

— Vous revenez bientôt ? se renseigna-t-il. Si je ne vous parle pas ce soir, ce sera nuit blanche assurée.

— Venez avec nous, proposa Bridget, qui n'avait aucune envie de le quitter si vite. J'ai besoin d'un comité de soutien, ce soir.

Mack haussa les sourcils.

— Ah ? Que se passe-t-il ? D'ailleurs, où allez-vous à cette heure ?

L'ascenseur arriva.

— Patience, dit Bridget en saluant Sandor, le liftier. Je vous raconterai tout dans le taxi.

20

Dix minutes plus tard, parvenu à destination, un Mack éberlué par le récit des filles dut se faire dire de descendre du taxi. Il avait oublié ce qui l'avait poussé à aller sonner chez Bridget à une heure indue. Il la fixait, incrédule. Si son affrontement virtuel avec son père et la découverte de ses sentiments l'avaient déjà sévèrement ébranlé, les révélations précipitées de la jeune femme achevèrent de l'assommer. Son cœur et sa tête bourdonnaient d'informations et d'émotions contradictoires, de chaos, de merveilles et de mystère. L'histoire que la jeune femme venait de lui confier ne tenait pas debout, pourtant, il ne pouvait soupçonner Bridget de lui avoir menti. Elle était l'honnêteté incarnée, cela sautait aux yeux. Cela faisait d'ailleurs partie des choses qui lui plaisaient chez elle. Il continua de la dévisager, hébété, quand elle eut rejoint son amie Marge sur le trottoir. Enfin, il se secoua, paya le chauffeur, saisit le carton de documents et s'engouffra à leur suite dans le hall obscur et silencieux.

Un veilleur de nuit montait la garde ; Gerald Kinski l'avait averti de leur arrivée et il les fit monter. L'avocat lui-même les avait précédés de peu. Dans l'ascenseur qui emmenait le trio vers son bureau du quarante-troisième étage, on aurait entendu une mouche voler.

Bridget avait visiblement tiré Gerald du lit. Ce dernier s'était habillé à la hâte. Il avait omis de boutonner son col, négligé de peigner ses cheveux clairsemés, dont les mèches grises se dressaient, hirsutes, sur son crâne, et il ne s'était pas rasé. Mais son regard attestait d'une pleine acuité. L'appel de Bridget l'avait électrisé et il lui tardait d'examiner de près les documents dont elle lui avait parlé.

Relevant la présence de Mack et de Marge, il les salua distraitement, puis :

— Je vais devoir vous demander de me laisser seul avec ma cliente, annonça-t-il. Si vous voulez bien patienter à la réception...

Bridget haussa les sourcils. Depuis quand était-elle la cliente de l'avocat ? Décidément, sa situation évoluait rapidement.

— Bien sûr, aucun problème, répondirent en chœur les deux autres, qui tournèrent les talons.

— Vous trouverez des rafraîchissements dans l'espace cafétéria, leur lança encore Gerald avec un geste approximatif. Dernière porte sur votre gauche. Le personnel de nuit s'occupera de vous. Je viendrai vous chercher quand nous aurons terminé.

Il n'avait qu'une hâte, se mettre à l'ouvrage. Enfin, la porte de son bureau se referma.

— Alors, voyons un peu ça, dit-il à Bridget.

Il se tut et la fixa attentivement.

— Il s'agit d'un rebondissement prodigieux, inespéré, reprit-il. Asseyez-vous, ma chère. Asseyez-vous, tenez...

Il lui indiqua le fauteuil qu'il réservait à ses clients.

— Mettez-vous à l'aise et reprenez depuis le début, voulez-vous ? N'omettez aucun détail.

Nerveuse, Bridget s'assit sur le bord du fauteuil. Son histoire lui semblait de plus en plus folle chaque fois qu'elle la racontait. Mais elle obéit. Elle raconta par le menu la recherche du manuscrit, la découverte du coffret, des photos et des lettres, et les conclusions qu'elle en avait tirées.

Quand elle eut terminé, Gerald Kinski la contemplait, bouche bée.

Longtemps, il ne dit rien. Enfin, il émit un vague borborygme, mais toujours sans émettre le moindre commentaire. Il en était incapable.

Au bout d'un certain temps, il finit par prononcer un unique mot.

— Bien.

Puis, il le répéta plusieurs fois :

— Bien, bien, bien.

Il ne quittait pas Bridget des yeux. Dans sa profession, il fallait savoir faire preuve d'une saine dose de cynisme. Certains clients ne reculaient devant aucune manigance face à la tentation d'un joli butin. Soixante-dix millions de dollars, ce n'était pas rien. Il lui faudrait vérifier les allégations de Bridget. Toutefois, il avait beau scruter son joli visage, il n'y décelait que de la confusion, voire un aveu d'impuissance.

De toute façon, il ne serait pas difficile de faire authentifier les documents que lui avait apportés la jeune femme. Il suffirait de faire un saut au bureau d'état civil, aux archives du comté et d'appeler les églises concernées, selon les cas.

— Cela change tout, dit l'avocat. Si vous êtes effectivement apparentée à feu Henrietta Willey, il va falloir prévoir une seconde audience, et vite.

C'était stupéfiant. Renversant. Quand il raconterait ça à Doug et à Art ! Ils ne pourraient plus lui garder rancune de sa bourde. Gérer un héritage d'une valeur de soixante-dix millions de dollars, voilà qui rapporterait gros au cabinet. Gerry n'y croyait plus, mais l'espoir renaissait.

Pendant ce temps, à la réception, requinqués par une tasse de café bien noir, Marge et Mack entretenaient une conversation houleuse.

Tout avait pourtant bien commencé. Marge admirait la plastique de son voisin, songeant qu'elle comprenait mieux pourquoi Bridget s'était pâmée dans ses bras, quand il avait pris la parole :

— Je voudrais jeter un œil à ce manuscrit. Ma maison d'édition pourrait en faire quelque chose.

— Pas question ! avait rétorqué Marge.

La soirée avait été longue, et il était très tard, mais quand il s'agissait de défendre ses intérêts, ou, plus exactement, ceux de *Lady Fair*, la jeune femme réagissait toujours au quart de tour.

— Je suis déjà sur le coup, expliqua-t-elle. Votre maison a eu sa chance et l'a laissée filer. C'est mon tour.

— Pas si vite, l'interrompit Mack en reposant son gobelet en carton.

De la concurrence ! Il ne s'attendait pas à ça. Lui qui pensait que Marge saluerait son initiative.

— Chez Harmon & Brewster, nous réserverions au texte d'Henrietta Willey le traitement de prestige qu'il mérite. Avec nos ressources de marketing et de distribution, avec notre image de marque…

— Votre image de marque sent la naphtaline. Vous ne pouvez pas rivaliser avec un magazine qui compte quatre millions sept cent mille lecteurs à travers le pays. Vous n'avez pas les moyens d'amortir un tirage pareil. Pas pour un livre de recettes. Harmon & Brewster ne possède aucune expérience en la matière, tandis que c'est exactement le genre de choses dont nos lecteurs raffolent. *Lady Fair* est la tribune rêvée pour…

— Nous sommes prêts à proposer une somme considérable pour le rachat des droits.

— *Lady Fair* doublera votre offre.

Marge, toute à sa négociation, ne pensait plus du tout au physique agréable de son interlocuteur.

— J'ai déjà prévu une double page sur l'art de vivre selon Henrietta Willey, avec des photos de l'appartement et des encarts sur les différents pays où Neville a séjourné. Ce sujet est fait pour nous. Mes lecteurs vont l'adorer, répéta-t-elle.

— Chez Harmon & Brewster, on ferait réaliser un coffret. Volume I : le manuscrit d'Henrietta ; volume II : le livre de Bridget. En tout cas, c'est une possibilité.

— Chez *Lady Fair* aussi, on pourrait intégrer les articles de Bridget à la chronique.

— Harmon & Brewster s'engagera par contrat à publier son prochain ouvrage.

Marge se tut, impressionnée, mais recouvra aussitôt sa combativité :

— J'ai un avantage de taille sur votre maison, dit-elle pour couper court aux enchères. Bridget est ma meilleure amie depuis des années. Si elle signe avec *Lady Fair*, elle aura affaire à quelqu'un qui a ses intérêts à cœur, à quelqu'un qui l'aime.

Voilà qui allait rabattre son caquet à ce Mack.

Une expression étrange flotta alors sur les traits de son interlocuteur.

Il se garda bien de révéler à Marge la nature de ses pensées. Il n'en parlerait à nulle autre que Bridget. Par chance, l'arrivée inopinée de cette dernière et de

Gerald Kinski lui évita d'avoir à contrer l'argument de son adversaire.

Bridget paraissait épuisée. Maintenant qu'elle avait tout raconté à l'avocat, elle ressentait le contrecoup de tous les récents événements. La tête lui tournait comme après dix tours de manège. Elle avait le regard vitreux et semblait sur le point de s'écrouler. Ses jambes ne la soutenaient plus que par miracle.

Marge, au contraire, débordait d'énergie, son imagination travaillait à dix mille tours.

— Bridget, ma chérie, j'ai des tas d'idées formidables, écoute un peu.

Bridget lui opposa un regard hébété.

— Alors, continua Marge sans se troubler, ce qu'il te faut, c'est...

— On verra ça plus tard, la coupa Mack, sévère.

Sincèrement soucieux du bien-être de Bridget, il enroula le bras autour de ses épaules.

— Ce qu'il lui faut, c'est une bonne nuit de sommeil. Bridget, tu tombes de fatigue. Je te ramène à la maison.

Bridget, dans son épuisement, ne remarqua pas qu'il avait inconsciemment adopté le tutoiement pour s'adresser à elle. Cela lui parut même totalement naturel.

Il la conduisit vers la sortie.

— Bonne idée, approuva Gerald. Reposez-vous. Je m'occupe de tout. Je vous tiendrai au courant. On devrait y voir plus clair d'ici un ou deux jours.

— Oh, pardon ma chérie ! babilla Marge. Je me suis laissé emporter, tu me connais. Mais ça peut attendre, évidemment. Tu dois être épuisée, va donc te coucher, je t'appelle demain. On parlera à ce moment-là.

Dehors, sur le trottoir, Marge s'installa dans un taxi, non sans avoir glissé à Mack :

— Pas un mot à Bridget de notre conversation, c'est entendu ? On ne lui fait pas de proposition concernant…

— Bien sûr, répondit Mack sans lui laisser le temps de finir sa phrase. Elle est bien trop épuisée pour que je l'ennuie avec ça dans l'immédiat.

Il ferma la portière et ils échangèrent un petit signe de main. Le taxi s'éloigna.

Mack tint parole. Bridget et lui ne prononcèrent pas une parole de tout le trajet du retour. Ce ne fut qu'une fois sur le palier du douzième étage du 612, Park Avenue que Bridget se tourna vers lui pour lui souhaiter une bonne nuit.

— Au fait, balbutia-t-elle d'une voix ensommeillée, pourquoi venir frapper à ma porte, tout à l'heure ? Y avait-il quelque chose de spécial ?

Mack la regarda droit dans les yeux, y lut une lassitude extrême, et décida de patienter.

— Oui, murmura-t-il. Mais cela attendra.

21

Quand Marge téléphona à Bridget le lendemain matin, celle-ci n'avait pas encore fini sa nuit.

— Rappelle plus tard, Marge, bougonna-t-elle sans lever la tête de son oreiller.

À l'aveuglette, elle reposa son téléphone sur sa table de chevet alors que son amie était toujours en train de lui parler.

Quand Gerald Kinski téléphona aux alentours de midi, elle était encore trop fatiguée pour parler.

— Est-ce que ça peut attendre demain ? demanda-t-elle. Je suis totalement déphasée.

— Bien sûr, Bridget. Je voulais simplement vous informer que mon équipe travaillait d'arrache-pied sur l'authentification des pièces de votre dossier. Aucun problème, reposez-vous.

Et il raccrocha.

Deux heures plus tard, le soleil paraissait à l'ouest de l'appartement, inondant de ses rayons la terrasse et la chambre à coucher. La lumière balaya le visage de la jeune femme, qui lui tourna le dos. Avait-elle oublié de tirer les rideaux ? Dans sa somnolence, elle n'arrivait pas à se le rappeler. D'habitude, elle veillait toujours à les fermer, mais, la veille, harassée, elle avait dû se laisser tomber sur son lit sans songer que, depuis sa terrasse, Mack avait sur sa chambre une vue imprenable. Elle n'était plus en état de songer à quoi que ce soit. Mais à présent qu'elle commençait à retrouver ses esprits, le souvenir de son voisin lui revint. Comme en rêve, elle pensa à lui et les questions fusèrent dans sa tête. De quoi voulait-il lui parler, si tard, la veille au soir ? Pourquoi était-il si débraillé, lui toujours tiré à quatre épingles ? Que signifiait donc ce regard de braise qu'il avait posé sur elle avant de prendre congé ?

Sur le moment, elle était trop subjuguée par ses découvertes pour y prêter attention, mais avec le recul, elle s'en rendait compte, Mack s'était comporté de bien étrange façon. Elle le revoyait dans son imagination et le trouva transformé. Radouci. Et animé d'un feu étrange qu'elle ne savait interpréter. En tout cas, il ne faisait plus du tout collet monté.

Était-il sur sa terrasse en ce moment ?

Encore à demi endormie, les yeux clos, Bridget se le représenta étendu sur une chaise longue, ou assis à la table de fer forgé, penchant studieusement sa tête brune sur une pile de manuscrits, une tasse de café à la main, Sergent endormi à ses pieds. À moins qu'il ne fût en train de rédiger une odieuse lettre de refus, son ordinateur portable sur les genoux. Les images s'enchaînaient. Voici que Bridget se figurait son beau voisin accoudé à la balustrade, contemplant le paysage qui s'offrait à lui, ou guettant dans le ciel sans nuages un des faucons pèlerins qui nichaient au sommet de la tour Chrysler. Peut-être se retournait-il à l'instant même et l'apercevait-il, allongée dans son lit. Il s'avançait, franchissait le muret qui séparait leurs deux balcons…

La veille, à bout de forces, elle avait semé par terre ses vêtements. Elle n'avait même pas eu l'énergie d'enfiler une chemise de nuit. D'un geste indolent, elle passa la main sur le drap de satin qui lui chatouillait la joue afin de s'assurer qu'elle était bien couverte et poussa un soupir d'aise.

Le téléphone sonna. Elle l'attrapa sans ouvrir les yeux et décrocha, la tête sous la couverture.

— Tu te sens mieux ? demanda une voix grave.

Bridget, surprise, ouvrit grands les yeux et s'assit vivement, serrant le drap contre son corps nu. Elle jeta un coup d'œil furtif en direction de la terrasse. Elle était déserte.

— Il est quatorze heures, dit Mack. Je te réveille ?

— Plus ou moins, bégaya Bridget.

Le son de sa voix la tirait de ses songes et les fabuleux événements de la veille lui revenaient peu à peu.

— J'ai dormi comme un loir, admit-elle.

Elle avait dû rêver. Ou l'impossible s'était-il réellement produit ?

— Je peux te parler ?

Bridget ne demandait pas mieux. Elle avait besoin d'un contact extérieur pour s'ancrer dans la réalité. Elle se remémora l'appel de l'avocat. Ses équipes, avait-il dit, travaillaient d'arrache-pied… Ainsi, elle n'avait pas rêvé ! Ils cherchaient à vérifier son incroyable théorie.

Il faisait grand jour dans la pièce. Bridget ne pouvait plus en douter, elle n'avait pas rêvé.

— D'accord, dit-elle. À condition qu'on n'évoque pas la question de mes liens avec Henrietta. Je préfère attendre le verdict de M. Kinski. On devrait être fixés demain.

— Je m'engage sur l'honneur à ne pas prononcer le nom de cette femme. Et si on allait faire un tour à Central Park ? Il fait un temps splendide, les oiseaux chantent, le soleil brille.

Pour achever de la convaincre, il ajouta :
— Je t'offrirai un hot-dog.
Bridget était déjà conquise. Elle vérifia que Mack n'était pas sorti sur la terrasse, lâcha sa couette et minauda :
— Avec des frites ?
— Avec tout ce que tu voudras.
La jeune femme sourit, enchantée.
— Alors, d'accord.
Elle raccrocha. Les chats bondirent sur le lit et elle leur fit des mamours. Ils ronronnèrent de plaisir.
— Il lui est arrivé quelque chose, musa-t-elle. Lui qui paraissait si coincé. Me serais-je trompée sur son compte ?
Elle grattouilla la joue d'Organdi.
— Qu'est-ce que tu en dis, future maman ?
La chatte ferma les yeux et s'étira paresseusement.
— J'ai peut-être eu tort.
Organdi posa la patte sur son avant-bras comme pour l'encourager dans cette voie.
— Mack Brewster a-t-il changé ? Ou bien serait-ce moi ?

Les associés de Gerald Kinski n'avaient pas leur pareil pour mener des recherches en un temps record. Dotés d'une compétence hors pair, ils sollicitèrent les institutions concernées, du bureau du recensement au bureau d'état civil en passant par divers centres d'archives régionaux, et ce fut pour eux un jeu d'enfant de mettre la main sur les bons documents. Ils faxèrent les justificatifs pertinents au cabinet Braye, Kohler & Kinski, de sorte qu'en fin d'après-midi un dossier complet reposait sur le bureau de Gerald, assorti de notes et d'arguments à présenter à la cour afin d'obtenir une seconde audience. Oui, les collaborateurs de Gerry avaient bien travaillé. En passant en revue le fruit de leurs efforts, l'avocat exultait. Si improbable que fût ce rebondissement, les dates concordaient, les faits se vérifiaient, tous les indices s'agençaient pour conduire à l'inéluctable conclusion.

— C'est incroyable ! s'exclama Gerald. Jamais je n'aurais cru possible un tel coup de théâtre.

Il feuilleta le dossier pour s'assurer une énième fois qu'il n'y manquait pas une virgule et que tout était en règle.

— C'est fou, dit-il à voix haute. Quelqu'un me l'aurait raconté que je lui aurais ri au nez.

Il fit quelques pas dans son bureau pour se calmer les nerfs, puis il appuya sur le bouton de l'interphone.

— Cynthia, bloquez-moi un rendez-vous avec Doug et Art le plus rapidement possible. C'est urgent, insista-t-il. C'est capital.

À nouveau seul, il se lança dans une gigue endiablée et donna même dans l'air quelques coups de poing victorieux.

— Youpi !

Il poussa un profond soupir et se laissa tomber dans son fauteuil. Puis, triomphal, il s'exclama :

— Prends ça, Afton Morley !

Pendant ce temps, Marge peaufinait son projet de chronique de cuisine et d'art de vivre. Elle n'avait dormi que quelques heures depuis qu'elle avait quitté Mack et Bridget. Assise à son bureau, elle organisait ses pensées à grand renfort de Post-it et de brouillons de maquettes. En fin d'après-midi, elle avait déjà contacté le service juridique, les photographes et les experts culinaires de *Lady Fair*.

Elle s'était rendu compte qu'il n'y avait pas de raison de se disputer les droits du manuscrit d'Henrietta avec Harmon & Brewster. *Lady Fair* avait tout à gagner à établir un partenariat avec une maison d'édition réputée. Elle avait donc téléphoné à Mack pour lui proposer une collaboration sur le projet, mais son assistante l'avait informée qu'il était sorti.

— Flûte ! pesta-t-elle en raccrochant. Comme par hasard, pile au moment où j'ai besoin de lui parler. Il devrait être à son bureau. Pourquoi n'y est-il pas ?

Quand Marge avait une idée en tête, elle devenait monomaniaque. Et terriblement impatiente.

Elle gagna la fenêtre d'un pas conquérant et contempla le trottoir en contrebas, puis fit trois ou quatre fois le tour de la pièce, revint à la fenêtre et abattit la paume de sa main à plat contre la vitre.

— Où te caches-tu, maudit Mack Brewster ?

Mack Brewster ne se cachait nulle part.

Il se pavanait dans Central Park aux côtés de Bridget, heureux comme un pape.

Ensemble, ils longeaient le lac où des cygnes décrivaient de lentes circonvolutions.

— Qu'ils sont beaux ! s'extasia la jeune femme.

— Magnifiques, confirma le jeune homme sans les regarder.

Il n'avait d'yeux que pour elle. Les plus grandes merveilles du monde ne pouvaient rivaliser avec sa beauté. Le soleil jouait dans ses boucles et sa grasse matinée lui avait donné un teint de pêche. Un peu de moutarde ornait le coin de sa bouche gourmande.

— Il est bon, ce hot-dog ? lui demanda-t-il, fasciné.

— Délicieux. C'est exactement ce qu'il me fallait.

Ils poursuivirent sans plus parler leur promenade. Parvenus au sommet d'un adorable petit pont, Mack déclara :

— Arrêtons-nous un instant.

Bridget n'y voyait pas d'objection, aussi s'appuyèrent-ils tous deux à la rambarde pour contempler les eaux paisibles qui babillaient à leurs pieds.

— Tu es bien silencieux, observa la jeune femme.

— Toi aussi.

— J'essaie de ne penser à rien.

— Ah, fit-il.

Ce devait être difficile, alors que miroitait devant elle la possibilité d'hériter d'une fortune colossale.

— Et tu y arrives ? s'enquit-il.

— On avait dit qu'on n'en parlerait pas.

— Tu as raison. Pardon.

Il ne voulait pas manquer à sa parole et changea donc de sujet. Comme il avait aussi promis à Marge de ne pas non plus aborder avec Bridget la question de son livre, il ne lui restait qu'une seule possibilité :

— En ce cas, parlons de nous, dit-il d'une voix douce.

Elle continua de fixer le ruisseau, mais ses joues s'étaient teintées de rose.

— Ce n'est pas un sujet tabou, ça, si ?

Bridget ne se retournait toujours pas. Elle se contenta de secouer légèrement la tête. Ses joues étaient écrevisse.

Mis en confiance, Mack se rapprocha.

— Je me suis comporté comme un idiot.

Elle allait protester, mais il la devança :

— Ne nie pas, c'est la vérité. Mais hier soir j'ai eu une longue conversation avec mon père. Je lui ai dit ma façon de penser. Si tu l'avais connu, tu saurais que ça revient à peu près à défier un taureau enragé. Pourtant, grâce à toi, j'y suis arrivé, et je lui ai fait voir ses torts. Moi aussi, j'ai affronté les miens.

— De mon côté, je m'en veux d'avoir été aussi obstinée, avoua Bridget en lui jetant un regard en coin.

Malicieusement, elle reprit :

— Mais dis-moi, comment ton père a-t-il pris ça ?

— Il ne m'a pas répondu, il savait que j'étais dans le vrai. Et puis, j'avais à lui parler de choses bien plus importantes.

Elle haussa les sourcils, intriguée.

— Je lui ai parlé de toi, expliqua Mack. Je lui ai dit que j'avais rencontré une fille qui m'avait complètement retourné le cerveau. La fille de mes rêves.

Bridget en eut le souffle coupé. Son cœur se mit à battre la chamade.

— Une fille, poursuivit Mack, qui a d'adorables taches de rousseur, une tendance à rougir quand elle est embarrassée…

Il tendit la main et caressa ses boucles.

— Une fille qui a des cheveux d'or et de feu…

— Oh… fit Bridget sans oser le regarder.

— Une fille qui s'évanouit quand je l'embrasse…

Il la prit par les épaules et la fit pivoter vers lui.

— Une fille qui a de la moutarde au coin de la bouche, juste là.

Il l'embrassa. Longuement, tendrement. Encore et encore. Le baiser se faisait de plus en plus doux. Au-dessus, les branchages se mirent à tournoyer. En dessous, le pont se mit à ondoyer. Et Bridget s'agrippa à Mack de toutes ses forces pour ne pas perdre à nouveau connaissance.

Elle en oublia la colère qu'il lui avait un jour inspirée. C'était l'homme le plus merveilleux qu'elle avait jamais rencontré. Qu'importaient la gloire et la fortune ? Mackenzie Haven Brewster la tenait dans ses bras.

Épilogue

Pour son mariage, Bridget se fit faire une réplique de la robe que portait Caroline, sa mamie Connors, le jour où elle avait épousé Colum, à partir d'une photo craquelée, retrouvée parmi les trésors d'Henrietta. Des fleurs fraîches ornaient ses cheveux et un voile d'une grande finesse tombait en volutes sur ses épaules. Elle portait un bouquet de lis blancs que liait un ruban de satin et, tandis qu'elle descendait l'allée centrale de l'église, tout en elle respirait la grâce, l'élégance et la beauté.

Mack n'oublia jamais à quel point elle resplendissait ce jour-là, et jamais il ne cessa de s'émouvoir à ce souvenir.

C'est Gerald Kinski qui mena la jeune femme à l'autel. Il se rengorgeait comme s'il était son père.

Marge, qui avait offert aux jeunes mariés un superbe vase en cristal, rayonnait dans sa robe de lin vert anis. Une rangée de perles ornait son chignon.

Douglas Braye et Art Kohler assistèrent eux aussi à la cérémonie. Ils évoquaient deux tigres repus. En avocats reconnaissants, ils avaient offert au couple un superbe service à café en argent de chez Tiffany. Le cadeau avait coûté une fortune à leur cabinet, mais ils firent passer la dépense en une note de frais qui leur vaudrait une jolie déduction fiscale.

La grand-mère Berrigan de Bridget se trouvait au premier rang. Elle couvait d'un regard fier sa petite-fille radieuse, entourée d'oncles, de tantes et de cousins. Tous étaient encore sous le choc du conte de fées que vivait leur chère Bridget, qui faisait non seulement un héritage colossal, mais venait de signer un contrat avec Harmon & Brewster, garantissant la publication de son ouvrage. Et pour couronner le tout, *Lady Fair* lui avait consacré tout un article. Sa grand-mère ne se déplaçait plus sans un exemplaire du magazine, au cas, bien improbable, où elle tomberait sur une connaissance qui ne l'aurait pas encore lu.

Comptait également parmi l'assemblée le juge Forsgren. Lors de la seconde audience, il avait établi que Bridget était bien l'arrière-petite-cousine d'Henrietta Willey, et donc plus proche de la défunte que son arrière-issu de germain. Le juge Vincent Mallory, qui avait lors d'une audience ultérieure officialisé la découverte de l'héritière naturelle d'Henrietta Willey et donc attribué sa fortune à Bridget, était aussi de la partie. Bien sûr, ils avaient été invités au mariage après le jugement, afin d'éviter tout soupçon de tentative de corruption. Ils étaient arrivés ensemble avec leur cadeau, une édition de *La Généalogie pour tous*, revue et augmentée de chapitres sur les nouvelles méthodes de recherches informatiques.

Mais les invités d'honneur étaient Satin et Organdi. Sur leur coussin blanc à l'avant de l'église, ils arboraient fièrement leurs rubans des grands jours. Les petits d'Organdi, nés quelques semaines plus tôt, étaient trop jeunes pour prendre part à la fête. Ils étaient sagement restés à la maison dans la cabane que Bridget leur avait aménagée au creux du carton « magique » où elle avait trouvé la Merrill Box d'Henrietta, son manuscrit ainsi que tous les documents qui avaient attesté leurs liens de parenté.

Après la messe, on donna une réception dans le grand salon de l'appartement 12A. Bridget s'était chargée du menu, des amuse-gueules aux mignardises. Elle avait délégué la réalisation des mets à des traiteurs, à l'exception de la pièce montée, qu'elle avait tenu à confectionner elle-même. Des photographes travaillant pour Marge avaient été chargés d'immortaliser les lieux, l'événement, les robes de gala et, surtout, les plats. Même les chats et les chatons se firent tirer le portrait. Ils figureraient ainsi aux côtés de leur maîtresse et de ses merveilleuses recettes dans le prochain numéro de *Lady Fair*.

La fête battait son plein. Parmi l'opulence et la musique, ce fut bientôt au tour des chatons de se trouver au centre de l'attention. Les invités défilaient pour s'attendrir devant leurs mimiques et leurs cabrioles. Ils étaient si mignons, avec leur étonnant pelage bleu-gris tacheté d'un noir de nuit. Organdi les gardait jalousement, surveillant les invités venus les admirer. Satin, lui, attendait patiemment dans son panier que tout ce charivari s'arrête enfin.

Seule Mme Maudsley, qui sirotait un cocktail d'un air pincé, trouva quelque chose à redire à la soirée.

— Je parie qu'ils vont avoir des tripotées de bambins, maugréa-t-elle discrètement à l'oreille de son mari.

Elle désigna du bout de son menton pointu les heureux résidents du douzième, Mack enlaçant une Bridget plus gaie que jamais.

— L'étage était déjà une ménagerie, il va devenir une nursery par-dessus le marché.

Elle but une gorgée et ajouta :

— Je serais curieuse de savoir ce que Mme Willey en aurait pensé.

— Ma foi, répondit Harold Maudsley en jetant un coup d'œil au fameux portrait, je crois qu'elle se serait faite à l'idée...

En effet, depuis son cadre, Henrietta promenait sur la scène un regard satisfait. Ses chats étaient chouchoutés. Sa demeure hébergeait de nouveau une somptueuse fête, comme à la grande époque. Les invités s'amusaient, les plats succulents abondaient, le champagne coulait à flots. Quand Max le portier et Tom le liftier passèrent présenter leurs vœux aux jeunes mariés, ils se virent offrir une coupe de champagne et un morceau de gâteau. Tout était bien qui finissait bien.

Oui, vraiment, Henrietta Willey jubilait.

Recettes
Viandes et ragoûts du monde entier

Goulasch

Maria Molnar tenait avec son mari Gabor un petit restaurant non loin du village natal de Bridget, sur Wren's Road, à Warrentown. Quand Bridget était au lycée, elle y travaillait l'été pour se faire un peu d'argent de poche. C'est dans les cuisines de Maria qu'elle s'initia aux délices de la gastronomie hongroise, à la croisée d'influences locales mais également turques, transylvaniennes et autrichiennes.

1,5 cuiller à soupe d'huile ou 2 cuillers à soupe de beurre fondu
1 gros oignon haché
2,5 cuillers à soupe de paprika
2 cuillers à soupe de concentré de tomate
1 cuiller à café de graines de carvi
1 feuille de laurier
1 kg de viande de porc maigre coupée en dés
33 cl de bière blonde
2 livres de choucroute bien essorée

Sel
20 cl de crème fraîche

• Dans un faitout ou une marmite, faire chauffer la matière grasse, ajouter l'oignon, laisser fondre et dorer.
• Saupoudrer de paprika. Remuer, laisser mijoter pendant quelques minutes.
• Ajouter le concentré de tomate et les graines de carvi. Bien mélanger, laisser mijoter une minute.
• Ajouter la feuille de laurier.
• Ajouter la viande, bien mélanger. Verser la bière jusqu'à recouvrir entièrement la viande. Au besoin, compléter avec de l'eau.
• Couvrir et laisser mijoter jusqu'à ce que la viande soit presque cuite, soit pendant 45 minutes à une heure.
• Essorer la choucroute jusqu'à ce qu'elle soit bien sèche et l'ajouter au mélange. Couvrir et laisser mijoter 15 minutes supplémentaires ou jusqu'à cuisson complète de la viande.
• Goûter, saler, remuer.
• Couvrir de crème fraîche, éteindre le feu et laisser reposer jusqu'à ce que la crème soit chaude. On peut aussi la servir froide, à part.

Suggestion d'accompagnement : pâtes ou boulettes de pomme de terre à la hongroise.

Wat, ou poulet à l'éthiopienne

Quand Bridget était en sixième, elle fit un exposé sur l'Éthiopie. Beany Norquist, la grande sœur d'une camarade, travaillait justement comme bénévole en Afrique orientale. Elle lui fit parvenir la recette suivante, accompagnée d'un sachet d'épices berbères. C'est également d'elle que Bridget tient sa recette de l'*injera*, un pain éthiopien qui sert de cuiller à *wat*. Mais attention. Il ne faut utiliser que la main droite.

110 g de beurre
12 cl d'eau
3 gros oignons émincés
6 cl de bière (ou d'eau)
20 cl de concentré de tomate
1 poulet entier coupé en 12 morceaux
1 œuf dur par personne
3 grosses cuillers à soupe d'épices berbères (voir Note ci-après)
1 cuiller à café de sel

• Dans une marmite ou un faitout, faire fondre le beurre, ajouter l'oignon émincé, faire dorer.
• Ajouter les épices et l'eau et laisser mijoter pendant 5 minutes.
• Ajouter le concentré de tomate et la bière et laisser mijoter pendant 30 minutes en remuant régulièrement pour que la sauce n'attache pas.
• Ajouter le poulet, couvrir et faire cuire à feu très doux pendant une heure environ, ou jusqu'à ce que la viande soit tendre. Remuer régulièrement.
• Pendant les dix dernières minutes de cuisson, ajouter les œufs durs, écalés et fendus pour leur permettre de s'imprégner de sauce.

La sauce doit prendre une consistance épaisse. Au besoin, ôter le couvercle pour permettre à l'excédent d'eau de s'évaporer.

Déguster avec des *injera* (voir recette suivante).

Note : le mélange d'épices berbères contient du piment, de la coriandre, du clou de girofle, de la cardamome, de l'*ajowa*, du poivre noir, du piment de la Jamaïque, des graines de nigelle, des graines de fenugrec, de la cannelle et du gingembre. Ce mélange est utilisé dans la cuisine traditionnelle éthiopienne. On en trouve en vente sur Amazon ou encore chez Zamouri Spices, Kalustyan's ou Nirmala's Kitchen (vente en ligne également).

Injera, ou pain plat éthiopien

375 g de farine
125 g de farine de sarrasin
2 cuillers à café de bicarbonate de soude
1 cuiller à café de sel
1 litre d'eau gazeuse ou de bière
25 cl de vinaigre de riz
De l'huile pour la poêle

• Préparer la pâte : dans un saladier, mélanger les farines, le bicarbonate et le sel. Ajouter lentement l'eau gazeuse ou la bière et former une pâte homogène. Ajouter le vinaigre. Mélanger.
• Faire chauffer une poêle à feu moyen. Huiler à l'aide d'une feuille d'essuie-tout.
• Verser la pâte et incliner la poêle jusqu'à obtenir une crêpe fine.
• Retourner la crêpe au bout d'une minute environ à l'aide d'une spatule. Laisser cuire l'autre face.
• Renouveler l'opération. Les *injera* s'assouplissent en refroidissant.

• Servir avec le *wat* : déchirer des morceaux d'*injera* et les utiliser comme cuillers pour consommer le poulet et la sauce.

Chili con carne de Mamie Berrigan
Pour nourrir un régiment

Le 31 octobre, il faisait froid à Warrentown et les enfants devaient porter de gros manteaux par-dessus leurs déguisements d'Halloween. Mamie Berrigan préparait son fameux *chili* et en distribuait aux enfants qui se présentaient sur son perron pour lui quémander des bonbons ; ils se réchauffaient et repartaient à l'assaut des maisons suivantes. Sa recette était compliquée, aussi ne concoctait-elle son *chili con carne* qu'une fois par an, mais il était délicieux, festif et facile à manger, même avec des moufles. Il valait le détour !

Bridget utilise rarement des ingrédients prêts à l'emploi, préférant les confectionner elle-même. Cependant, sa grand-mère lui a appris que, pour réaliser certains plats, on peut se permettre de faire une entorse à la règle. Son *chili* combine ainsi produits frais et aliments en conserve.

La recette suivante peut être accommodée de diverses façons, selon les goûts personnels de chacun. Que les puristes ne s'offusquent pas de la présence de ketchup dans la liste des ingrédients. Promis, il apporte vraiment quelque chose au goût final du plat.

700 g de haricots secs
De l'eau
450 g de viande de bœuf hachée
450 g de chair à saucisse (variété au choix. Bridget a un faible pour la saucisse de porc italienne)
450 g de bœuf (culotte ou paleron) découpé en morceaux comme pour un bœuf Stroganov
Une cuiller à soupe et demie d'huile d'olive
3 oignons moyens émincés
2 gousses d'ail hachées
1 grosse pincée de poivre noir
1 cuiller à café de marjolaine ou de thym
1 cuiller à café de cumin
20 cl de concentré de tomate
Une poignée de coriandre fraîche, grossièrement hachée
1 conserve de chili con carne
35 cl de ketchup
3 à 4 cuillers à soupe de pâte de maïs
Du sel
Des copeaux de piment séchés (plus on les ajoute tard, plus le plat sera relevé)
1 poivron vert entier en dés
1 oignon rouge finement haché
Du fromage râpé (idéalement, du cheddar)

Commencer par les haricots. Le travail n'effraie pas Bridget, aussi en prépare-t-elle plusieurs sortes séparément : des blancs, des noirs (*frijoles negros*), des rouges (*frijoles rojos pequeños*)... Attention : chaque sorte a son propre temps de cuisson.

• Dans des casseroles séparées, faire tremper les haricots dans de l'eau froide pendant une nuit (suivre les instructions sur l'emballage).

• Égoutter, rincer et couvrir d'eau. L'eau doit dépasser les haricots de 5 cm. Porter à ébullition. La cuisson prend une trentaine de minutes. Dans l'idéal, à la fin, les haricots ont absorbé toute l'eau de cuisson.

• Ôter du feu et mélanger les haricots.

• Dans un faitout, écraser la viande de bœuf à la fourchette et la saisir à feu doux. Réserver.

• Placer la chair à saucisse dans le faitout et la saisir dans le jus de viande. Réserver.

• Ajouter une cuiller d'huile d'olive dans le faitout et y faire dorer les oignons.

• Une fois les oignons à moitié cuits, ajouter l'ail haché.

• Une fois les oignons presque caramélisés, saupoudrer de paprika et bien mélanger.

• Ajouter la marjolaine ou le thym, le poivre noir et le cumin.

• Ajouter le concentré de tomate.

• Baisser le feu. Ajouter la viande, la chair à saucisse et les haricots, bien mélanger et faire cuire pendant une quarantaine de minutes en remuant régulièrement pour éviter que la sauce attache.

• Ajouter le chili en boîte et la coriandre hachée. Bien mélanger.

• Laisser mijoter pendant encore 5 minutes.

• Ajouter le ketchup progressivement, en goûtant au fur et à mesure.

• Ajouter la pâte de maïs.

• Ajouter le piment séché (selon le goût).

• Maintenir à feu doux jusqu'à ce que la viande soit tendre et les haricots fondants, soit pendant 45 minutes environ, en surveillant la cuisson.

• Ajouter le poivron vert et l'oignon rouge.

• Laisser mijoter encore dix minutes. Saler.

• Saupoudrer de cheddar râpé. Mélanger le fromage à la surface du faitout.
• Laisser chauffer encore une à deux minutes, le temps que le fromage fonde.

Il ne reste plus qu'à servir le plat sous les acclamations des gourmands.

Biff à la Lindström
Ragoût de bœuf suédois aux câpres, à la betterave et aux jaunes d'œufs

Lorsque les Norquist, les voisins de Bridget, invitaient des amis à dîner, ils dressaient toujours un somptueux *smörgåsbord* : un buffet de délices suédois. Bridget et Pia, la benjamine de la famille Norquist, n'avaient que quatre ans quand elles devinrent amies. Elles partageaient notamment leur passion pour la cuisine et n'aimaient rien tant que s'affairer aux fourneaux avec Mme Norquist. Bridget se rappelle encore le jour où celle-ci les avait perchées chacune sur un tabouret pour leur apprendre à préparer des hamburgers à la suédoise. Bridget était honorée qu'on l'autorise à préparer les plats des grandes personnes. Encore aujourd'hui, elle reste persuadée que cette expérience chaleureuse et conviviale a contribué à faire d'elle la cuisinière qu'elle est devenue.

1 kg de viande de bœuf hachée (culotte ou paleron)
3 grosses pommes de terre, cuites et écrasées
3 jaunes d'œufs
20 cl de crème fraîche épaisse
3 betteraves au vinaigre coupées en dés

1 gros oignon émincé
3 cuillers à soupe de câpres hachées
Du sel
Du poivre blanc ou du paprika
3 cuillers à soupe de beurre
Quelques brins de persil

- Mélanger la viande hachée et les pommes de terre écrasées.
- Mélanger délicatement à part les jaunes d'œufs et la crème.
- Incorporer ce mélange à la viande.
- Ajouter les betteraves, les oignons et les câpres jusqu'à obtenir un mélange homogène.
- Saler et poivrer.
- Former de petites galettes et les faire dorer à la poêle dans du beurre.
- Servir agrémenté de persil.

Accompagner de pommes de terre sautées à la mode suédoise, avec un peu de sucre.

Bœuf bourguignon
(Cocorico !)

Bridget sait qu'on trouve des trésors de gastronomie aux quatre coins de la planète mais elle a un faible pour la cuisine française. Comme elle l'a affirmé un jour à Mack, en cuisine, on n'est pas crédible sans quelques grands classiques français à son répertoire. Elle rêve de passer quelques semaines à sillonner l'Hexagone en collectionnant les recettes des différentes régions. Sa recette de bœuf bourguignon n'en est qu'une parmi d'autres, elle ne l'ignore pas.

250 g de lardons
2 cuillers à café d'huile d'olive (et plus au besoin)
1,5 kg de bœuf pour ragoût, découpé en cubes
1 oignon moyen, émincé
1 gousse d'ail
1 grosse pincée de sel
1 petite pincée de poivre
2 cuillers à soupe de farine
75 cl de vin rouge charpenté
1 cuiller à soupe de concentré de tomate (facultatif)
De la marjolaine
Du thym
1 feuille de laurier
50 cl de bouillon de bœuf (on peut utiliser du bouillon cube)

• Préchauffer le four à 210° (thermostat 6).

• Dans une cocotte en fonte ou un faitout, faire dorer les lardons. Réserver.

• Bien sécher la viande de bœuf avec une feuille d'essuie-tout.

• Saisir la viande dans le gras des lardons. Réserver.

• Faire sauter les oignons dans le gras et le jus de viande. Lorsqu'ils deviennent translucides, ajouter l'ail écrasé et poursuivre jusqu'à ce que les oignons commencent à dorer.

• Ajouter la viande et les lardons. Mélanger.

• Saler, poivrer. Ajouter la farine, bien mélanger.

• Placer la cocotte au four et laisser cuire la viande pendant 4 minutes.

• Sortir la cocotte du four.

• Bien remuer, racler la sauce ayant adhéré aux parois et l'incorporer à la viande. Replacer la cocotte au four pour 4 minutes.

• Baisser le thermostat à 160° (thermostat 3 – 4).

- Sortir à nouveau la cocotte.
- Diluer dans le vin le concentré de tomate, la marjolaine, le thym. Ajouter la feuille de laurier, et verser le tout sur la viande. S'il manque du liquide pour la recouvrir, ajouter du bouillon.
- Placer à nouveau la cocotte au four sur une plaque de cuisson et laisser mijoter pendant 3 à 4 heures ou jusqu'à ce que la viande soit tendre.

Facultatif : on peut également faire flamber un verre de cognac et l'ajouter au plat au moment de servir.

Accompagner de petites pommes de terre au beurre.

AVENTURES & PASSIONS

4 mars

Caroline Linden
Scandales - 1 - Un infréquentable vicomte
Inédit

Joan Bennet désespère de trouver l'amour. Lorsque ses parents s'absentent pour raisons de santé, ils la confient à sa tante Evangeline et à son frère Douglas. Au contact de ces deux personnalités, elle va enfin oser être elle-même et imposer ses choix, notamment celui de Tristan, un infréquentable vicomte, comme époux.

✦

Zoë Archer
Les justiciers - 2 - Séduction à risques
Inédit

La Némésis a reçu une lettre anonyme dénonçant les conditions inhumaines qui règnent dans une mine de Cornouailles. Chargé d'enquêter, Simon rencontre Alyce Carr, l'une des ouvrières de la mine, une forte tête. Intrigué, il est séduit par la jeune femme, mais un monde les sépare.

✦

Brenda Joyce
Une enquête de Francesca Cahill - 3 - Un cadavre sous la neige

New York, 1902. Francesca Cahill désespère ses parents qui lui impose un prétendant. Mais la jeune fille ne pense qu'au préfet de police, Rick Bragg, déjà marié. Justement, ils vont devoir traquer ensemble un tueur en série.

18 mars

Mary Wine

La saga McJames - 2 - Dans le lit d'un guerrier

Inédit

Cullen McJames n'accepte pas que son honneur ait pu être sali par le plus vieil et farouche ennemi de son clan, le laird Erik McQuade. Aussi, lorsque celui-ci prétend devant la cour royale que Cullen a volé la vertu de sa fille, Cullen se venge en enlevant sa fille pour l'épouser.

✦

Sabrina Jeffries

Les hussards de Halstead Hall - 3 - La provocatrice

Inédit

Sommée par sa grand-mère de se marier, Minerva Sharpe, qui adore choquer la bonne société, publie une petite annonce pour recruter un mari. Elle n'avait pas prévu que Giles Masters, amoureux d'elle depuis des années, postulerait.

✦

Elizabeth Hoyt

Les trois princes - 3 - Le dernier duel

Au détour d'un chemin, Lucinda trébuche sur ce qu'elle croit être un cadavre... qui se révèle pourtant bien vivant. Ce bel Apollon laissé pour mort a sans doute été attaqué par des brigands. Qui est-il, au juste ? Un vagabond ou une canaille, comme le redoute le père de Lucinda, qui craint pour la vertu de sa fille depuis l'arrivée de cet inconnu sous son toit.

PROMESSES

4 mars

Lisa Kleypas

La saga des Travis - 1 - Mon nom est Liberty

La vie lui a pris son père à quatre ans, sa mère à dix-sept, la laissant seule avec sa petite sœur de deux ans. Pourtant, Liberty Jones s'accroche à ses rêves. De son village de mobile homes aux quartiers chics de Houston, d'épreuves en victoires, elle trace son chemin et croise celui d'un richissime homme d'affaires, nanti d'un fils aîné aussi glacial que séduisant. Ce dernier lui fera-t-il oublier Hardy Cates, le garçon qui a marqué son cœur d'adolescente au fer rouge ?

18 mars

Debbie Macomber

Retour à Cedar Cove - 2 - Un printemps à la Villa Rose

Installée depuis peu à Cedar Cove, Jo Marie commence à s'y sentir chez elle. Avec l'arrivée du printemps, elle va pouvoir réaliser la roseraie qu'elle a conçue en souvenir de Paul, son mari disparu. Sa maison d'hôtes, la Villa Rose, affiche complet. Derrière les portes de sa jolie demeure, Kent et Julie, Anny, Mary. Autant de personnages en quête d'amour et de rédemption. Et dans le jardin, Mark, l'homme à tout faire, dont Jo Marie commence à apprécier la compagnie... Ce roman chaleureux et bouleversant sur les destinées humaines met en lumière la grande fragilité de l'âme mais aussi l'immense force qui sommeille en chacun d'entre nous.

Passion intense

4 mars

Erin McCarthy
Carrément craquant
Inédit

Ève est LA professionnelle des courses automobiles, en tant que représentante des relations publiques. Aussi, quand une affaire défraie la chronique, la voilà plus impliquée que jamais surtout quand une vidéo indécente fait sensation sur la toile ; celle des fesses nues de Nolan Ford lors d'une course hyper médiatisée. Or, malgré son sérieux exemplaire, Ève doit bien avouer qu'elle a, elle aussi, un petit faible pour le corps sensuel de ce pilote rebelle…

CRÉPUSCULE

18 mars

Kresley Cole
Les ombres de la nuit - 12 - Sombre convoitise
Inédit

Enfant, Thronos, le prince de Skye Hall, était amoureux de Lanthe. Cette petite sorcière s'intéressait avec malice à son clan, les Vrekener. Un amour pourtant vain car les deux adolescents se sont retrouvés piégés par les terribles querelles qui divisaient leurs familles. Des siècles plus tard, Thronos ne peux oublier Lanthe, la belle enchanteresse qui a marqué son âme et qui est devenue son ennemie...

Romantic Suspense

18 mars

Cindy Gerard
Black OPS - 6 - Imprudente
Inédit

Après son divorce avec un célèbre sénateur, Valentina s'est enfuie quelque jours incognito en Amérique latine. Mais lors d'une petite promenade dans les montagnes, la balade vire au cauchemar quand un inconnu tente de l'assassiner. La seule personne à même de pouvoir l'aider semble bien être Luke Colter, un ancien militaire. Mais Valentina peut-elle lui faire confiance et laisser sa propre vie entre ses mains… expertes ?

Et toujours la reine du roman sentimental :

Barbara Cartland

« Les romans de Barbara Cartland nous transportent dans un monde passé, mais si proche de nous en ce qui concerne les sentiments. L'amour y est un protagoniste à part entière : un amour parfois contrarié, qui souvent arrive de façon imprévue.
Grâce à son style, Barbara Cartland nous apprend que les rêves peuvent toujours se réaliser et qu'il ne faut jamais désespérer. »

Angela Fracchiolla, lectrice, Italie

Le 4 mars
La prisonnière du vieux moulin

10979

Composition
FACOMPO

Achevé d'imprimer en Italie
par GRAFICA VENETA
le 4 janvier 2015

Dépôt légal : janvier 2015
EAN 9782290101841
OTP L21EPSN001374N001

ÉDITIONS J'AI LU
87, quai Panhard-et-Levassor, 75013 Paris

Diffusion France et étranger : Flammarion